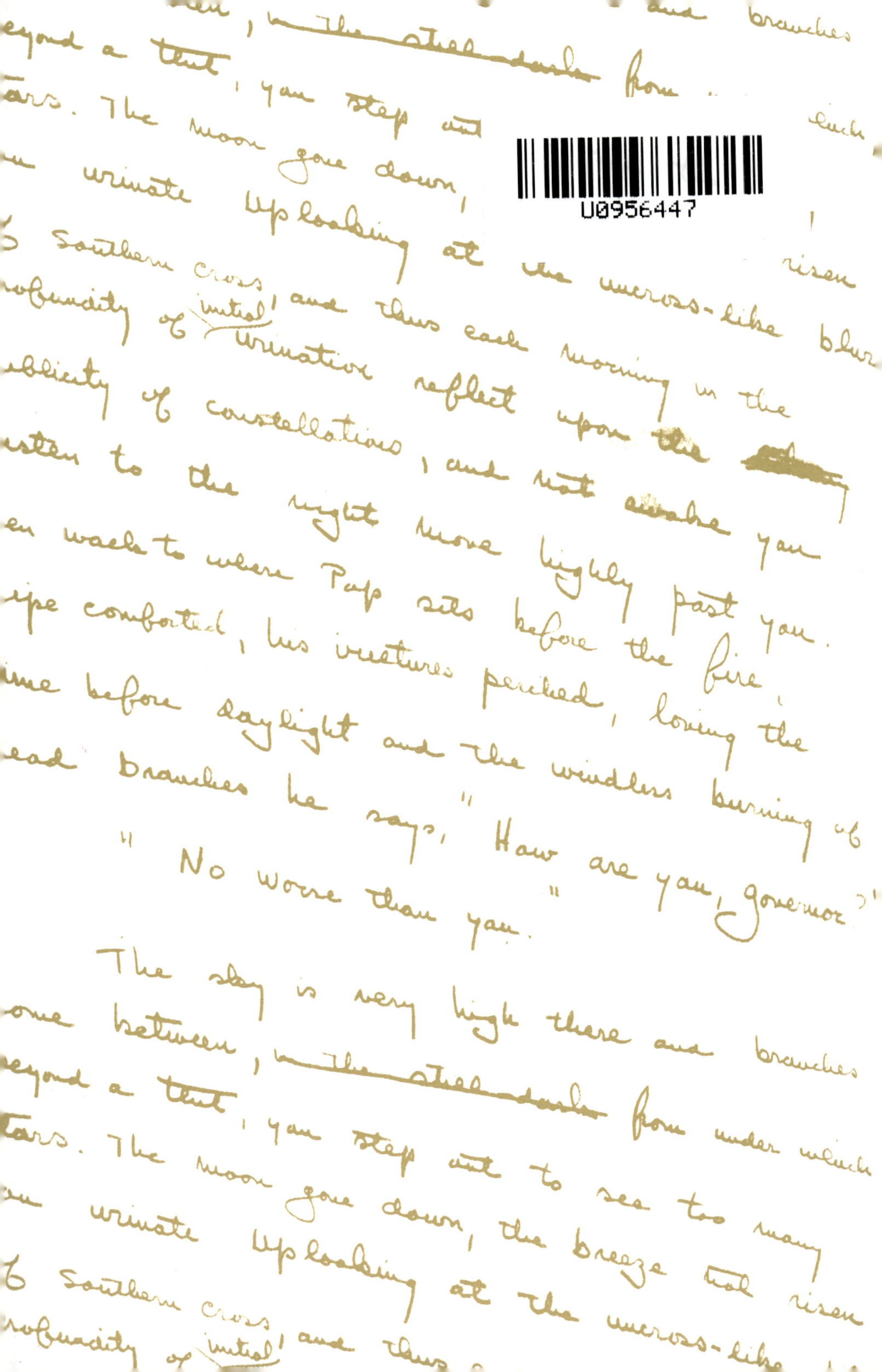

The sky is very high there and branches
between, from under which
beyond a tent, you step out to see too many
stars. The moon gone down, the breeze not risen
urinate Uplooking at the
Southern Cross
profundity of initial urination and thus each morning in the
publicity of constellations reflect upon the
listen to the night move highly past you.
walk to where Pop sits before the fire,
pipe comforted, his vultures perched, loving the
time before daylight and the windless burning of
dead branches he says, "How are you, governor?"
"No worse than you."

Ernest M. Hemingway.

ERNEST HEMINGWAY

海明威文集

# 太阳照常升起

〔美〕海明威 著 赵静男 译

The Sun Also Rises

上海译文出版社

**图书在版编目(CIP)数据**

太阳照常升起/(美) 海明威(Ernest Hemingway)
著;赵静男译.—上海: 上海译文出版社,2019.8(2024.2重印)
(海明威文集)
书名原文: The Sun Also Rises
ISBN 978-7-5327-8148-5

Ⅰ.①太… Ⅱ.①海… ②赵… Ⅲ.①长篇小说—美
国—现代 Ⅳ.①I712.45

中国版本图书馆CIP数据核字(2019)第104126号

Ernest Hemingway
**The Sun Also Rises**

**太阳照常升起**

〔美〕海明威 著 赵静男 译
责任编辑/宋 玲 装帧设计/张志全工作室

上海译文出版社有限公司出版、发行
网址: www.yiwen.com.cn
201101 上海市闵行区号景路159弄B座
上海雅昌艺术印刷有限公司印刷

开本 889×1194 1/32 印张 8.5 插页 6 字数 136,000
2019年8月第1版 2024年2月第5次印刷
印数: 12,001—14,000册

ISBN 978-7-5327-8148-5/I·5015
定价: 56.00元

# 译本序

第一次世界大战以后，美国有一批青年作家陆续登上文坛。他们不仅年龄相仿，而且经历相似，思想情绪相近，在创作中表现出许多共同点，逐渐形成一个新的文学流派。但这个流派既无固定组织和共同纲领，也没发表过宣言，甚至初期连个名称都没有。一九二六年，海明威发表长篇小说《太阳照常升起》，引用美国老一辈女作家格特露德·斯坦的一句话作为小说的题辞："你们都是迷惘的一代。"从此，这个流派就正式被称作"迷惘的一代"。

"迷惘的一代"文学是在第一次世界大战和战后资本主义社会经济危机的影响下产生的。这一派作家大多数亲身经历了帝国主义战争的浩劫，他们非常关心战后欧美青年一代的命运问题。他们往往把这个问题与帝国主义战争联系在一起，认为第一次世界大战是欧美青年一代精神悲剧的历史根源，所以怀着无限的伤感和悲苦来描写被战争驱逐出生活常规的、饱经沧桑的人们的不幸，努力挖掘主人公的心灵创伤。"迷惘的一代"文学的主人公多是小资产阶级知识分子，在军国主义狂热的驱使下，带着玫瑰色的幻想，参加了第一次世界大战，但在战场上看到的是残酷的厮杀和恐怖的死亡。他们充当垄断资产阶级的炮灰，许多人白白地葬送了生命，侥幸活下来的也都身心受到严重摧残。对他们来说，通行的道德标准、伦理观念、人生理想等等，全都被战争给摧毁了。他们憎恨战争，但又不知道如何消灭战争，心情苦闷，感到前途茫茫。战后资本主义世界的动荡不安和危机的加深，又加重了他们心灵的空虚和病态的桀骜不驯。他们远离人民革命，没有明确的社会理想，只能逃避现实，躲进个人的狭小天地，想要用爱情、友谊和寻欢作乐来解脱精神上的痛苦，企图在富有刺激性的活动中使自己振奋起来。然而这种消极遁世的思想和放荡不羁的生活并不能使他们得到满足，反而使他们更加离开生活的常规，陷入更深的悲观绝望而不能自拔。“迷惘的一代”作家通过塑造这种社会典型，谴责了帝国主义战争对一代人的摧残，反映了战后资本主义世界深刻的精神危机。

欧内斯特·海明威（1899—1961）不仅是“迷惘的一代”文学的命名者，而且也是这个流派最有代表性的作家。他出生在美国芝加哥市郊橡园镇的一个医生家庭，一九一七年毕业于当地的中学，在《堪萨斯城明星报》当记者。这时，第一次世界大战已进入关键时期，美国政府认为时机已到，放弃了“中立”立场，宣布参战。垄断资产阶级为了欺骗和动员群众参加这场重新瓜分殖民地和划分势力范围的肮脏战争，打着“拯救国家和民主”的旗号，在全国掀起了一股军国主义和沙文主义的狂热。未满十九岁的海明威于一九一八年志愿参加红十字会救护队，开赴意大利前线，不久就受了重伤。在野战医院里，医生给他做了十二次手术，从他身上取出了二百多块弹片。而海明威精神上所受的创伤更加深重。他后来回忆说，“我们这些青年刚刚离开中学的课椅或者走出大学的课堂，就来到战场”；“我在身体、心理、精神以及感情上，都受到了很重的创伤”。战争结束以后，海明威回到大西洋彼岸的家乡，可是战争的残酷印象却死死地纠缠着他，使他陷入彷徨苦闷的状态。据他的亲属回忆，他参战归来后，“不想找工作，不想上大学，什么事情都不想做。他成了一个没有目标的人”。

一九二一年底，海明威应聘任加拿大《多伦多明星日报》驻欧洲记者。他以巴黎为常驻基地，到许多国家去采访，深刻感受到资本主义世界日益加深的社会危机和思想危机以及笼罩着资产阶级知识界的悲观绝望情绪。与此同时，海明威在巴黎结识了旅居欧洲的美国女作家格·斯坦和意象派诗人埃·庞德，在他们的影响下开始文学创作。他的第一部作品《三个短篇小说和十首诗》(1923) 明显带有模仿的性质，出版后没有引起人们的注意。但短篇小说集《在我们的时代》(增订第二版) 则标志着他的写作学徒阶段的结束和独特风格的形成，于一九二五年问世，为他在欧美文坛上的地位奠定了基础。这个集子包括两类作品。一类是描写带有作者自传成分的主人公尼克·亚当斯少年时期和战后的活动以及其他一些小资产阶级知识分子的日常生活的短篇小说。另一类是穿插在这些短篇小说中间的无标题小品，类似新闻报道的片断，多数是客观地描写第一次世界大战和希—土战争的残酷画面。和平生活的场景和战争中的厮杀场面不断更迭，交替出现：尼克少年时期无忧无虑的田园生活和战后在自然界中安闲的活动，经常被隆隆的炮声所破坏；密歇根州的森林和舒适安逸的家庭生活一再笼罩上战争的硝烟。这种对照式的结构提供了打开人物精神世界的钥匙。尼克以及与他相类似的青年，在战火中死里逃生，在战后心灰意冷，灵魂一片空虚。这是帝国主义战争对一代人摧残的结果，于是产生了“迷惘的一代”。不过海明威在《在我们的时代》里还只是描绘了一个雏形。

《太阳照常升起》是海明威的第一部长篇小说，体现了“迷惘的一代”文学的基本特征，实际上是这个流派的宣言，塑造了“迷惘的一代”的典型。

小说描写的是第一次世界大战以后一群流落巴黎的英、美青年的生活和思想情绪。主人公杰克·巴恩斯的形象带有作者自传的成分，体现了海明威本人的某些经历和他战后初年的世界观以及性格上的许多特点。他是个美国青年，在第一次世界大战中负了重伤，战后旅居法国，为美国的一家报馆当驻欧记者。他在生活中没有目标和理想，被一种毁灭感所吞食。他热恋着勃莱特·阿施利夫人，但负伤造成的残疾使他对性爱可望而不可即，不能与自己所钟情的女人结合。他嗜酒如命，企图在酒精的麻醉中忘却精神的痛苦，但是这也无济于事。巴恩斯的朋友比尔对他说："你是一名流亡者。你已经和土地失去了联系。你变得矫揉造作。冒牌的欧洲道德观念把你毁了。你嗜酒如命。你头脑里摆脱不了性的问题。你不务实事，整天消磨在高谈阔论之中。你是一名流亡者，明白吗？你在各家咖啡馆来回转游。"

小说卷首的引语"你们都是迷惘的一代"，是针对作品中所有的人物而言的。其他一些人物也都是"和土地失去了联系"的"流亡者"。女主人公阿施利夫人在第一次世界大战中当过护士，在战争中失去了爱人。她在战后侨居巴黎，过着纸醉金迷、恣意放纵的生活，因为"在这种地方谁也不知道要干什么"。她和一些男人在一起鬼混，在咖啡馆里酗酒调情，为的是忘却"人间地狱般的痛苦"。巴恩斯高出于这群放荡成性的青年之上，不愿意在寻欢作乐中浪费生命，企图寻找"和土地的联系"。于是他和朋友一起到比利牛斯山区去旅行，在大自然的怀抱中，悠然自得地垂钓，想以此求得精神解脱。而即使是像勃莱特这样的放荡女人，也并不甘心自暴自弃和堕落到底，她和巴恩斯一起参加巴斯克人的节日狂欢，在潘普洛纳观看斗牛，从中得到了精神刺激。勇敢的斗牛士和疯狂的公牛搏斗，使他们欣喜若狂。巴恩斯和勃莱特在斗牛士身上看到了敢于单身鏖战、对痛苦无动于衷和蔑视死亡的"硬汉子"精神，自以为找到了人生的真谛。海明威也认为这才是永恒的人生，是太阳升起的地方。他从《圣经·传道书》中摘引一段话作为小说卷首的第二段引语，与小说的标题相呼应，进一步肯定了这番意思："日头出来，日头落下"，但"地却永远长存"。

巴恩斯也好，勃莱特也好，都是人生角斗场上的失败者。但他们不是逆来顺受的"小人物"，而是有着坚强的意志，从不抱怨生活对他们残酷无情，从不唉声叹气。然而他们都只相信自己，只依靠自己来进行孤军奋战。他们对现实的反抗是畸形的，与其说是反抗，不如说是逃避。他们从不去追究造成自己不幸的社会原因，更不去寻找消灭这种不幸的正确途径。他们只是凭着本能，凭着直觉经验同残酷的现实相抗衡，或是把优美宁静的大自然当成精神避难所，或是在酒精的麻醉和爱情的欢乐中寻求精神解脱，或是在节日狂欢和观看斗牛中求得精神刺激。天下没有不散的筵席，没有过不完的节日。这些个人主义者无力摆脱困境，终究遭到悲惨的结局。七天圣福明节的狂欢活动过去之后，巴恩斯比以往任何时候都更加怅惘，在生活中失去了最后的寄托。勃莱特出于一时狂热，爱上了年仅十九岁的斗牛士罗梅罗，可是冷静下来之后，终于发现两人年龄相差悬殊，不得不把他打发走，只身一人困在马德里的旅馆里。巴恩斯向她伸出友谊的手，但这两位彼此钟情的男女却永远不能结合在一起，因此更加孤独和苦闷，感到前途茫茫。小说的结尾笼罩着浓重的悲观主义和哀伤痛苦的情调：

> "唉，杰克，"勃莱特说，"我们要能在一起该多好。"
>
> 前面，有个穿着卡其制服的骑警在指挥交通。他举起警棍。车子突然慢下来，使勃莱特紧偎在我身上。
>
> "是啊，"我说。"这么想想不也很好吗？"

他们注定是孤独的，不能结合在一起，只能在幻想中求得安慰。

海明威曾一再把自己的创作比喻成漂浮在大洋上的冰山：“看得见的部分只是八分之一，而隐藏在水下的部分则是八分之七。”他从不直接披露自己对人物和事件的态度，甚至对人物的行为动机和心理状态也很少进行解释和说明，而只是“客观地”、“照相式地”描绘出人物在某种感情支配下本能的乃至下意识的活动，造成富有实感的画面，使读者从这种直接经验中去体验隐藏着的思想感情。这就使海明威的小说包含着丰富的“潜台词”，具有意在言外、“余音缭绕”的艺术效果。《太阳照常升起》的主要价值就在于它的“潜台词”，亦即潜在“水下”的主题。小说中的人物过着病态的畸形生活，没有理想，没有光明。他们回顾过去感到一片漆黑，展望未来看到的是满天阴霾，只能在昏暗中沉浮，在绝望中挣扎。巴恩斯和勃莱特作为资产阶级青年一代的代表，既是帝国主义战争的受害者，又是腐朽没落的资本主义精神文明的产物。因此小说的“潜台词”就在于对帝国主义战争和资本主义社会危机的揭露。但是海明威在早期创作中过分追求这种“潜台词”和“照相式的客观主义”，也曾造成不良的效果。他在《太阳照常升起》中只摆出“迷惘的一代”的生活现象，不挖掘产生的原因，脱离了社会生活去孤立地描写他们的寻欢作乐、酗酒调情、钓鱼斗牛。不管他如何声明他并不想歌颂“迷惘的一代”，但客观上所讴歌的却是醇酒和美女、狂欢和遁世，所肯定的是人生无常、及时行乐的思想。小说的“潜在主题”并不体现在情节发展的逻辑之中，而是隐藏在所描写的生活画面之外，因此比较隐晦，不易被读者所体会。

《太阳照常升起》发表以后，“迷惘的一代”文学的影响剧增，迅速扩展到许多欧洲国家。一九二九年是这个流派大丰收的一年，问世的长篇小说有海明威的《永别了，武器》、英国作家理查德·奥尔丁顿的《英雄之死》和德国作家埃利希·雷马克的《西线无战事》。这些作品是“迷惘的一代”文学的最高成就。《永别了，武器》对海明威个人来说，标志着他的创作向前迈出了一大步。他在这里着重解决的是“迷惘的一代”形成的历史条件问题，是帝国主义战争对一代人的摧残的问题。如果说海明威在《太阳照常升起》中竭力回避人的命运和社会之间的关系的问题，那么在《永别了，武器》中则自觉或不自觉地把这个问题提到首位，把揭露的矛头直接指向帝国主义战争。但这部作品跟《太阳照常升起》一样，也不免宣扬消极遁世的思想，流露出浓厚的悲观主义。这是“迷惘的一代”文学不可克服的矛盾。进入三十年代以后，这种矛盾更加尖锐，终于导致这个流派的没落消亡。海明威在三十年代中期接近左翼文艺运动，并且参加了西班牙人民保卫共和国的斗争，因此在话剧《第五纵队》（1938）和长篇小说《丧钟为谁而鸣》（1940）中把主人公引上了“为世上所有的穷人”而战斗的道路。第二次世界大战以后，他从进步人类反法西斯斗争的胜利中汲取了精神力量，写出像《老人与海》（1952）这样比较乐观的作品，尽管他至死也没能克服悲观主义情绪。

海明威是位风格独特的艺术家，创造了一种简洁流畅、凝重浑厚的文体，为千千万万读者所称道。他从日常口语中提炼出来的语言既朴素无华，又具有新的生命，放射着异彩。写景状物鲜明突出，生动逼真，使人有身临其境之感。刻画人物往往只是客观地再现他的外部言行，不加任何概括和渲染，但却深刻揭示出他的内心世界。有时看来似乎枯燥，甚至近于干涩，但细加琢磨，就会发现其深邃含意。冷静客观的描写表面上不露声色，内里却饱含着强烈的感情，寓不尽之意于言外。这种独特的艺术风格在大西洋两岸曾经拥有大批追随者和模仿者，在欧美文坛上的影响至今不衰。译者力求忠实原作的风格，但水平有限，难免有错误和不当之处，敬请读者批评指正。

译　者

一九八三年元旦于哈尔滨

本书献给哈德莉并献给约翰·哈德莉·尼加诺尔*

* 哈德莉 · 里查逊（1891—1979）为海明威的第一任妻子，约翰（1923 年生）为他们的儿子。

你们都是迷惘的一代。

——引自和葛特鲁德·斯泰因的一次谈话[①]

一代过去，一代又来，地却永远长存。日头出来，日头落下，急归所出之地。风往南刮，又向北转，不住的旋转，而且返回转行原道。江河都往海里流，海却不满。江河从何处流，仍归还何处。

——《传道书》[②]

① 1924年夏，斯坦曾在和海明威交谈时，把参加过第一次世界大战的青年称之为“迷惘的一代”。海明威最初曾考虑以之作为本书的书名。

② 引自《圣经·传道书》第一章第四到第七节。“日头出来”四字在《圣经》钦定英译本中作“The sun also ariseth”。海明威最后采用为本书书名，改用现代英语的拼法。本书中译本书名即照此译出。

# 第一部

# 第一章

罗伯特·科恩一度是普林斯顿大学中量级拳击冠军。别以为一个拳击冠军的称号会给我非常深刻的印象，但当时对科恩却是件了不起的事儿。他对拳击一点也不爱好，实际上他很讨厌拳击，但是他仍然痛苦而一丝不苟地学打拳，以此来抵消在普林斯顿大学被作为犹太人对待时所感到的低人一等和羞怯的心情。虽然他很腼腆，是个十分厚道的年轻人，除了在健身房里打拳，从来不跟人打架斗殴，但是想到自己能够把瞧不起他的任何一个人打倒在地，他就暗自得意。他是斯拜德·凯利的得意门生。不管这些年轻人的体重是一百零五磅，还是二百零五磅，斯拜德·凯利都把他们当作次轻量级①拳击手来教。不过这种方法似乎对科恩很适合。他的动作确实非常敏捷。他学得很好，斯拜德马上安排他跟强手交锋，给他终生留下了一个扁平的鼻子。这件事增加了科恩对拳击的反感，但也给了他某种异样的满足，也确实使他的鼻子变得好看些②。他在普林斯顿大学的最后一年里，读书过多，开始戴眼镜。我没见过他班上的同学还有谁记得他的。他们甚至记不得他曾是中量级拳击冠军。

我对所有坦率、朴实的人向来信不过，尤其是当他们讲的事没有漏洞的时候，因此我始终怀疑罗伯特·科恩大概从来也没当过中量级拳击冠军，也许有匹马曾踩过他的脸，要不，也许他母亲怀胎时受过惊吓或者看见过什么怪物，要不，也许他小时候曾撞在什么东西上，不过他这段经历终于有人从斯拜德·凯利那里给我得到证实。斯拜德·凯利不仅记得科恩。他还常常想知道科恩后来怎么样了。

从父系来说，罗伯特·科恩出身于纽约一个非常富有的犹太家庭，从母系来说，又是一个古老世家的后裔。为了进普林斯顿大学，他在军事学校补习过，是该校橄榄球队里非常出色的边锋，在那里，没人使他意识到自己的种族问题。进普林斯顿大学以前，从来没人使他感到自己是一个犹太人，因而和其他人有所不同。他是个厚道的年轻人，是个和善的年轻人，非常腼腆，这使他很痛心。他在拳击中发泄这种情绪，他带着痛苦的自我感觉和扁平的鼻子离开普林斯顿大学，碰到第一个待他好的姑娘就结了婚。他结婚五年，生了三个孩子，父亲留给他的五万美元几乎挥霍殆尽(遗产的其余部分归他母亲所有)，由于和有钱的妻子过着不幸的家庭生活，他变得冷漠无情，使人讨厌；正当他决心遗弃他妻子的时候，她却抛弃了他，跟一位袖珍人像画家出走了。他已有好几个月尽考虑着要离开他的妻子，因为觉得使她失去他未免太残酷，所以没有那么做，因此她的出走对他倒是一次很有利的冲击。

办妥了离婚手续，罗伯特·科恩动身去西海岸。在加利福尼亚，他投身于文艺界，由于他那五万美元还略有剩余，所以不久就资助一家文艺评论杂志。这家杂志创刊于加利福尼亚州的卡默尔③，停刊于马萨诸塞州的普罗文斯敦④。科恩起初纯粹被看作一个后台老板，他的名字给登在扉页上只不过作为顾问之一，后来却

---

① 次轻量级拳击手体重在118磅与126磅之间，科恩体重属于中量级，应在147磅与160磅之间。

② 这一来犹太人的高鼻梁的特征就不太明显了。

③ 在该州中部，滨太平洋，为文艺界荟集之地。

④ 在该州东部科德角半岛尖端，为美国20世纪戏剧界著名的“普罗文斯敦剧团”的发祥地。文艺界人士往往来这里度暑假。

成为唯一的编辑了。杂志出刊靠他的钱，他发现自己喜欢编辑的职权。当这家杂志因开支太大，他不得不放弃这项事业时，他感到很惋惜。

不过那时候，另外有事要他来操心了。他已经被一位指望跟这家杂志一起飞黄腾达的女士捏在手心里了。她非常坚强有力，科恩始终没法摆脱她的掌握。再说，他也确信自己在爱她。这女士发现杂志已经一蹶不振时，就有点嫌弃科恩，心想还是趁有东西可捞的时候捞他一把的好，所以她极力主张他俩到欧洲去，科恩在那里可以从事写作。他们到了她曾在那里念过书的欧洲，待了三年。这三年期间的第一年，他们用来在各地旅行，后两年住在巴黎，罗伯特·科恩结识了两个朋友：布雷多克斯和我。布雷多克斯是他文艺界的朋友。我是他打网球的伙伴。

这位掌握科恩的女士名叫弗朗西丝，在第二年末发现自己的姿色日见衰退，就一反过去漫不经心地掌握并利用科恩的常态，断然决定他必须娶她。在此期间，罗伯特的母亲给了他一笔生活费，每个月约三百美元。我相信在两年半的时间里，罗伯特·科恩没有注意过别的女人。他相当幸福，只不过同许多住在欧洲的美国人一样，他觉得还是住在美国好。他发现自己能写点东西。他写了一部小说，虽然写得很不好，但也完全不像后来有些评论家所说的那么糟。他博览群书，玩桥牌，打网球，还到本地一个健身房去打拳。

我第一次注意到这位女士对科恩的态度是有天晚上我们三人一块儿吃完饭之后。我们先在大马路饭店吃饭，然后到凡尔赛咖啡馆喝咖啡。喝完咖啡我们喝了几杯白兰地[①]，我说我该走了。科恩刚

---

① 原文为法语 fine：法国产的普通白兰地。

在谈我们俩到什么地方去来一次周末旅行。他想离开城市好好地去远足一番。我建议坐飞机到斯特拉斯堡[1]，从那里步行到圣奥代尔或者阿尔萨斯[2]地区的什么别的地方。“我在斯特拉斯堡有个熟识的姑娘，她可以带我们观光那座城市，”我说。

有人在桌子底下踢了我一脚。我以为是无意中碰着的，所以接着往下说：“她在那里已经住了两年，凡是城里你想要了解的一切她都知道。她是位可爱的姑娘。”

在桌子下面我又挨了一脚，我一看，只见弗朗西丝，就是罗伯特的情人，撅着下巴，板着面孔呢。

“真混账，”我说，“为什么到斯特拉斯堡去呢？我们可以朝北到布鲁日或者阿登森林[3]去嘛。”

科恩好像放心了。我再也没有挨踢。我向他们说了声晚安就往外走。科恩说他要陪我到大街拐角去买份报纸。“上帝保佑，”他说，“你提斯特拉斯堡那位姑娘干啥啊？你没看见弗朗西丝的脸色？”

“没有，我哪里知道？我认识一个住在斯特拉斯堡的美国姑娘，这究竟关弗朗西丝什么事？”

“反正一样。不管是哪个姑娘。总而言之，我不能去。”

“别傻了。”

“你不了解弗朗西丝。不管是哪个姑娘。你没看见她那副脸色吗？”

“好啦，”我说，“那我们去森利[4]吧。”

---

① 位于法国东北部，在莱茵河左岸，隔河就是德国。有大教堂、古堡等古迹。

② 法国一古行省，位于法国东北部。

③ 布鲁日为比利时西北部一古城，有哥特式大教堂、圣母院等古建筑。阿登森林位于法国、比利时和卢森堡三国交界处。

④ 在巴黎东北约 25 英里处，为巴黎人喜欢去的旅游城市，有古罗马时代的遗迹及哥特式大教堂。

“别生气。”

“我不生气。森利是个好地方，我们可以住在麋鹿大饭店，到树林里远足一次，然后回家。”

“好，那很有意思。”

“好，明天网球场上见，”我说。

“晚安，杰克，”他说完，回头朝咖啡馆走去。

“你忘记买报纸了，”我说。

“真的。”他陪我走到大街拐角的报亭。“你真的不生气，杰克？”他手里拿着报纸转身问。

“不，我干吗生气呢？”

“网球场上见，”他说。我看着他手里拿着报纸走回咖啡馆。我挺喜欢他，可弗朗西丝显然弄得他的日子很不好过。

## 第二章

那年冬天，罗伯特·科恩带着他写的那部小说到了美国，稿子被一位相当有地位的出版商接受了。我听说他这次出门引起了一场激烈的争吵，弗朗西丝大概从此就失去了他，因为在纽约有好几个女人对他不错，等他回到巴黎，他大大地变了。他比过去任何时候都更热中于美国，他不再那么单纯，不再那么厚道了。出版商把他的小说捧得很高，这着实冲昏了他的头脑。当时有几个女人费尽心机要同他好，他的眼界完全变了。有四年时间，他的视野绝对只局限于他妻子身上。有三年或者将近三年时间，他的注意力从未越出弗朗西丝的范围。我深信，他有生以来还从来没有真正恋爱过。

他大学里的那段日子过得太倒霉，在这刺激之下结了婚，等他发现在第一个妻子眼里他并不是一切，弗朗西丝掌握了他。他至今没有真正恋爱过，但是意识到自己对女人来说是一个有魅力的人，有个女人喜欢他并愿意和他生活在一起，这一点不仅仅是天赐的奇迹。这使他变了，因此跟他在一起就不那么令人愉快了。还有，当他和那帮纽约朋友在一起玩大赌注的桥牌戏，下的赌注超出了自己的财力时，他曾拿到了好牌，赢了好几百元。这使他很为自己的牌技洋洋自得，他几次谈起，一个人迫不得已的话，总是可以靠打桥牌为生的。

再说，还有另一件事。他读了不少威·亨·赫德森[①]的小说。这似乎是桩无可指责的事情，但是科恩把《紫红色的国度》读了一遍又一遍。成年人读《紫红色的国度》是非常有害的。这本书描述一位完美无缺的英国绅士在一个富有浓厚浪漫色彩的国度里的种种虚构的风流韵事，故事编得绚烂多彩，自然风光描写得非常出色。一个三十四岁的男人把它作为生活指南是很不可靠的，就像一个同龄男人带了一整套更注重实际的阿尔杰[②]的著作从法国修道院直接来到华尔街一样。我相信科恩把《紫红色的国度》里的每句话都像读罗·格·邓恩[③]的报告那样逐词领会。不要误解我的意思，他是有所保留的，不过总的说来，他认为这本书大有道理。单靠这本书就使他活动起来了。我没有想到它对他的影响大到什么程度，直到有一天，他到写字间来找我。

“嗨，罗伯特，”我说。“你来是叫我开心开心的吧？”

“你想不想到南美洲去，杰克？”他问。

“不想去。”

“为什么？”

“不知道。我从来没想去。花钱太多。反正你想看南美洲人的话，在巴黎就能看个够。”

“他们不是地道的南美洲人。”

“我看他们都是挺地道的。”

我一星期的通讯稿必须赶本班联运船车发出，但是我只写好了一半。

“你听到什么丑闻了？”我问。

“没有。”

---

① 威廉·亨利·赫德森(1841—1922)为英国博物学家及作家，生于阿根廷，1900年入英国籍。《紫红色的国度》为他的代表作。

② 霍雷肖·阿尔杰(1834—1899)为美国唯一神教派牧师，作家，著有小说一百多种，以青少年为读者对象，主要以苦儿发迹为题材。

③ 罗伯特·格雷厄姆·邓恩(1826—1900)为美国商业信贷问题专家，1893年起每周刊行商情报告，名《邓氏评论》。

“你那帮显贵的朋友里没有一个闹离婚的？”

“没有。你听着，杰克。如果我负担咱俩的开销，你肯不肯陪我去南美？”

“为什么要我去呢？”

“你会讲西班牙语。而且咱俩一起去更好玩。”

“不去，”我说，“我喜欢巴黎。夏天我到西班牙去。”

“我这一辈子老向往着能作这么一次旅行，”科恩说。他坐下来。“不等去成，我就老朽了。”

“别说傻话了，”我说。“你想到哪儿，就能到哪儿。你不是挣了那么一大笔钱吗？”

“这我知道。可我老走不成。”

“别伤心，”我说。“每个国家还不都像电影里那样。”

可是我为他难过。真够他受的。

“一想到我的生命消逝得这么迅速，而我并不是在真正地活着，我就受不了。”

“除了斗牛士，没有一个人的生活算得上是丰富多彩的。”

“我对斗牛士不感兴趣。那种生活不正常。我希望到南美的内地去走走。我们的旅行一定会很有意思的。”

“你想没想过到英属东非去打猎？”

“没有，我不喜欢打猎。”

“我愿意同你一起到那里去。”

“不去，我不感兴趣。”

“这是因为你从来没有读过这方面的书。找一本里头尽是些人们跟皮肤黑得发亮的美貌公主谈情说爱的故事的书看看吧。”

“我要到南美去。”

他具有犹太人那种顽固、执拗的气质。

“下楼喝一杯去。”

“你不工作啦？”

“不干了，”我说。我们下楼，走进底层的咖啡室。我发现这是打发朋友走的最好办法。你喝完一杯，只消说一句，“哦，我得赶回去发几份电讯稿”，这就行了。新闻工作的规矩中极重要的一条就是你必须一天到晚显得不在工作，因此想出这一类得体的脱身法是很紧要的。于是，我们下楼到酒吧间去要了威士忌苏打。科恩望着墙边的一箱箱瓶酒。“这里真是个好地方，”他说。

“酒真不少啊，”我顺着说。

“听着，杰克，”他趴在酒吧柜上。“难道你从没感到你的年华在流逝，而你却没有及时行乐吗？你没发觉你已经度过几乎半辈子了吗？”

“是的，有时也想过。”

“再过三十五年光景，我们都会死去，你懂吗？”

“别瞎扯，罗伯特，”我说。“瞎扯什么。”

“我在说正经的。”

“我才不为这件事自寻烦恼哩，”我说。

“你该想一想。”

“三天两头我就有一堆烦恼的事儿。我不想再操心啦。”

“我反正要去南美。”

“听我说，罗伯特，到别的国家去也是这么样。我都试过。从一个地方挪到另一个地方，你做不到自我解脱。毫无用处。”

“可是你从来没有到过南美啊。”

“南美见鬼去吧！如果你怀着现在这种心情到那里去，还不是一个样。巴黎是个好地方。为什么你就不能在巴黎重整旗鼓呢？”

“我厌恶巴黎，厌恶拉丁区①。”

“那么离开拉丁区。你自个儿到四处走走，看看能遇上什么新鲜事。”

“什么也不会遇上的。有一次，我独自溜达了一整夜，什么事儿也没有遇上，只有一个骑自行车的警察拦住了我，要看我的证件。”

“巴黎的夜晚不是很美吗？”

“我不喜欢巴黎。”

问题就在这里。我很可怜他，但是这不是你能帮忙的事，因为你一上手就要碰上他那两个根深蒂固的想法：一是去南美能解决他的问题，二是他不喜欢巴黎。他的前一种想法是从一本书上得来的，我猜想后一种想法也来自一本书。

“哦，”我说，“我得上楼去发几份电讯稿。”

“你真的必须上去？”

“是的，我必须把这几份电讯稿发出去。”

“我上楼去，在写字间里随便坐一会儿行吗？”

“好，上去吧。”

他坐在外间看报，那位编辑与出版者和我紧张地工作了两个小时。最后我把一张张打字稿的正、副本分开，打上我的名字，把稿纸装进两个马尼拉纸②大信封，揿铃叫听差来把信封送到圣拉扎车站去。我走出来到了外间，只见罗伯特·科恩在大安乐椅里睡着了。他把头枕在两只胳臂上睡去。我不愿意把他叫醒，但是我要锁门离开写字间了。我把手按在他肩膀上。他晃晃脑袋。“这件事我

---

① 位于巴黎城中心塞纳河南大学林立的地方，为学生、文人及艺术家居住活动之地。

② 马尼拉麻制成的包装纸。

不能干，”他说着，把头在臂弯里埋得更深了。“这件事我不能干。使什么招儿也不行。”

“罗伯特，”我说，摇摇他的肩膀。他抬头看看。他笑起来，眨巴着眼睛。

“方才我说出声来啦？”

“说了几句。但是含糊不清。”

“上帝啊，做了个多么不愉快的梦！”

“是不是打字机的嗒嗒声催你睡过去了？”

“大概是的。昨晚我一整夜没睡。”

“怎么啦？”

“谈话了，”他说。

我能够想象得出当时是怎么回事。我有个要不得的习惯，就是好想象我的朋友们在卧室里的情景。我们上街到那波利咖啡馆去喝一杯开胃酒，观看黄昏时林荫大道上散步的人群。

# 第三章

这是一个温暖的春晚，罗伯特走了之后，我坐在那波利咖啡馆露台上的一张桌子边，看着天色暗下来，电灯广告牌亮了，指挥交通的红绿灯交替闪现，行人来来往往，马车在拥挤的出租汽车行列旁得得地行驶，“野鸡”在寻觅晚餐，她们有的单身独行，有的成双作对。我注视着一个俊俏的姑娘经过我的桌子，看她沿街走去，在眼前消失了，接着看另一个，后来看见先头那个又回来了。她再一次在我面前走过，我抓住她的目光，她走过来，在我的桌边坐下了。侍者跑上前来。

“哦，你想喝什么？”我问。

“珀诺。”

“这种酒小姑娘喝不得。”

“你才是小姑娘哩。Dites garçon，un pernod.[①]”

“给我也来一杯珀诺。”

“怎么啦？”她问。“想乐一下？”

“当然。你呢？”

“说不准。在本城谁都说不准。”

“你不喜欢巴黎？”

“是的。”

“那你为什么不到别的地方去？”

“没别的地方可去。”

“你兴致很好，没错儿。”

"很好！真见鬼！"

珀诺是一种仿苦艾酒的浅绿色饮料。一兑水就变成乳白色。味道像甘草，颇能提神，但是过后会使你浑身无力。我们坐着喝珀诺酒，姑娘绷着脸。

"好啦，"我说，"你是不是要请我吃饭？"

她咧嘴一笑，这下我才明白为什么她有意拉着脸不笑。她闭着嘴确是个相当漂亮的姑娘。我付了酒钱，我们走上街头。我招呼一辆马车，车夫把车赶到人行道旁。我们安坐在缓慢、平稳地行驶的fiacre②里，顺着歌剧院大街，经过已经锁上了门、窗户里透出灯光的商店，大街很宽阔，路面亮光光的，几乎不见人影。马车驶过纽约《先驱报》分社，只见橱窗里摆满了时钟。

"这些钟都干什么用的？"她问。

"它们报告美国各地不同的时间。"

"别糊弄我。"

我们从大街拐上金字塔路，在来往的车辆当中穿过里沃利路，通过一道幽暗的大门，驶进杜伊勒里花园③。她依偎在我身上，我用一只胳臂搂着她。她抬头期待我的亲吻。她伸手摸我，我把她的手推开。

"别这样。"

"怎么啦？你有病？"

"是的。"

"人人都有病。我也有病。"

---

① 法语：侍者，来一杯珀诺。珀诺为一种法国利久酒，带苦艾酒风味。珀诺为商标名。

② 法语：出租马车。

③ 巴黎旧王宫，1871 年被焚，于 1889 年经整修扩建，成为巴黎著名的花园。

我们出了杜伊勒里花园，来到明亮的大街上，跨过塞纳河，然后拐上教皇路。

“你有病就不应该喝珀诺酒。”

“你也不应该喝。”

“我喝不喝都一样。女人无所谓。”

“你叫什么名字？”

“乔杰特。你叫什么名字？”

“雅各布。”

“这是佛兰芒人[①]的名字。”

“美国人也有。”

“你不是佛兰芒人吧？”

“不是，我是美国人。”

“好极了。我讨厌佛兰芒人。”

正说着，我们到了餐厅。我叫车夫停下。我们下了马车，乔杰特不喜欢这地方的外表。“这家餐厅不怎么样。”

“是的，”我说。“或许你情愿到‘福艾约’去。为什么你不叫马车继续往前走呢？”

我起初搭上她是出于一种情感上的模糊的想法，以为有个人陪着吃饭挺不错。我好久没有同“野鸡”一起吃饭了，已经忘了这会是多么无聊。我们走进餐厅，从账桌边的拉维涅太太面前走过，走进一个小单间。吃了一些东西后，乔杰特的情绪好一些了。

“这地方倒不坏，”她说。“虽然不雅致，但是饭菜蛮不错。”

“比你在列日[②]吃得好些。”

---

① 佛兰芒为比利时两大民族之一。本书主人公为美国记者杰克·巴恩斯，杰克和雅各布都源出古希伯来人名“雅各”。

② 列日为比利时东部的大城市。

“你是说布鲁塞尔吧。”

我们又来了一瓶葡萄酒，乔杰特说了句笑话。她笑笑，露出一口坏牙。我们碰杯。“你这人不坏，”她说。“你得了病可真太糟糕了。我们挺说得来。你到底是怎么回事？”

“大战中受的伤，”我说。

“唉，该死的战争。”

我们本来会继续谈下去，会议论那次大战，会一致认为战争实质上是对文明的一场浩劫，也许最好能避免战争。我厌烦透了。恰好这时候，有人在隔壁房间里叫我：“巴恩斯！喂，巴恩斯！雅各布·巴恩斯！”

“有个朋友在叫我，”我解释了一下就走出房去。

布雷多克斯和一帮人坐在一张长桌边，有科恩、弗朗西丝·克莱恩、布雷多克斯太太，还有几个人我不认识。

“你要去参加舞会，对不？”布雷多克斯问。

“什么舞会？”

“什么，就是跳舞呗。你不知道我们已经恢复舞会了？”布雷多克斯太太插嘴说。

“你一定要来，杰克。我们都去，”弗朗西丝在桌子另一头说。她是高个子，脸上挂着笑意。

“他当然会来的，”布雷多克斯说。“进来陪我们喝咖啡吧，巴恩斯。”

“好。”

“把你的朋友也带来，”布雷多克斯太太笑着说。她是加拿大人，充分具备加拿大人那种优雅大方的社交风度。

“谢谢，我们会来的，”我说。我回到小单间。

“你的朋友是些什么人？”乔杰特问。

“作家和艺术家。”

“塞纳河这一边[①]这样的人多的是。”

“太多啦。”

“是这样的。不过，他们当中有些人倒挺能挣钱。”

“哦，是的。”

我们吃好了饭，喝完了酒。“走吧，”我说。“我们跟他们喝咖啡去。”

乔杰特打开她的手提包，对着小镜子往脸上扑了点粉，用唇膏把嘴唇重新勾勒了一通，整了整帽子。

“好了，”她说。

我们走进满屋是人的房间里，围着桌子就坐的布雷多克斯和其他男人都站起来。

“允许我给你们介绍一下我的未婚妻乔杰特·莱布伦小姐，”我说。乔杰特娇媚地一笑，我们和大家握手。

“你是歌唱家乔杰特·莱布伦[②]的亲戚吧？”布雷多克斯太太问。

“Connais pas，[③]”乔杰特回答。

“可是你们俩同名同姓，”布雷多克斯太太真诚地说。

“不，”乔杰特说。“根本不对。我姓霍宾。”

“可是巴恩斯先生介绍你时说是乔杰特·莱布伦小姐。他确实是这么说的，”布雷多克斯太太坚持说。她说起法语来很激动，往往都不知道自己说的是啥。

---

① 指拉丁区。

② 杰克随口给她加上了莱布伦这个姓，这样和法国著名歌剧、话剧演员乔杰特·莱布伦同名同姓了。她嫁给比利时剧作家梅特林克，在他创作的一系列话剧中任主角，红极一时。

③ 法语：不认识。

“他是个傻子，”乔杰特说。

“哦，那么是说着玩儿的啰，”布雷多克斯太太说。

“是的，”乔杰特说。“逗大家笑笑。”

“你听见了，亨利？”布雷多克斯太太朝桌子另一头的布雷多克斯喊道。“巴恩斯先生介绍他的未婚妻叫莱布伦小姐，其实她姓霍宾。”

“当然啦，亲爱的。是霍宾小姐，我早就认识她。”

“霍宾小姐，”弗朗西丝 · 克莱恩叫道。她的法语说得很快，可她不像布雷多克斯太太，并不因为自己说一口地道的法语就故作姿态地洋洋自得起来。“你在巴黎待很久了？你喜欢巴黎这个地方吗？你很爱巴黎，对吧？”

“她是谁？”乔杰特扭头问我。“我该同她谈吗？”

她掉回去望着弗朗西丝，只见弗朗西丝笑眯眯地坐着，叉着双手，长脖子承着脑袋，撅起双唇准备继续说话。

“不，我不喜欢巴黎。既奢侈，又肮脏。”

“是吗？我倒觉得这里特别干净。数得上是全欧洲最干净的城市之一。”

“我认为巴黎很脏。”

“多怪啊！也许你在巴黎没待多久吧。”

“我在这儿待的时间够长的了。”

“可这里有些人倒很好。这点必须承认。”

乔杰特扭头对着我。“你的朋友们真好。”

弗朗西丝已略有醉意。如果不送咖啡来，她还会滔滔不绝地说个没完。拉维涅还端上了利久酒[①]，喝完酒后我们都走出餐厅，动

① 利久酒为一种芳香的甜酒，一般在饭后饮用。

身上布雷多克斯搞的跳舞俱乐部去。

跳舞俱乐部在圣杰尼维耶弗山路的一家 bal musette[①] 内。每周有五个晚上，先贤祠区[②]的劳动人民在这里跳舞。每周有一个晚上归跳舞俱乐部使用。星期一晚上不开放。我们到那里的时候，屋里还空空的，只有一名警察靠门口坐着，老板娘待在白铁酒吧柜后面，此外还有老板本人。我们进屋以后，老板的女儿从楼上下来。屋里摆着些长凳，放着一排桌子，从这头到那头，屋子另一边是舞池。

"但愿人们能早点来，"布雷多克斯说。老板的女儿走过来，问我们要喝点什么。老板登上一只靠近舞池的高凳，开始拉手风琴。他一只脚脖子上套着一串铃铛，他一面拉手风琴，一面用脚打拍子。大家都跳起舞来。屋里很热，我们走出舞池的时候都出汗了。

"我的上帝，"乔杰特说。"屋里活像个蒸笼！"

"太热了。"

"真热，我的上帝！"

"脱掉你的帽子。"

"这是个好主意。"

有人请乔杰特跳舞，于是我走到酒吧柜旁。屋里确实很热，在闷热的夜晚，手风琴的乐曲声悠扬悦耳。我站在门口喝着一杯啤酒，领受街上吹来的习习凉风。坡度很大的大街上开来两辆出租汽车。它们都在舞厅门前停下了。车上下来一群年轻人，有的穿着运动衫，有的没有穿外衣。从门里射出的灯光下，我看清他们的手和新洗过的鬈发。站在门边的警察对我看看，微微一笑。他们进来

---

① 法语：大众舞厅。一般用手风琴等简单乐器作伴奏。
② 在拉丁区的南部。

了。当他们挤眉弄眼、比比划划、七嘴八舌地往里走的时候，在灯光下我看清他们的白手、鬈发和白脸。勃莱特和他们在一起。她模样怪可爱的，她和他们打成一片。

其中有个人看见了乔杰特就说："真是怪事。这儿有个货真价实的婊子。我要同她跳舞，雷特。你瞧着。"

那个褐色皮肤的高个子，名叫雷特的说："不要冒失。"

金黄色鬈发的年轻人回答："别担心，亲爱的。"勃莱特就是跟这种人在一起。

我非常气愤。不知怎么的，他们总是叫我生气。我知道人们总认为他们是在逗乐，得忍着点，但是我想揍倒他们一个，随便哪一个，来砸掉那种目中无人、傻笑中透着泰然自若的神情。一转念，我却出来沿大街走去，在隔壁一家舞厅的酒吧间里要了一杯啤酒。这啤酒不好，我就喝一杯科涅克白兰地来解解嘴里的啤酒味，但是这杯酒更糟。当我回到舞厅的时候，舞池里挤满了人，乔杰特正和那高个子的金发小伙在跳舞，他跳舞的时候，使劲扭动臀部，歪着脑袋，翻着白眼。音乐一停，他们之中的另一位就邀请她跳。他们拿她当自己人了。这时我明白了，他们一个个都会和她跳的。他们向来如此。

我在一张桌子边坐下。科恩在那里坐着。弗朗西丝在跳舞。布雷多克斯太太领来一个人，介绍说，他叫罗伯特·普伦蒂斯。他是纽约人，从芝加哥来，是一位写小说的文坛新秀。他说话带点儿英国口音。我请他喝酒。

"非常感谢，"他说，"我刚喝过一杯。"

"再来一杯。"

"谢谢，那我就喝吧。"

我们招呼老板的女儿过来，每人要了一杯掺水的白兰地。

“我听说，你是堪萨斯城人，”他说。

“是的。”

“你觉得巴黎好玩吗？”

“好玩。”

“真的？”

我已有几分醉意。并没有真醉，但说起话来已经到了不择词句的程度。

“看在上帝面上，”我说，“真的。难道你不这样认为？”

“呀，你发起脾气来真讨人喜欢，”他说。“我要有你这套本领就好了。”

我站起来向舞池走去。布雷多克斯太太随后跟着我。“别生罗伯特的气，”她说。“你知道，他还不过是个毛孩子。”

“我没生气，”我说。“方才我不过觉得似乎快要呕吐了。”

“你的未婚妻今儿晚上大出风头，”布雷多克斯太太往舞池里看去，乔杰特正被那个褐色皮肤的叫雷特的高个子搂着跳舞呢。

“是吗？”我说。

“那还用说，”布雷多克斯太太说。

科恩走过来。“走，杰克，”他说，“喝一杯去。”我们走到酒吧柜前。“你怎么啦？好像被什么事儿惹火了。”

“没有。只不过这一整套把戏叫我恶心。”

勃莱特向酒吧柜走过来。

“嗨，朋友们。”

“嗨，勃莱特，”我说。“你怎么没喝醉？”

“我再也不让自己喝醉了。喂，给我来杯白兰地苏打。”

她拿着酒杯站着，我发现罗伯特·科恩在看她。他目不转睛地看着，活像他那位同胞看到上帝赐给他的土地时的神情①。科恩当然要年轻得多。但是他的目光也流露出那种急切的、理所当然的期待。

勃莱特非常好看。她穿着一件针织紧身套衫和一条苏格兰粗呢裙子，头发朝后梳，像个男孩子。这种打扮是她开的头。她身材的曲线如同赛艇的外壳，羊毛套衫使她的整个体型毕露无遗。

"你交往的这伙人真不错，勃莱特，"我说。

"他们很可爱？你也这样，亲爱的。你在哪儿搞到她的？"

"在那波利咖啡馆。"

"今儿晚上你玩得很开心？"

"哦，有意思极了，"我说。

勃莱特格格地笑着。"你这么做就不对了，杰克。对我们大家都是一种侮辱。你瞅瞅那边的弗朗西丝，还有乔。"

这是说给科恩听的。

"这是在执行贸易管制啊，"勃莱特说。她又笑了起来。

"你异常清醒，"我说。

"是的。我没喝醉吧？你同我交往的这伙人在一起，也保险喝不醉。"

音乐开始了，罗伯特·科恩说："能请你跳这一支吗，勃莱特夫人？"

勃莱特朝他微微一笑。"这一支我已经答应雅各布了，"她笑着说。"你取的是圣经里的名字，杰克。"

"那么下一支好吗？"科恩问。

---

① 指亚伯兰（后来上帝为他改名为亚伯拉罕）由上帝赐给他迦南（今巴勒斯坦）时的情况，见《圣经·创世记》第十二章。

“我们就要走了，”勃莱特说。“我们在蒙马特[1]有个约会。”

跳舞的时候，我从勃莱特的肩膀上望出去，只见科恩在酒吧柜边站着，仍然盯着她看。

“你又迷住了一个人，”我对她说。

“别谈这个。可怜的家伙。以前我一直没发觉。”

“哦，好嘛，”我说。“依我看你是多多益善吧。”

“不要瞎说。”

“你喜欢这样。”

“哦，算了。我喜欢又能怎么样？”

“不能怎么样，”我说。我们跟着手风琴的音乐跳着舞，有人在弹班卓琴。很热，但我感到快活。我们擦过乔杰特的身边，她正和他们之中的另一个人在跳舞。

“什么东西迷住了你，使你把她带来的？”

“不知道，我就是把她带来了。”

“你太过于罗曼蒂克了。”

“不是的，由于无聊。”

“现在呢？”

“哦，现在好了。”

“我们离开这里吧。有人好好照顾着她。”

“你想走？”

“我不想走能要你走吗？”

我们离开舞池。我从墙上的挂钩上取下外衣穿上。勃莱特站在酒吧柜边。科恩同她在说话。我在酒吧柜台边停下，问他们要个信

---

① 蒙马特为巴黎城北部一地区，位于高地上，最高处为圣心教堂，为全巴黎最高点。该区当时为艺术家的集中地。

封。老板娘找到了一个。我从口袋里拿出一张五十法郎的钞票，把它放进信封，封上，然后把它交给老板娘。

“和我一起来的那位姑娘要是问起我，请你把这个交给她，”我说。“如果她跟哪位先生一起走，请你把它给我保管一下。”

“一言为定，先生，”老板娘说。“你现在就走？这么早走？”

“是的，”我说。

我们朝门口走去。科恩仍然在跟勃莱特说话。她说了声再见就挽起我的手臂。“再见，科恩，”我说。到了外面大街上，我们要找辆出租汽车。

“你会白白丢掉你那五十法郎的，”勃莱特说。

“哦，不错。”

“没有出租汽车。”

“我们可以步行到先贤祠去雇一辆。”

“走吧，我们到隔壁酒店去喝一杯，叫人去雇吧。”

“你连过马路这几步路都不愿意走。”

“只要能想法不走路，我就不走。”

我们走进隔壁酒吧间，我打发一名侍者去叫车。

“好了，”我说，“我们摆脱他们了。”

我们站在高高的白铁酒吧柜边，默默相视。侍者来了，说车子在门外。勃莱特紧紧捏住我的手。我给侍者一个法郎，我们就出来了。“我叫司机往哪儿开？”我问。

“哦，跟他说就在附近兜兜。”

我吩咐司机开到蒙特苏里公园[①]，就上车，砰地关上车门。勃

---

① 在巴黎城南部，里面有个大湖及天文台。

莱特向后靠在车厢一角，闭着眼睛。我上车坐在她的身旁。车子抖了一下就启动了。

“哦，亲爱的，我是多么不幸啊，”勃莱特说。

# 第四章

汽车登上小山，驶过明亮的广场，进入一片黑暗之中，继续上坡，然后开上平地，来到圣埃蒂内多蒙教堂后面的一条黑黝黝的街道上，顺着柏油路平稳地开下来，经过一片树林和康特雷斯卡普广场上停着的公共汽车，最后拐上鹅卵石路面的莫弗塔德大街。街道两旁，闪烁着酒吧间和夜市商店的灯光。我们分开坐着，车子在古老的路面上一路颠簸，使得我们紧靠在一起。勃莱特摘下帽子，头向后仰着。在夜市商店的灯光下，我看见她的脸，随后车子里又暗了，等我们开上戈贝林大街，我才看清楚她的整个脸庞。这条街路面给翻开了，人们在电石灯的亮光中在电车轨道上干活。勃莱特脸色苍白，通亮的灯火照出她脖子的修长线条。街道又暗下来了，我吻她。我们的嘴唇紧紧贴在一起，接着她转过身去，紧靠在车座的一角，离我尽量远些。她低着头。

“别碰我，”她说。“请你别碰我。”

“怎么啦？”

“我受不了。”

“啊，勃莱特。”

“别这样。你应该明白。我只是受不了。啊，亲爱的，请你谅解！”

“你难道不爱我？”

“不爱你？你一碰我，我的整个身体简直就成了果子冻。”

“难道我们就无能为力了？”

她直起身来。我用一只胳臂搂住她，她背靠在我的身上，我们俩十分安详。她正用她那惯常的神情盯着我的眼睛，使人纳闷，她是否真正在用自己的眼睛观看。似乎等到世界上别人的眼睛都停止了注视，她那双眼睛还会一直看个不止。她是那样看着我，仿佛世界上没有一样东西她不是用这种眼神看的，可是实际上，有很多东西她都不敢正视。

“那么我们只能到此为止了，”我说。

“不知道，”她说，“我不愿意再受折磨了。”

“那么我们还是分手的好。”

“可是，亲爱的，我看不到你可不行。你并不完全明白。”

“我不明白，不过在一起总得这样。”

“这是我的过错。不过，难道我们不在为我们这一切行为付出代价？”

她一直盯着我的眼睛。她眼睛里的景深时时不同，有时看来平板一片。这会儿，你可以在她眼睛里一直望到她的内心深处。

“我想到我给很多人带来痛苦。我现在正在还这笔债呢。”

“别说傻话了，”我说。“而且，对我自己的遭遇，我总是一笑置之。我从来不去想它。”

“是的，我想你是不会的。”

“好了，别谈这些啦。”

“有一次，我自己对这种事也觉得好笑。”她的目光躲着我。“我兄弟有个朋友从蒙斯[①]回家来，也是那个样子。仿佛战争是一个天大的玩笑。小伙子们什么事也不懂，是不是？”

“对，”我说。“人人都是这样，什么事也不懂。”

---

① 蒙斯为比利时西南部一古城，历来为兵家必争之地。第一次世界大战初期，1914年8月下旬，入侵的德军和协约国军队在此打了一仗，后者怕被包围而被迫后撤。

我圆满地结束了这个话题。过去，我也许曾从绝大多数的角度来考虑过这件事，包括这一种看法：某些创伤，或者残疾，会成为取笑的对象，但实际上对受伤或者有残疾的人来说，这个问题仍然是够严重的。

“真有趣，”我说。“非常有趣。但是谈情说爱也是富有乐趣的。”

“你这么看？”她的眼睛望进去又变得平板一片了。

“我指的不是你想的那种乐趣。那多少是一种叫人欢欣的感情。”

“不对，”她说。“我认为这是人间地狱般的痛苦。”

“见面总是叫人高兴的。”

“不。我可不这么想。”

“你不想和我见面？”

“我不得不如此。”

此时，我们坐着像两个陌生人。右边是蒙特苏里公园。那家饭店里有一个鳟鱼池，在那里你可以坐着眺望公园景色，但是饭店已经关门了，黑洞洞的。司机扭过头来。

“你想到哪儿去？”我问。勃莱特把头扭过去。

“噢，到‘雅士’去吧。”

“雅士咖啡馆，”我吩咐司机说。“在蒙帕纳斯大街。”我们径直开去，绕过守卫着开往蒙特劳奇区的电车的贝尔福狮子像。勃莱特两眼直视前方。车子驶在拉斯帕埃大街上，望得见蒙帕纳斯大街上的灯光了，勃莱特说：“我想要求你做件事，不知道你会不会见怪。”

“别说傻话了。”

“到那儿之前，你再吻我一次。”

等汽车停下，我下车付了车钱。勃莱特一面跨出车门，一面戴上帽子。她伸手给我握着，走下车来。她的手在颤抖。“喂，我的样子是不是很狼狈？”她拉下她戴的男式毡帽，走进咖啡馆。参加舞会的那伙人几乎都在里面，有靠着酒吧柜站着的，也有在桌子边坐着的。

“嗨，朋友们，”勃莱特说。“我要喝一杯。”

“啊，勃莱特！勃莱特！”小个子希腊人从人堆里向她挤过来，他是一位肖像画家，自称公爵，但别人都叫他齐齐。“我告诉你件好事。”

“你好，齐齐，”勃莱特说。

“我希望你见一见我的一个朋友，”齐齐说。一个胖子走上前来。

“米比波普勒斯伯爵，来见见我的朋友阿施利夫人。”

“你好？”勃莱特说。

“哦，夫人，您在巴黎玩得尽兴吧？”表链上系着一颗麋鹿牙齿的米比波普勒斯伯爵问。

“还可以，”勃莱特说。

“巴黎真是个好地方，”伯爵说。“不过，我想您在伦敦也有许多好玩的。”

“是啊，”勃莱特说。“好玩着哩。”

布雷多克斯坐在一张桌边叫我过去。“巴恩斯，”他说，“来一杯。你那个女朋友跟人吵得好凶啊。”

“吵什么？”

“为了老板娘的女儿说了些什么。吵得真热闹。你知道，她可真行。她亮出她的黄票，硬要老板娘的女儿也拿出来。好一顿嚷嚷。”

“后来怎么样？”

“哦，有人把她送回家去了。姑娘长得可不赖。说一口漂亮的行话。坐下喝一杯吧。”

“不喝了，”我说。“我得走了。看见科恩没有？”

“他和弗朗西丝回家了，”布雷多克斯太太插嘴说。

“真可怜，他看来消沉得很，”布雷多克斯说。

“他确实这样，”布雷多克斯太太说。

“我要回去了，”我说。“再见吧！”

我到酒吧柜边和勃莱特说了再见。伯爵在叫香槟酒。“先生，您能赏光和我们一起喝一杯吗？”他问。

“不喝了。非常感谢。我得走了。”

“真的要走？”勃莱特问。

“是的，”我说。“我头痛得厉害。”

“明天见？”

“到办公室来吧。”

“恐怕不成。”

“好吧，你说在哪儿？”

“五点钟左右，哪儿都行。”

“那么在对岸找个地方吧。”

“好。五点钟我在克里荣旅馆。”

“别失约啊，”我说。

“别担心，”勃莱特说。“我从来没有糊弄过你，有过吗？”

“迈克有没有信来？”

“今天来了一封。”

“再见，先生，”伯爵说。

我走到外面人行道上，向圣米歇尔大街走去，走过依然高朋满座的洛东达咖啡馆门前的那些桌子，朝马路对面的多姆咖啡馆望去，只见那里的桌子一直排到了人行道边。有人在一张桌边向我挥手，我没看清是谁，顾自往前走去。我想回家去。蒙帕纳斯大街上冷冷清清。拉维涅餐厅已经紧闭店门，人们在丁香园咖啡馆门前把桌子叠起来。我在奈伊[1]的雕像前面走过，它在弧光灯照耀下，耸立在长着新叶的栗子树丛中。靠座基放着一个枯萎的紫红色花圈。我停住脚步，看到上面刻着：波拿巴主义者组织[2]敬建。下署日期已经记不得了。奈伊元帅的雕像看来很威武：脚蹬长靴，在七叶树绿油油的嫩叶丛中举剑示意。我的寓所就在大街对过，沿圣米歇尔大街走过去一点。

门房里亮着灯。我敲敲门，女看门人把我的邮件递给我。我祝她晚安，就走上楼去。一共有两封信和几份报。我在饭间煤气灯下看了一下。信件来自美国。一封是银行的结账单。上面写着结余2432.60美元。我拿出支票簿，扣除本月一号以来开出的四张支票的金额，发现我尚有存款1832.60美元。我把这个数字写在结账单的反面。另一封是结婚请柬。阿洛伊修斯·柯尔比先生和夫人宣布他们的女儿凯瑟琳结婚——我既不认识这位姑娘，也不认识跟她结婚的那个男人。这张结婚请柬想必已经发遍全市。这名字很怪。我确信，我不会忘记任何一个取名叫阿洛伊修斯的人。这是一个地道的天主教名字。请柬上端印有一个纹章的顶饰。正如齐齐有一个希腊公爵的头衔一样。还有那位伯爵。那位伯爵很有意思。勃莱特也有个头衔——阿施利夫人。勃莱特见鬼去吧！你，阿施利夫人，见鬼去吧！

---

① 米歇尔·奈伊(1769—1815)：法国元帅。随拿破仑多次出征，屡立战功。1814年拿破仑战败，他是敦促拿破仑退位的军人之一。路易十八即位后，被册封为贵族。1815年拿破仑从厄尔巴岛逃出，回法重整旗鼓。奈伊被派迎击，但突然投奔拿破仑，使拿破仑进入巴黎。同年6月败于滑铁卢，12月，被贵族院以通敌谋反罪执行枪决。

② 波拿巴主义指由拿破仑和路易·拿破仑在法国建立的那种资产阶级专政形式。路易·拿破仑于1851年12月发动政变上台后，为纪念奈伊元帅，在巴黎天文台广场树立他的雕像。

我点上靠床头的灯，关掉饭间里的煤气灯，打开那几扇大窗。床离窗户很远，窗子开着，我在床边坐下，脱掉衣服。外面，有一列夜车在有轨电车轨道上打门前经过，运送蔬菜到菜场。每当夜间睡不着，这声音响得很烦人。我一面脱衣服，一面望着床边大衣柜镜子里自己的影子。这屋里的陈设纯属典型的法国风格。我看好算很实用的吧。偏偏在那个地方受了伤。我看这是会惹人好笑的。我穿上睡衣，钻进被窝。我拿了那两份斗牛报，拆开封皮。一份橙色。另一份黄色。两份报的新闻往往雷同，所以不管先看哪一份就会使另一份减色。《牛栏》报办得好一些，我就先看这一份。我从头到尾看了一遍，包括读者小信箱栏和谜语笑话。我把灯吹灭。我心想大概能够入睡了。

我开始胡思乱想起来。想起这一块多年的心病。唉，在意大利那被人当作笑柄的战线受了伤并溃逃，真不光彩啊。在意大利的医院里，我们这一类人可以组成一个团体了。这个团体有个很滑稽的意大利名字。我不知道其他那些意大利人后来怎么样了。那是在米兰总医院的庞蒂病房里。隔壁的大楼是藏达病房。有一尊庞蒂（或许是藏达）的雕像。这就是上校联络官来慰问我的地方。真是滑稽。这大概是最最滑稽的事情了。我全身绑着绷带。但是有人告诉了他我的情况。他就做了一番了不起的演说："你，一个外国人，一个英国人（任何外国人在他看来都是英国人），做出了比牺牲生命更重大的贡献。"讲得多精彩啊！我真想把这番讲话装裱起来挂在写字间的墙上。他一点没笑。我猜想他是在设身处地地替我着想哪。"Che mala fortuna! [1] Che mala fortuna! "

过去我似乎从来没有意识到这一点。现在我尽量把它看得淡薄

---

① 意大利语：多么不幸！多么不幸！

一些，只求不要给别人带来烦恼。后来把我送到了英国，如果没有碰上勃莱特，我或许永远不会有任何烦恼。依我看，她只想追求她不可能得到的东西。唉，人就是这么样。叫人都见鬼去吧！天主教会可有个绝妙的方法来处理这一切。反正是一番忠言吧。不要去想它。哦，好一番忠言。今后就忍着点吧。就忍着点吧。

我睡不着，只顾躺着寻思，心猿意马。接着我无法控制自己，开始想起勃莱特，其他的一切念头就都消逝了。我思念着勃莱特，我的思路不再零乱，开始好像顺着柔滑的水波前进了。这时，我突然哭泣起来。过了一会儿，感到好过些，躺在床上倾听沉重的电车在门前经过，沿街驶去，然后我进入了睡乡。

我醒过来。外面有人在争吵。我听着，觉得有个声音很熟。我穿上晨衣向门口走去。看门的在楼下嚷嚷着。她火气很大。我听见提到我的名字，就朝楼下喊了一声。

“是你吗，巴恩斯先生？”看门的喊道。

“是的。是我。”

“这里来了个不知什么名堂的女人，她把整条街都吵醒了。深更半夜嚷嚷成这个样子，真不像话！她说一定要见你。我告诉她你睡着了。”

这时我听见了勃莱特的说话声。刚才睡得迷迷糊糊的，我只当是乔杰特呢。可是弄不懂是怎么回事。她哪能知道我的地址啊。

“请你让她上来好吗？”

勃莱特走上楼来。我见她喝得醉醺醺的。“干得真蠢，”她说。“惹起了好一阵争吵。嗨，你没有睡觉吧，是不是？”

“那依你看我在干什么？”

“不知道。几点钟啦？”

我看钟。已经四点半了。“连时间都过糊涂了，”勃莱特说。

“嗨，能不能让人家坐下呀？别生气，亲爱的。刚离开伯爵。他送我来这儿的。”

“他这人怎么样？”我拿出白兰地、苏打水和两个杯子。

“只要一丁点儿，”勃莱特说。“别把我灌醉了。伯爵吗？没错儿！他是我道中人。”

“他真是位伯爵？”

“祝您健康。我想是真的吧。不管怎么说，不愧是位伯爵。多懂得人情世故啊。不知道他从哪儿学来这一套的。在美国开了好多家联号糖果店。”

她举起杯子抿了一口酒。

“想想看，他把糖果店称作‘联号’或者类似‘联号’这样的名称。把它们全串联在一起。给我讲了一点。太有趣了。不过他是我道中人。啊，说真的。毫无疑问。这总是错不了的。”

她又喝了一口。

“我干吗为他吹嘘这些呢？你不介意吧！你知道，他在资助齐齐。”

“齐齐真的是公爵？”

“这我并不怀疑。是希腊的公爵，你知道。是位末流画家。我比较喜欢伯爵。”

“你同他到哪儿去啦？”

“哪儿都去了。方才他把我送到这儿来。他提出给我一万美元，要我陪他到比亚里茨[①]去。这笔钱折合多少英镑？”

“两千左右。”

---

① 法国西南端靠近西班牙的一城市，位于巴荣纳和昂代之间，滨比斯开湾，为避暑胜地。

“好大一笔钱呐。我告诉他我不能去。他倒蛮有肚量，并不见怪。我告诉他，在比亚里茨我的熟人太多。”

勃莱特格格地笑了。

“咳，你反应太迟钝了，”她说。我刚才只呷了几口白兰地苏打，这才喝了一大口。

“这就对了。真有意思，”勃莱特说。“后来他要我跟他到戛纳[①]去，我说，在戛纳我的熟人太多。蒙特卡洛[②]。我说，在蒙特卡洛我的熟人太多。我对他说，我哪儿都有很多熟人。这是真的。所以我就叫他带我到这里来了。”

她把手臂支在桌子上，用手端起酒杯，两眼望着我。“你别这样瞅我，”她说。“我对他说我爱着你。这也是真的。别这样瞅我。他很有涵养。明天晚上他要用汽车接我们出去吃饭。愿不愿意去？”

“为什么不愿意呢？”

“现在我该走了。”

“为什么？”

“只不过想来看看你。真是个傻念头。你想不想穿衣服下楼？他的汽车就在街那头停着。”

“伯爵？”

“就他本人。还有位穿号衣的司机。要带我兜一圈，然后到Bois[③]去吃早饭。有几篮酒食。全是从柴利饭店弄来的。成打的穆默酒[④]。不馋？”

“上午我还得工作，”我说。“跟你比，我太落后了，追不上

① 戛纳为法国东南部一旅游胜地，滨地中海。
② 蒙特卡洛为摩纳哥公国著名的赌城，在戛纳的东北，滨地中海。
③ 法语：森林。此处指巴黎西郊的布洛涅森林。
④ 一种德国产的烈性啤酒，以酿酒商的姓氏为名。

了，和你们玩不到一块去。”

“别傻了。”

“不能奉陪了。”

“好吧。给他捎句好话？”

“随你怎么说都行。务必做到。”

“再见了，亲爱的。”

“别那么伤感。”

“都怪你。”

我们亲吻道别，勃莱特全身一哆嗦。“我还是走开的好，”她说。“再见，亲爱的。”

“你可不一定走嘛。”

“我得走。”

我们在楼梯上再次亲吻。我叫看门的开门，她躲在屋里嘟嘟囔囔的。我回到楼上，从敞开的窗口看勃莱特在弧光灯下顺着大街走向停在人行道边的大轿车。她上了车，车子随即开走了。我转过身来。桌上放着一只空杯子，另外一只杯子里还有半杯白兰地苏打。我把两只杯子拿到厨房里，把半杯酒倒进水池子。我关掉饭间里的煤气灯，坐在床沿上，甩掉拖鞋就上了床。就是这个勃莱特，为了她我直想哭。我想着最后一眼看到她在街上行走并跨进汽车的情景，当然啦，不一会儿我又感到糟心透了。在白天，我极容易就可以对什么都不动感情，但是一到夜里，那是另一码事了。

# 第五章

第二天早晨，我沿着圣米歇尔大街走到索弗洛路去喝咖啡，吃奶油小圆蛋糕。这是个晴朗的早晨。卢森堡公园里的七叶树开了花。使人感到一种热天清晨凉爽宜人的气氛。我一边喝咖啡，一边看报，然后抽了一支烟。卖花女郎正从市场归来，在布置供一天出售的花束。过往学生有的上法学院，有的去巴黎大学的文理学院。来往电车和上班的人流使大街热闹非常。我登上一辆公共汽车，站在车后的平台上，驶向马德林教堂。从马德林教堂沿着嘉布遣会修士大街走到歌剧院，然后走向编辑部。我在一位手执跳蛙和玩具拳击手的男子身边走过。他的女伙计用一根线操纵玩具拳击手。她站着，交叉着的双手攥着线头，眼睛却盯着别处。我往旁边绕着走，免得碰在线上。那男子正向两位旅游者兜售。另外三位旅游者站停了观看。我跟在一个推着滚筒、往人行道上印上湿漉漉的CINZANO[①]字样的人后面走着。一路上行人都是上班去的。上班是件令人愉快的事情。我穿过马路拐进编辑部。

在楼上的写字间里，我读了法国各家晨报，抽了烟，然后坐在打字机前干了整整一上午的活。十一点钟，我搭出租汽车前往凯道赛[②]。我进去和十几名记者一起坐了半小时，听一位外交部发言人（一位戴角质框眼镜的《新法兰西评论》派年轻外交官）讲话并回答问题。参议院议长正在里昂发表演说，或者更确切一点说，他正在归途中。有几个人提问题是说给他们自己听的。有些通讯社记者提了两三个问题是想了解真相的。没有新闻。我和伍尔塞及克鲁姆从凯道赛一同坐一辆出租汽车回去。

“每天晚上你都干些什么，杰克？”克鲁姆问。“哪儿也见不着你。”

“喔，我经常待在拉丁区。”

“哪天晚上我也去。丁戈咖啡馆。那是最好玩的地方，是不是？”

“是的。丁戈，或者新开张的雅士咖啡馆。”

“我早就想去，”克鲁姆说。“可是有了老婆孩子，你也知道是怎么回事。”

“你玩不玩网球？”伍尔塞问。

“哦，不玩，”克鲁姆说。“可以说，这一年我一次也没有玩过。我总想抽空去一次，可是星期天老下雨，网球场又那么挤。”

“英国人在星期六都休息的，”伍尔塞说。

“这帮小子有福气，”克鲁姆说。“哦，我跟你说吧。有朝一日，我要不再给通讯社干。那时候我就有充裕的时间到乡间去逛逛啰。”

“这就对了。在乡间住下，再弄辆小汽车。”

“我打算明年买一辆。”

我敲敲车窗。司机刹住车。“我到了，”我说。“上去喝一杯吧。”

“不了，谢谢，老朋友，”克鲁姆说。伍尔塞摇摇头说，“我得把他上午发表的消息写成稿件发出去。”

我在克鲁姆手里塞了个两法郎的硬币。

---

① 这是一种意大利产的味美思酒的商标名。

② 法国外交部所在地，位于塞纳河南岸。

“你真是神经病，杰克，”他说。“这趟算我的。”

“反正都是编辑部出的钱。”

“不行。我来付。”

我挥手告别。克鲁姆从车窗里伸出头来。“星期三吃饭时再见。”

“一定。”

我坐电梯到了写字间。罗伯特·科恩正等着我。“嗨，杰克，”他说。“出去吃饭好吗？”

“好。我来看看有什么新到的消息。”

“上哪儿去吃？”

“哪儿都行。”

我扫了我的办公桌一眼。“你想到哪儿去吃？”

“‘韦泽尔’怎么样？那里的冷盘小吃很好。”

到了饭店，我们点了小吃和啤酒。酒保头儿端来啤酒，啤酒很凉，高筒酒杯外面结满水珠。有十几碟不同花色的小吃。

“昨儿晚上玩得很开心？”我问。

“不怎么样。”

“你的书写得怎么样啦？”

“很糟。第二部我都写不下去了。”

“谁都会碰到这种情况的。”

“唉，你说的我明白。不过，烦死我了。”

“还惦着到南美去不？”

“还想去。”

“那你为什么还不动身？”

“就因为弗朗西丝。”

“得了，”我说，“带她一起去。”

“她不愿意去。这种事情她不喜欢。她喜欢人多热闹的地方。”

“那你就叫她见鬼去吧！”

“我不能这么做。我对她还得尽某种义务。”

他把一碟黄瓜片推到一边，拿了一碟腌渍青鱼。

“你对勃莱特·阿施利夫人了解多少，杰克？”

“得称她阿施利夫人。勃莱特是她自己的名字。她是个好姑娘，”我说。“她正在打离婚，将要和迈克·坎贝尔结婚。迈克眼前在苏格兰。你打听她干吗？”

“这个女人很有魅力。”

“是吗？”

“她有某种气质，有某种优雅的风度。她看来绝对优雅而且正直。”

“她非常好。”

“她这种气质很难描述，”科恩说。“我看是良好的教养吧。”

“听你的口气似乎你非常喜欢她。”

“我很喜欢她。要是我爱上她，那是一点不奇怪的。”

“她是个酒鬼，”我说。“她爱迈克·坎贝尔，她要嫁给他。迈克迟早会发大财的。”

“我不相信她终究会嫁给他。”

“为什么？”

“不知道。我就是不相信。你认识她很久了？”

“是的，”我说。“我在大战期间住院时，她是志愿救护队的护士。”

“那时候她该是个小姑娘吧。”

“她现在三十四岁。”

“她什么时候嫁给阿施利的？”

“在大战期间。那时候，她真心爱的人刚刚死于痢疾。”

“你说得真挖苦。”

“对不起。我不是有意的。我只不过是想把事实告诉你。”

“我不相信她会愿意嫁给一个自己不爱的人。”

“咳，”我说。“她已经这样干过两次了。”

“我不相信。”

“行了，”我说，“如果你不喜欢这样的回答，你就别向我提那么一大堆愚蠢的问题。”

“我并没有问你那些。”

“是你向我打听勃莱特·阿施利的情况。”

“我并没有叫你说她的坏话。”

“哼，你见鬼去吧！”

他的脸色一下子变得煞白，从座位上站起来，气急败坏地站在摆满小吃碟子的桌子后面。

“坐下，”我说。“别傻气了。”

“收回你这句话。”

“别要在补习学校时候的老脾气了。”

“收回！”

“好。什么都行。勃莱特的情况我一点也不知道。这行了吧？”

“不。不是那件事。是你叫我见鬼去的那句话。”

“噢，那就别见鬼去，”我说。“坐着别走。我们刚开始吃哩。”

科恩重新露出笑容，并且坐了下来。看来他是乐意坐下的。他如果不坐下又能干什么呢？“你竟说出这种无礼的话，杰克。”

“很抱歉。我说话不好听。但心里可绝对不是那个意思。”

“我明白了，”科恩说。“实际上，你可算得上是我最好的朋友了，杰克。”

愿上帝保佑你，我心里寻思。“我说的话你别往心里去，”我说出口来。“对不起。”

“没事儿了。好了。我生气只是一阵子。”

“这就好。我们另外再弄点吃的。”

吃完饭之后，我们漫步来到和平咖啡馆喝咖啡。我感觉到科恩还想提勃莱特，但是我把话岔开了。我们扯了一通别的事情，然后我向他告别，回到编辑部。

# 第六章

五点钟，我在克里荣旅馆等候勃莱特。她不在，因此我坐下来写了几封信。信写得不怎么样，但我指望克里荣旅馆的信笺信封能对此有所弥补。勃莱特还是没有露面，因此在六点差一刻光景我下楼到酒吧间和酒保乔治一块喝了杯鸡尾酒。勃莱特没有到酒吧间来过，所以出门之前我上楼找了一遍，然后搭出租汽车上雅士咖啡馆。跨过塞纳河时，我看见一列空驳船神气十足地被拖曳着顺流而下，当船只驶近桥洞的时候，船夫们站立在船头摇桨。塞纳河风光宜人。在巴黎过桥总是叫人心旷神怡。

汽车绕过一座打着旗语姿势的旗语发明者的雕像，拐上拉斯帕埃大街。我靠后坐在车座上，等车子驶完这段路程。行驶在拉斯帕埃大街上总是叫人感到沉闷。这条街很像巴黎—里昂公路上枫丹白露和蒙特罗之间的那一段，这段路自始至终老是使我感到厌烦、空虚、沉闷。我想旅途中这种使人感到空虚的地带是由某些联想所造成的。巴黎还有些街道和拉斯帕埃大街同样丑陋。我可以在这条街上步行而毫不介意。但是坐在车子里却令人无法忍受。也许我曾读过描述这条街的书。罗伯特·科恩对巴黎的一切印象都是这样得来的。我不知道科恩看了什么书才会如此不欣赏巴黎。大概是受了门肯[①]的影响。门肯厌恶巴黎。有多少年轻人的好恶受到门肯的影响啊。

车子在洛东达咖啡馆门前停下来。你在塞纳河右岸要司机开往蒙帕纳斯无论哪个咖啡馆，他们总是把你送到“洛东达”。十年以后，“多姆”大概会取而代之。反正“雅士”离此很近。我从“洛东达”那些叫人沮丧的餐桌旁走过，步行到“雅士”。有几个人在里面酒吧间内，哈维·斯通独自在外面坐着。他面前放着一大堆小碟子，他需要刮刮脸了。

“坐下吧，”哈维说，“我正在找你。”

“什么事？”

“没事儿。只不过找你来着。”

“去看赛马啦？”

“没有。星期天以来再没去过。”

“美国有信来吗？”

“没有。毫无音信。”

“怎么啦？”

“不知道。我和他们断了联系。我干脆同他们绝交了。”

他俯身向前，直视我的眼睛。

“你愿意听我讲点什么吗，杰克？”

“愿意。”

“我已经有五天没吃东西了。”

我脑子里马上闪过哈维三天前在“纽约”酒吧间玩扑克骰子戏赢了我两百法郎的事。

“怎么回事？”

“没钱。钱没汇来。”他稍停了一会又说，“说来真怪，杰克。我一没钱就喜欢独自一个人待着。我喜欢待在自己的房间里。我像一只猫。”

---

① 美国作家及评论家亨利·路易·门肯(1880—1956)以犀利的文笔，在一系列文艺评论及杂文中讽刺美国社会奉为神明的一切价值观念，针砭时弊，获得青年们的爱戴，当时正是他影响最大的日子。

我摸摸自己的口袋。

“一百法郎能派点用场吗，哈维？”

“够了。”

“走吧。我们吃点东西去。”

“不忙。喝一杯再说。”

“最好先吃点。”

“不用了。到了这个地步，我吃不吃都一样。”

我们喝了一杯酒。哈维把我的碟子摞在他那一堆上。

“你认识不认识门肯，哈维？”

“认识。怎么样？”

“他是个什么样的人？”

“他人不错。他常讲一些非常有趣的话。最近我和他一起吃饭，说起了霍芬海默。‘糟就糟在，’门肯说，‘他是一个伪君子。’说得不错。”

“说得不错。”

“门肯的才智已经枯竭了，”哈维接着说。“凡是他所熟悉的事，几乎全部写完了，现在他着手写的都是他不熟悉的。”

“我看他这个人不错，”我说。“不过，我就是读不下去他写的东西。”

“唉，现在没人看他的书了，”哈维说，“除非是那些在亚历山大·汉密尔顿学院念过书的人。”

“哦，”我说。“那倒也是件好事。”

“当然，”哈维说。我们就这样坐着沉思了一会儿。

“再来杯葡萄酒？”

“好吧，”哈维说。

“科恩来了，”我说。罗伯特·科恩正在过马路。

“这个白痴，”哈维说。科恩走到我们桌子前。

“嗨，你们这帮二流子，”他说。

“嗨，罗伯特，”哈维说。“方才我正和杰克说你是个白痴。”

“你这是什么意思？”

“马上说出来。不许思考。如果你能要做什么就做什么，你最愿意做什么？”

科恩思考起来。

“你别想。马上说出口来。”

“我不明白，”科恩说。“到底是怎么回事？”

“我的意思是你最愿意做什么。你的脑子里首先想到的是什么。不管这种想法有多么愚蠢。”

“我不知道，”科恩说。“我大概最愿意拿我后来学到的技巧再回头去玩橄榄球。”

“我误解你了，”哈维说。“你不是白痴。你只不过是一个发育过程受到抑制的病例。”

“你这人说话太放肆，哈维，”科恩说。“总有一天人家会把你的脸揍扁的。”

哈维·斯通嘿嘿一笑。“就是你这样想。人家才不会呐。因为我对此是无所谓的。我不是拳击手。”

“要是真有人揍你，你就会觉得有所谓了。”

“不，不会的。这就是你铸成大错的症结所在。因为你的智力有问题。”

“别扯到我身上来。”

“真的，”哈维说。“你说什么我都不在乎。你在我的眼里啥也不是。”

“行了，哈维，”我说。“再来一杯吧。”

"不喝了，"他说。"我要到大街那头去吃点啥。再见，杰克。"

他出门沿街走去。我看他那矮小的身材拖着沉重、缓慢而自信的脚步，穿过一辆辆出租汽车，跨过马路。

"他老是惹我生气，"科恩说。"我没法容忍他。"

"我喜欢他，"我说。"我很喜爱他。你用不着跟他生气。"

"我知道，"科恩说。"不过他刺痛了我的神经。"

"今天下午你写作了？"

"没有。我写不下去。比我写第一部难多了。这问题真叫我难办。"

他早春时节从美国回来时的那股意气风发的自负劲儿消失了。那时候他对自己的写作踌躇满志，不过胸中怀着找寻奇遇的渴望。现在他可心灰意懒了。不知怎的，我感到始终没把他好好地表达出来。实情是这样的：在他爱上勃莱特之前，我从没听到他说过与众不同而使他显得突出的话。他在网球场上英姿勃勃，体格健美，保养得很好；他擅长打桥牌，具有某种大学生的风趣。在大庭广众之中他的谈吐从不突出。他穿着我们在学校时叫作马球衫的东西（可能现在还叫这个），但是他不像职业运动员那样显得那么年轻。我认为他并不十分讲究衣装。他的外表在普林斯顿大学定了型。他的内心思想是在那两个女人的熏陶之下形成的。他身上有股始终磨灭不掉的可爱而孩子气的高兴劲儿，这种气质我大概没有好好表达出来。他在网球场上好胜心切。打个比方吧，他大概同伦格林[①]一样地好胜。话得说回来，他输了球倒并不气恼。从他爱上勃莱特以来，他在网球场上就一败涂地了。以前根本无法跟他较量的人都把他击败了。但是他却处之泰然。

---

① 苏珊·伦格林（1899—1938）为法国著名女网球运动员，曾多次获得单打、双打、混合双打冠军。

我们当时就这样坐在雅士咖啡馆的露台上，哈维·斯通刚穿过马路。

“我们到‘丁香园’去吧，”我说。

“我有个约会。”

“几点？”

“弗朗西丝七点一刻到这里。”

“她来了。”

弗朗西丝·克莱恩正从大街对面朝我们走来。她的个子很高，走起路来大摇大摆的。她含笑挥手。我们看着她穿过马路。

“你好，”她说，“看见你在这里真高兴，杰克。我正有话要跟你讲。”

“你好，弗朗西丝，”科恩说。他面带笑容。

“哟，你好，罗伯特。你在这儿？”她接着匆忙地说。“今天算我倒霉，这一位”——她把头朝科恩那边摆了摆说——“连吃饭也不回家了。”

“我没讲好要回去啊。”

“这我知道。但是你并没有跟厨娘打招呼。后来我自己跟波拉有个约会，可她不在写字间。我就到里茨饭店[1]去等她，她结果没有去，当然啦，我身上带的钱不够在那里吃顿饭……”

“那你怎么办呢？”

“我当然就出来了，”她装作挺开心的样子说。“我向来不失约。可是今天谁也不守信用了。我也该学乖点了。不过，你怎么样，杰克？”

“很好。”

---

① 里茨饭店为巴黎一豪华的大旅馆，其餐厅也极尽豪华之能事。

“你带来参加舞会的那个姑娘蛮不错，后来你却跟那个叫勃莱特的走了。”

“你不喜欢她？”科恩问。

“她长得再迷人不过的了。你说呢？”

科恩没吱声。

“听着，杰克。我有话和你说。你陪我到‘多姆’去好吗？你就在这儿待着，行不行，罗伯特？走吧，杰克。”

我们跨过蒙帕纳斯大街，在多姆咖啡馆前一张桌子边坐下。走过来一位拿着《巴黎时报》的报童，我买了一份，翻开报纸。

“什么事，弗朗西丝？”

“哦，没什么，”她说，“就是他打算抛弃我。”

“你这是什么意思？”

“唉，他逢人就嚷嚷我们要结婚，我也告诉了我母亲和诸亲好友，可他现在又不想干了。”

“怎么回事？”

“他认为，他还没有享受够人生的乐趣。他当时一去纽约，我就料到迟早会变卦。”

她抬起那双万分明亮的眼睛看我，前言不对后语地说下去。

“如果他不愿意，我是不愿嫁给他的。我当然不愿。现在我说什么也不愿和他结婚了。不过对我来说确实太晚了点。我们已经等了三年，而且我刚刚办完离婚手续。”

我一声不吭。

“我们正要准备庆祝一番，可是结果我们却大吵大闹。真如同儿戏。我们吵得不可开交，他哭哭啼啼地要求我放明白些，但是他说，他就是不能结婚。”

“真倒霉。”

“真是倒霉透了。我为他耽误了两年半的青春。我不知道现在还能有谁会愿意娶我。两年前在戛纳，我想嫁给谁，就能嫁给谁。所有想娶个时髦女子好好过日子的老光棍都狂热地围着我转。现在我可别想能找到了。”

“说真的，现在你还是能看中谁，就嫁给谁的。”

“这话我不信。再说，我还爱着科恩。我想要生几个孩子。我总想着我们会有孩子的。”

她用明亮的眼睛看着我。“我从来不怎么特别喜欢孩子，但是我不愿意去想我会一辈子没有孩子。我始终认为，我会有孩子，我会爱他们的。”

“科恩已经有孩子了。”

“哦，是的。他有孩子，他有钱，他有个有钱的妈妈，他还写了本书，但是我的东西谁也不给出版，根本没人要。虽然我写得也不赖。而且我一个子儿也没有。我本来可以得到一笔赡养费，但是我用最高速度把离婚办妥了。”

她又用明亮的目光看着我。

“真不公道。是我自己不好，但也不见得。我早该学乖点。我一提这件事，他只是哭，说他不能结婚。他为什么不能结婚？我会做个好妻子。我是很容易相处的。我不会打搅他。但是一切都无济于事。”

“真丢人。”

“是啊，真丢人。可是扯这些有什么用，是不是？走吧，我们回咖啡馆去。”

“当然啦，我一点儿忙也帮不上。”

“是啊。别让他知道我跟你说了这番话就行。我知道他想干什么。”这时候她才第一次收起她那开朗的、欢乐得异乎寻常的神情。“他想单独回纽约，出书的时候在那里待着好博得一大帮小妞儿的欢心。这就是他所向往的。”

“她们不见得会喜欢那本书。我想他不是那样的人。真的。”

“你不如我了解他，杰克。那正是他所追求的。我明白。我明白。这就是他不和我结婚的原因。今年秋天他要独享荣华。”

“想回咖啡馆去？”

“好。走吧。”

我们在桌边站起来（侍者一杯酒也没有给我们拿来），穿过马路朝“雅士”走去。科恩坐在大理石面的桌子后面对我们微笑。

“哼，你乐什么？”弗朗西丝问他。“心满意足啦？”

“我笑你和杰克原来还有不少秘密哩。”

“哦，我对他讲的不是什么秘密。大家很快都会知道的。我只不过向杰克作正确的说明罢了。”

“什么事情？是你到英国去的事儿？”

“是的，就是我到英国去的事儿。噢，杰克！我忘了告诉你。我要去英国。”

“那敢情好啰！”

“对，名门望族都是这样解决问题的。罗伯特打发我去英国。他打算给我两百镑，好叫我去探望朋友。不是挺美吗？我的朋友们还一点都不知道呢。”

她扭过头去对科恩笑笑。这时他不笑了。

“你起先只想给我一百镑，罗伯特，对不？但是我硬是要他给我两百。他确实非常慷慨。是不是，罗伯特？”

我不明白怎么能当着科恩的面说得这么吓人。往往有这样的人，听不得刻薄话。你一说这种话，他们就会暴跳如雷，好像当场天就会塌下来。但是科恩却乖乖地听着。真的，我亲眼看见的，而且我一点没想去阻拦。可这些话和后来讲的那些话比起来只不过是善意的玩笑而已。

“你怎么说出这种话来，弗朗西丝？”科恩打断她的话说。

“你听，他还问呢。我到英国去。我去看望朋友。你曾经到不欢迎你的朋友家去做过客吗？哦，他们会勉强接待我的，这没问题。‘你好，亲爱的。好长时间没见到你了。你的母亲好吗？’是啊，我亲爱的母亲现在怎么样啦？她把她的钱全部买了法国战争公债。是的，正是这样。像她那种做法恐怕全世界也是独一无二的。‘罗伯特怎么样？’或者小心翼翼地绕着弯儿打听罗伯特。‘你千万别毛毛愣愣地提他的名儿，亲爱的。可怜的弗朗西丝这段经历真够惨的。’不是怪有味儿的吗，罗伯特？你想是不是会很有味儿的，杰克？”

她朝我一笑，还是那种开朗得异乎寻常的笑。有人听她诉说，她非常满意。

“那你打算上哪儿去，罗伯特？这都是我自己不好。完全该怪我自己。我叫你甩掉杂志社那个小秘书的时候，我该料到你会用同样的手段来甩掉我的。杰克不知道这件事。我该不该告诉他？”

“别说了，弗朗西丝，看在上帝面上。”

“不，我要说。罗伯特在杂志社曾经有个小秘书。真是个世上少见的漂亮的妞儿，他当时认为她很了不起。后来我去了，他认为我也很了不起。所以我就叫他把她打发走。当初杂志社迁移的时候，他把她从卡默尔带到了普罗文斯敦，可这时他连回西海岸的旅费也不给她。这一切都是为了讨好我。他当时认为我很美。是不是，罗伯特？

“你千万别误解，杰克，和女秘书的关系纯属精神恋爱。甚至谈不上精神恋爱。实在什么关系也谈不上。只不过她的模样长得真好。他那样做只是为了让我高兴。依我看，操刀为生者必死在刀下[①]。这不是文学语言吗？你写第二本书的时候，别忘了把这个写进去，罗伯特。

“你知道罗伯特要为一部新作搜集素材。没错吧，罗伯特？这就是他要离开我的原因。他断定我上不了镜头。你知道，在我们共同生活的日子里，他总是忙着写他的书，把我们俩的事儿丢在脑后。现在他要去找新的素材了。行，我希望他找到一些一鸣惊人的材料。

“听着，罗伯特，亲爱的。我要向你进一言。你不会介意吧？不要和那些年轻的女人吵嘴。尽量别这样。因为你一吵就要哭，这样你只顾自我哀怜，就记不住对方说些啥了。你那样子是永远记不住人家讲的话的。尽量保持冷静。我知道这很难。但是你要记住，这是为了文学。为了文学我们都应该做出牺牲。你看我。我要毫无怨言地到英国去。全是为了文学啊。我们大家必须帮助青年作家。你说是不是，杰克？但是你不好算青年作家了。对吗，罗伯特？你三十四岁了。话说回来，我看要当一个大文豪，你这个岁数算是年轻的。你瞧瞧哈代。再瞧瞧不久前去世的阿纳托尔·法朗士[②]。罗伯特认为他没有任何可取之处。有几个法国朋友这么对他说的。他阅读法文书籍不太自如。他写得还不如你哩，是不是，罗伯特？你以为他也得找素材去？他不愿同他的情妇结婚的时候，你猜他对她们说什么来着？不知道他是不是也哭哭啼啼？噢，我想起了一件事。”她举起戴手套的手捂在嘴上说，“我知道罗伯特不愿和我结婚

---

① 此处原文大致引自《圣经·马太福音》第二十六章第五十二节：“耶稣对他说，收刀入鞘吧。凡动刀的，必死在刀下。”

② 法国名作家、诺贝尔奖金获得者法朗士于一九二四年十月十二日逝世，而本书故事发生在一九二五年年中。

的真正理由了，杰克。才想起来。有次在雅士咖啡馆，恍惚之间我看到了启示。你说希奇不希奇？有一天人家会挂上一块铜牌的。就像卢尔德城[1]。你想听吗，罗伯特？我告诉你。很简单。我奇怪我怎么从来没有想到过。哦，你知道，罗伯特一直想有个情妇，如果他不跟我结婚，哼，那么他就有我这个情妇。'她当了他两年多的情妇。'你明白了吗？如果他一旦和我结了婚，正如他经常答应的那样，那么他的整个浪漫史也就告终了。我悟出了这番道理，你看是不是很聪明？事实也是如此。你看他的脸色，就会知道是不是真的。你要去哪儿，杰克？"

"我得进去找一下哈维·斯通。"

我走进酒吧间的时候，科恩抬头看着。他脸色煞白。他为什么还坐在那里不走？为什么继续那样受她的数落？

我靠着酒吧柜站着，透过窗户可以看见他们。弗朗西丝仍然在和他说话，她开朗地微笑着，每次问他"是这样的吧，罗伯特"时，两眼总紧盯着他的脸。也许这时候她不这么问了。也许她在讲别的什么事情。我对酒保说我不想喝酒，就从侧门走出去。我走出门，回头隔着两层厚玻璃窗朝里看，只见他们还在那里坐着。她还在不停地和他说话，我顺着小巷走到拉斯帕埃大街。过来一辆出租汽车，我上了车，告诉司机我的住址。

---

① 法国南部比利牛斯山麓一小城。据说在一八五八年，十四岁的牧羊女贝娜台特在一山洞前见到圣母马利亚显灵，遵嘱掘地得一脉泉水，据说能治百病。该地自后成为著名的天主教徒朝圣地，贝娜台特后被封为圣贝娜台特。

# 第七章

我正要上楼，看门的敲敲她小屋门上的玻璃，我站停了，她走出屋来。她拿着几封信和一份电报。

“这是你的邮件。有位夫人曾经来看过你。”

“她有没有留下名片？”

“没有。她是和一位先生一起来的。她就是昨晚来的那位。我到头来发现，她非常好。”

“她是和我的朋友一起来的？”

“我不认识。他从没到这儿来过。他是个大块头。个头非常非常大。她非常好。非常非常好。昨儿晚上，她可能有点儿——”她把头支在一只手上，上下摇晃着。“老实告诉你吧，巴恩斯先生。昨儿晚上我觉得她不怎么 gentille[1]。昨儿晚上给我的印象可不这样。可是你听我说呀。她实在是 très très gentille[2]。她出身高贵。看得出来。”

“他们可曾留下什么口信？”

“他们说过一个钟头再来。”

“来了就让他们上楼。”

“是，巴恩斯先生。再说那位夫人，那位夫人看来不一般。也许有点古怪，但是位 quelqu’ une，quelqu’ une！[3]”

这看门的来此之前在巴黎赛马场开一家小酒店。她的营生要靠场子里的大众，但是她却打眼梢上留神着过磅处[4]周围的上流人士，她非常自豪地对我说，我的客人里面，哪些非常有教养，哪些是出身于望门贵族，哪些是运动家——最后这个词用法语的读法，把重音放在最后一个音节上。问题在我的来客如果不属于这三类人物，那就麻烦了，她很可能会对人家说，巴恩斯家没人。我有个画画的朋友，长得面黄肌瘦，在杜齐纳太太看来，显然既不富有教养，不是出身名门，也不是运动家。他给我写了一封信，问我是否可以给他弄张入门证，好让他偶尔在晚上来看看我。

我一面上楼，一面心里纳闷：勃莱特是怎么把看门的笼络住的。电报是比尔·戈顿打来的，说他乘“法兰西号”即将到达。我把邮件放在桌上，回进卧室，脱下衣服洗了个淋浴。我正在擦身，听见门铃响了。我穿上浴衣，趿上拖鞋去开门。是勃莱特。她身后站着伯爵。他拿着一大束玫瑰花。

“嗨，亲爱的，”勃莱特说。“允许我们进屋吗？”

“请进。刚才我正在洗澡。”

“你真是好福气。还洗澡。”

“只是冲一冲。坐吧，米比波普勒斯伯爵。你想喝点什么？”

“我不知道你是不是喜欢鲜花，先生，”伯爵说，“我且冒昧送你几朵玫瑰花。”

“来，把花给我。”勃莱特接过花束。“给我在这里面灌上点水，杰克。”我到厨房把大瓦罐灌满了水，勃莱特把花插在里面，放在餐桌的中央。

“啊呀，我们玩了整整一天。”

“你是不是把我们在‘克里荣’的约会忘得一干二净啦？”

---

① 法语：和蔼可亲。
② 法语：非常非常和蔼可亲。
③ 法语：高贵人物，高贵人物！
④ 参加赛马的骑师在赛前得一一过磅，绅士淑女常喜到那边观看，评头品足，作为一种时髦的社交活动。

“不记得了。我们有约会？我准是喝糊涂了。”

“你喝得相当醉了，亲爱的，”伯爵说。

“是吗？这位伯爵可绝对是个慷慨可靠的好人。”

“你现在已经赢得了看门女人的欢心。”

“那当然啰。我给了她两百法郎。”

“别尽干傻事。”

“是他的，”她朝伯爵点了点头说。

“我想我们应该给她一点，因为昨夜打扰她了。实在时间太晚了。”

“他真了不起，”勃莱特说。“过去的事通通记得。”

“你也一样，亲爱的。”

“想想看，”勃莱特说。“谁愿意伤那个脑筋？喂，杰克，我们可以来一杯吗？”

“你拿吧，我进去穿衣服。你知道放在哪儿。”

“当然知道。”

在我穿衣服的工夫，我听见勃莱特摆上酒杯，放下苏打水瓶，然后听见他们在说话。我坐在床上慢条斯理地穿上衣服。我感到疲乏，心境很坏。勃莱特端着一杯酒进屋来，坐在床上。

“怎么啦，亲爱的？觉得头晕？”

她在我的前额上不在意地吻了一下。

“勃莱特，啊，我多么爱你。”

“亲爱的，”她说。接着又问：“你想要我把他打发走？”

“不。他心地很好。”

“我这就把他打发走。”

“不，别这样。”

“就这么办，我把他打发走。”

“你不能就这么干。”

“我不能？你在这儿待着。告诉你，他对我是一片痴心。”

她走出房门。我趴在床上。我很难受。我听他们在说话，但是我没有留神去听。勃莱特进来坐在床上。

“亲爱的，我可怜的人儿。”她抚摸我的头。

“你跟他怎么说的？”我脸背着她躺着。我不愿看见她。

“叫他弄香槟酒去了。他喜欢去买香槟酒。”

她又说：“亲爱的，你觉得好些吧？头晕好点了吗？”

“好一点了。”

“好好躺着。他过河去了。”

“我们不能在一块过，勃莱特？我们不能就那么住到一起？”

“我看不行。我会见人就搞关系而对你不忠实。你会受不了的。”

“我现在不是能受得了吗！”

“那是两码事。这是我的不对，杰克。我本性难改啊。”

“我们能不能到乡间去住一阵子？”

“一点好处也没有。如果你喜欢，我就去。不过我在乡间不会安安静静地待着。和我真正心爱的人在一起也不行。”

“我明白。”

“不是挺糟吗？我口头说爱你是一点用也没有。”

“你知道我是爱你的。”

“不谈了。空谈顶无聊。我要离开你，迈克尔[①]也快回来了。”

“你为什么要走？”

“对你好。对我也好。”

“什么时候走？”

---

① 即迈克，迈克尔是全名，迈克是爱称、小名。

“尽快。”

“上哪儿？”

“圣塞瓦斯蒂安[1]。”

“我们不能一起去？”

“不行。我们刚刚谈通了，怎么又糊涂了。”

“我们从来没有一致过。”

“唉，你心里和我一样明白。别固执了，亲爱的。”

“当然，”我说。“我知道你说得对。我的情绪不好，我的情绪一不好就满口胡诌。”

我起来坐着，哈腰在床边找鞋穿上。我站了起来。

“不要这么瞅着，亲爱的。”

“你叫我怎么瞅？”

“哦，别傻了。明天我就走。”

“明天？”

“对。我不是说过了？我要走。”

“那么我们来干一杯。伯爵就要回来了。”

“是啊。他该回来了。你知道他特别热衷于买香槟酒。在他看来，这是最重要不过的。”

我们走进饭间。我拿起酒瓶给勃莱特倒了一杯白兰地，给我自己也倒了一杯。门铃响了。我去开门，是伯爵。司机站在他身后，拎着一篮子香槟酒。

“我叫他把这篮子酒放在哪儿，先生？”伯爵问。

“放厨房去，”勃莱特说。

“拎到那儿去，亨利，”伯爵指了指。“现在下去把冰块取

---

① 在西班牙北部，滨比斯开湾，为避暑胜地。

来。”他站在厨房门里面看着司机把篮子放好。“我想你喝了就会知道这是非常好的酒，”他说。“我知道在美国现在很少有机会品尝到好酒[①]。这是我从一个做酿酒生意的朋友那里弄来的。”

“随便什么行当，你总是有熟人的，”勃莱特说。

“这位朋友是栽植葡萄的。有几千英亩葡萄园。”

“他叫什么？”勃莱特问。“叫弗夫·克利科[②]？”

“不是，”伯爵说。“叫穆默。他是一位男爵。”

“真有意思，”勃莱特说。“我们都有个头衔，你怎么没有呢，杰克？”

“我老实告诉你吧，先生，”伯爵把手搭在我的胳膊上说。“头衔不能给人带来任何好处。往往只能使你多花钱。”

“哦，我可说不准。有时候它是怪有用的，”勃莱特说。

“我从来不知道它对我有什么好处。”

“你使用得不恰当。它给我可带来了极大的荣誉。”

“请坐，伯爵，”我说。“让我把你的手杖放好。”

在煤气灯亮光下，伯爵凝视着坐在桌子对面的勃莱特。她在抽烟，往地毯上弹烟灰。她看见我注意到了。“喂，杰克，我不愿意弄脏你的地毯。你不能给我个烟灰缸吗？”

我找了几个烟灰缸，在几个地方摆好。司机拎了一桶加盐的冰块上来。“放两瓶进去冰着，亨利，”伯爵招呼他说。

“还有事吗，先生？”

“没有了。下去到车子里等着吧。”他转身对勃莱特和我说，

---

① 美国于1919年通过宪法第十八修正案，禁止制造、销售含酒精的饮料，至1933年通过宪法第二十一修正案，才撤销禁令。

② 这是在巴黎东北前香槟省生产香槟酒的一家大户。“弗夫”在法语中意为“寡妇”，是1783年开始制作这种名牌香槟酒的创始人。

“我们要不要坐车到布洛涅森林吃饭去？”

“随你的便，”勃莱特说。“我一点也不想吃。”

“凡是好饭菜我都来者不拒，”伯爵说。

“要把酒拿进来吗，先生？”司机问。

“好。拿来吧，亨利，”伯爵说。他掏出一个厚实的猪皮烟盒，朝我递过来。“来一支真正的美国雪茄好吗？”

“谢谢，”我说。“我要把这支烟抽完。”

他用拴在表链一端的金制小轧刀轧去雪茄头。

“我喜欢通气的雪茄，”伯爵说。“我们抽的雪茄有一半是不通气的。”

他点燃了雪茄，噗噗地吸着，眼睛望着桌子对面的勃莱特。“等你离了婚，阿施利夫人，你的头衔就没有了。”

“是啊。真遗憾。”

“不用惋惜，”伯爵说。“你用不着头衔。你浑身上下都具有高贵的风度。”

“谢谢。你的嘴巴真甜。”

“我不是在逗你，”伯爵喷出一口烟说。“就我看来，谁也没有你这种高贵的风度。你有。就这么回事。”

“你真好，”勃莱特说。“我妈妈听了会高兴的。你能不能写下来，我好在信里给她寄去？”

“我跟她也会这么说的，”伯爵说。“我不是在逗你。我从来不跟别人开玩笑。好开玩笑者必树敌。我经常这么说。”

“你说得对，”勃莱特说。“你说得太对了。我经常同人开玩笑，因此我在世界上没有朋友。除了这位杰克。”

“你别逗他。”

“是实话嘛。”

“现在呢？”伯爵问。“你是跟他说着玩儿的吧？”

勃莱特眯着眼睛看我，眼角出现皱纹。

“不，”她说。“我不会逗他的。”

“明白了，”伯爵说。“你不是逗他。”

“谈这些多无聊，”勃莱特说。“来点香槟酒怎么样？”

伯爵弯腰把装在亮闪闪的小桶里的酒瓶转动了一圈。“还没有冰透呢。你总喝个没完，亲爱的。为什么你不光是谈谈呢？”

“我已经唠唠叨叨地说得太多了。我跟杰克把什么事都谈透了。”

“我真想听你好好地说说话，亲爱的。你跟我说话老是说半句留半句。”

“那下半句是留给你说的。谁乐意就由谁来接着说。”

“这种说话的方式可真有趣，”伯爵伸手把瓶子又转动了一圈。“可我还是愿意听你说话。”

“你看他傻不傻？”勃莱特问。

“行了，”伯爵拿起一瓶酒说。“我看这一瓶冰透了。”

我拿来一条毛巾，他把酒瓶擦干，举起来。“我爱喝大瓶装的香槟酒。这种酒比较好，但是冰镇起来很费事。”他拿着酒瓶端详着。我放好杯子。

“喂，你可以开瓶了，”勃莱特提醒他。

“好，亲爱的。我这就开。”

真是呱呱叫的香槟酒。

“我说这才叫酒哩，”勃莱特举起酒杯。“我们应该举杯祝酒。‘为王室干杯。’”

“这酒用来祝酒未免太好了，亲爱的。你喝这样的酒不能动感情。这样品尝不出味儿来。”

勃莱特的酒杯空了。

“你应该写一本论酒的专著，伯爵，”我说。

“巴恩斯先生，”伯爵回答，“我喝酒的唯一乐趣就是品味。”

“再来点尝尝，”勃莱特把酒杯往前一推。伯爵小心翼翼地给她斟酒。“喝吧，亲爱的。现在你先慢慢品，然后喝个醉。”

“醉？醉？”

“亲爱的，你的醉态真迷人。”

“听他往下说。”

“巴恩斯先生，”伯爵说，斟满我的杯子。“我没见过第二个女人像她那样，喝醉了还照样那么艳光照人。”

“你没见过多大世面，对不？”

“不对，亲爱的。我见得多了。我见过很多很多。”

“喝你的酒吧，”勃莱特说。“我们都见过世面。我敢说杰克见过的不见得比你少。”

“亲爱的，我相信巴恩斯先生见过很多。你别以为我不这么想，先生。但是我也见过很多。”

“当然你是这样的，亲爱的，”勃莱特说。“我只不过是说着玩儿的。”

“我经历过七次战争、四场革命，”伯爵说。

“当兵打仗吗？”勃莱特问。

“有几回，亲爱的，我还受过几处箭伤。你们见过箭伤的伤疤吗？”

“让我们见识见识。”

伯爵站起来，解开他的背心，掀开衬衣。他把汗衫撩到胸部，露出黑黝黝的胸脯，大腹便便地站在灯下。

“看见了吧？”

在末一根肋骨下面有两处隆起的白色伤疤。“你们看后面箭头穿出去的地方。”在脊背上腰部的上方，同样有两个隆起的疤痕，有指头那么粗。

“哎呀，真不得了。”

“完全穿透了。”

伯爵把衬衣塞好。

“在哪儿受的这些伤？”我问。

“在阿比西尼亚[①]。我当时二十一岁。”

“你当时干什么呀？”勃莱特问。“你在军队里？”

“我是去做买卖的，亲爱的。”

“我跟你说过，他是我道中人。我说过没有？”勃莱特扭过头来问我。“我爱你，伯爵。你真可爱。”

“你说得我心里美滋滋的，亲爱的。不过，这不是真情。”

“别蠢了。”

“你瞧，巴恩斯先生，正因为我历经坎坷，所以今天才能尽情享乐。你是否也是这么看的？”

“是的。绝对正确。”

“我知道，”伯爵说。“奥秘就在其中。你必须对生活价值形成一套看法。”

“你对生活价值的看法从来没有受到过干扰？”勃莱特问。

“没有。再也不会啦。”

“从来没有恋爱过？”

“经常恋爱，”伯爵说。“谈情说爱是常事。”

“关于你对生活价值的看法，恋爱有什么影响？”

① 即今埃塞俄比亚。

"在我对生活价值的看法中，恋爱也占有一定的位置。"

"你没有任何对生活价值的看法。你已经死去了，如此而已。"

"不，亲爱的。你说得不对。我绝对没有死去。"

我们喝了三瓶香槟酒，伯爵把篮子留在我的厨房里。我们在布洛涅森林一家餐厅里吃饭。菜肴很好。食品在伯爵对生活价值的看法中占有特殊的位置。跟美酒同等。进餐的时候，伯爵举止优雅。勃莱特也一样。这是一次愉快的聚会。

"你们想上哪儿去？"吃完饭，伯爵问。餐厅里就剩下我们三个人了。两个侍者靠门站着。他们想要回家了。

"我们可以上蒙马特山，"勃莱特说。"我们这次聚会不是挺好吗？"

伯爵笑逐颜开。他特别开心。

"你们俩都非常好，"他说。他又抽起雪茄来。"你们为什么不结婚，你们俩？"

"我们各有不同的生活道路，"我说。

"我们的经历不同，"勃莱特说。"走吧。我们离开这里。"

"再来杯白兰地吧，"伯爵说。

"到山上喝去。"

"不。这儿多安静，在这里喝。"

"去你的，还有你那个'安静'，"勃莱特说。"男人到底对安静怎么看？"

"我们喜欢安静，"伯爵说。"正如你喜欢热闹一样，亲爱的。"

"好吧，"勃莱特说。"我们就喝一杯。"

"饮料总管！"伯爵招呼说。

“来了，先生。”

“你们最陈的白兰地是哪年的？”

“一八一一年，先生。”

“给我们来一瓶。”

“嗨，别摆阔气了。叫他退掉吧，杰克。”

“你听着，亲爱的。花钱买陈酿白兰地比买任何古董都值得。”

“你收藏了很多古董？”

“满满一屋子。”

最后，我们登上了蒙马特山。泽利咖啡馆里面拥挤不堪，烟雾腾腾，人声嘈杂。一进门，乐声震耳。勃莱特和我跳舞。舞池里挤得我们只能勉强挪动步子。黑人鼓手向勃莱特招招手。我们被挤在人群里，在他面前原地不动地踏着舞步。

“你合（好）？”

“挺好。”

“那就合（好）啰！”

他脸上最醒目的是一口白牙和两片厚嘴唇。

“他是我很要好的朋友，”勃莱特说。“一位出色的鼓手。”

乐声停了，我们朝伯爵坐的桌子方向走去。这时又奏起了乐曲，我们又接着跳舞。我瞅瞅伯爵。他正坐在桌子边抽雪茄。音乐又停了。

“我们过去吧。”

勃莱特朝桌子走去。乐声又起，我们又紧紧地挤在人群里跳着。

“你跳得真糟，杰克。迈克尔是我认识的人中跳得最好的。”

“他很了不起。”

“他有他的优点。”

“我喜欢他，”我说。“我特别喜欢他。”

“我打算嫁给他，”勃莱特说。“有意思。我有一星期没想起他了。”

“你没有给他写信？”

“我才不呢。我从不写信。”

“他准给你写了。”

“当然。信还写得非常好。”

“你们什么时候结婚？”

“我怎么知道？等我办完了离婚手续吧。迈克尔想叫他母亲拿钱出来办。”

“要我帮忙不？”

“别蠢了。迈克尔家有的是钱。”

乐声停了。我们走到桌子边。伯爵站起来。

“非常好，”他说。“你们跳起舞来非常非常好看。”

“你不跳舞，伯爵？”我问。

“不。我上年纪了。”

“嗳，别说笑话了，”勃莱特说。

“亲爱的，要是我跳舞能感到乐趣，我会跳的。我乐意看你们跳。”

“太好了，”勃莱特说。“过些时候我再跳给你看看。你那位小朋友齐齐怎么样啦？”

“跟你说吧。我资助他，但是我不要他老跟着我。”

“他也着实不容易。”

“你知道，我认为这孩子会很有出息。但是就我个人而言，我不要他老在我跟前。”

“杰克的想法也是这样。”

“他使我心惊肉跳。”

“至于，”伯爵耸耸肩说，“他将来怎么样，谁也说不准。不管怎么说，他的父亲是我父亲的好友。”

“走。跳舞去，”勃莱特说。

我们跳舞。场子里又挤，又闷。

“亲爱的，”勃莱特说，“我是多么痛苦。”

我有这种感觉：这一切以前全经历过。“一分钟之前你还挺高兴嘛。”

鼓手大声唱着：“你不能对爱人不忠——”

“一切都烟消云散了。”

“怎么回事儿？”

“不知道。我只感到心情糟透了。”

“……，”鼓手唱着。然后抓起鼓槌。

“想走？”

我有这种感觉：好像在做恶梦，梦境反复出现，我已经熬过来了，现在又必须从头熬起。

“……，”鼓手柔声唱着。

“我们走吧，”勃莱特说。“你别见怪。”

“……，”鼓手大声唱着，对勃莱特咧嘴笑笑。

“好，”我说。我们从人群中挤出来。勃莱特到盥洗室去。

“勃莱特想走，”我对伯爵说。他点点头。“她要走？好啊。你用我的车子吧。我要再待一会儿，巴恩斯先生。”

我们握手。

“今晚过得真好，”我说。“但愿你允许我……”我从口袋里拿出一张钞票。

“巴恩斯先生，这不像话，”伯爵说。

勃莱特穿戴好了走过来。她亲了下伯爵，按住他的肩膀，不让他站起来。我们刚出门，我回头一看，已经有三位姑娘在他身旁坐下了。我们跨进大轿车。勃莱特告诉司机她旅馆的地址。

“不，你别上去了，”她站在旅馆门口说。她刚才按过一下门铃，于是门开了。

“真的？”

“对。请回吧。”

“再见，勃莱特，”我说。“你的心情不好，我感到很不安。”

“再见，杰克。再见，亲爱的。我不要再和你相会了。”我们站在门边亲吻着。她把我推开。我们再一次亲吻。“唉，别这样！”勃莱特说。

她赶紧转过身去，走进旅馆。司机把我送到我的住处。我给他二十法郎，他伸手碰了下帽檐，说了声“再见，先生”，就开车走了。我按按门铃。门开了，我上楼睡下。

# 第二部

# 第八章

等到勃莱特从圣塞瓦斯蒂安回来了，我才和她再次见面。她从那儿寄来过一张明信片。明信片上印有康查海湾的风景照，并写着："亲爱的。非常宁静，有益身心。向诸位问好。勃莱特。"

我这一阵也没有再见到过罗伯特·科恩。听说弗朗西丝已去英国，我收到科恩一封短简，说要到乡下去住两周，具体去向尚未决定，不过他要我遵守去年冬天我们谈过的计划：到西班牙去作一次钓鱼旅行。他写道，我可以随时通过他的银行经纪人和他取得联系。

勃莱特走了，我不再被科恩的烦恼所打扰，我不用去打网球，感到很惬意。因为我有很多工作要干。我常去赛马场，和朋友一起吃饭。六月末我要和比尔·戈顿到西班牙去，因此我经常在写字间加班，好提前赶出一些东西，到时候移交给秘书。比尔·戈顿到了巴黎，在我的住处待了两天就到维也纳去了。他兴高采烈地称赞美国好极了。纽约好得不得了。那里的戏剧季节规模宏大，还出现了一大批出色的青年轻量级拳击手。其中每个人都大有成长起来、增强体重并击败登普西[①]的希望。比尔兴致勃勃。他新近出版的一本书给他挣到了一大笔钱，而且还会挣得更多。他在巴黎这两天我们过得很愉快，接着他就到维也纳去了。他将于三周后回来，那时我们将动身到西班牙去钓鱼，然后去潘普洛纳过节[②]。他来信说维也纳很迷人。后来在布达佩斯寄来一张明信片上写着："杰克，布达佩斯迷人极了。"最后我收到一封电报："周一归。"

星期一晚上，他来到我的寓所。我听到他坐的出租汽车停下的声音，就走到窗前喊他；他挥挥手，拎着几只旅行袋走上楼来。我在楼梯上迎接他，接过一只旅行袋。

“啊，”我说，“听说你这次旅行挺称心。”

“好极了，”他说。“布达佩斯绝顶地好。”

“维也纳呢？”

“不怎么样，杰克。不怎么样。比过去似乎好一点。”

“什么意思？”我在拿酒杯和一个苏打水瓶。

“我醉过，杰克。我喝醉过。”

“真想不到。还是来一杯吧。”

比尔擦擦他的前额。“真是怪事，”他说。“不知怎的就醉了。突然醉了。”

“时间长吗？”

“四天，杰克。拖了正好四天。”

“你都到了哪些地方？”

“不记得了。给你寄过一张明信片。这件事我完全记得。”

“另外还干什么啦？”

“说不准了。可能……”

“说下去。给我说说。”

“记不得了。我能记多少就给你讲多少吧。”

“说下去。喝完这一杯，再想想。”

---

① 杰克·登普西于1919年获得世界重量级拳击冠军，以后蝉联了几次，直到1926年才被吉恩·滕尼所击败。

② 潘普洛纳位于西班牙东北部，为古巴斯克王国（后名纳瓦拉王国）的首都。有古城墙、堡垒及15世纪的哥特式大教堂。每年7月初圣福明节期间有宗教庆祝活动。在那一星期中，广大居民在街头载歌载舞，通宵狂欢，并观看盛大的斗牛赛。

“可能会想起一点儿，”比尔说。“想起一次拳击赛。维也纳的一次大型拳击赛。有个黑人参加。这黑人我记得很清楚。”

“说下去。”

“一位出众的黑人。长得很像‘老虎’弗劳尔斯，不过有他四个那么大。突然，观众纷纷扔起东西来。我可没有。黑人刚把当地的一个小伙击倒在地。黑人举起他一只戴手套的手。想发表演说啦。他神态落落大方。他刚要开口，那位当地的白种小伙向他一拳打去。他随即一拳把白种小伙击昏了。这时观众开始抛掷坐椅。黑人搭我们的车回家。连衣服也没法拿到。穿着我的外衣。现在全部过程我都想起来了。这一夜真热闹。”

“后来呢？”

“我借给黑人几件衣服，和他一起奔走，想法要拿到那笔钱。但是人家说场子给砸了，黑人倒欠他们钱。不知道是谁当的翻译？是我吗？”

“大概不是你。”

“你说得对。确实不是我。是另外一个人。我们好像管他叫当地的哈佛大学毕业生。想起他来了。正在学音乐。”

“结果怎么样？”

“不大妙，杰克。世上处处不讲理。拳赛主持人坚持说黑人答应过让当地白种小伙赢的。说黑人违反了合同。不能在维也纳击倒维也纳的拳击手。‘天啊，戈顿先生，’黑人说，‘我整整四十分钟在场子里没干别的，只是想方设法让着他。这白种小伙准是向我挥拳的时候伤了他自己。我真的一直没出手打他。’”

“你要到钱了？”

“没捞着，杰克。只把黑人的衣服弄回来了。他的表也让人拿走了。这黑人真了不起。到维也纳去一趟是个莫大的错误。这地方不怎么好，杰克。不怎么好。”

“这黑人后来怎么样？”

“回科隆[①]去了。住在那里。已经结婚。有老婆孩子。要给我写信，还要寄还我借给他的钱。这黑人真了不起。但愿我给他的地址没有弄错。”

“大概不会错的。”

“得了，还是吃饭去吧，”比尔说。“除非你还要我再谈些旅行见闻。”

“往下说。”

“我们吃饭去。”

我们下楼，在六月温煦的傍晚，走上圣米歇尔大街。

“我们上哪儿？”

“想到岛[②]上吃去？”

“当然好。”

我们沿大街朝北走。在大街和当费尔·罗歇罗路交叉的十字路口有一尊长衣飘拂的双人雕像。

“我知道这两个人是谁，”比尔注视着纪念碑说。“首创制药学的先生们。别想拿巴黎的事情来骗我。”

我们往前走去。

“这里有家动物标本商店，”比尔说。“想买什么吗？买只好看的狗标本？”

“走吧，”我说。“你醉了。”

---

① 科隆位于今德意志联邦共和国西部莱茵河畔。

② 巴黎城中心塞纳河中央有两个岛，西面的那个名西岱岛，原为巴黎旧城，著名的巴黎圣母院位于该岛东端。东面的那个为圣路易岛，较小，看下文这里是指后者。

“挺好看的狗标本，”比尔说。“一定会使你的房间四壁生辉。”

“走吧。”

“你买它一只狗标本。我可买可不买。但是听着，杰克。你买它一只狗标本。”

“走吧。”

“你一买到手，世上别的什么东西你都不会要了。简单的等价交换嘛。你给他们钱。他们给你一只狗标本。”

“等回来的时候买一个吧。”

“好。随你的便。下地狱的路上铺满着该买而没买的狗标本。以后别怨我。”

我们继续往前走。

“你怎么突然对狗发生那么大的兴趣？”

“我向来就喜欢狗。向来非常喜欢动物标本。”

我们停下来，喝了一杯酒。

“我确实喜欢喝酒，”比尔说。“你不妨偶尔试试，杰克。”

“你胜过我一百四十四点。”

“别让这个使你气馁。永远不能气馁。我成功的秘诀。从没气馁过。从没当别人的面气馁过。”

“你在哪里喝的？”

“在‘克里荣’弯了一下。乔奇给我调了几杯鸡尾酒。乔奇是个了不起的人物。知道他成功的秘诀吗？从没气馁过。”

“你再喝三杯珀诺酒就会气馁了。”

“不当别人的面。我一感到不行就独个儿溜走。我在这方面像猫。”

“你什么时候碰到哈维·斯通的？”

"在'克里荣'。哈维有点挺不住了。整整三天没有吃东西。什么也不肯吃。像猫一样地溜了。很伤心。"

"他不要紧。"

"太好了。但愿他不要老像猫那样溜掉就好了。弄得我好紧张。"

"今儿晚上我们干什么?"

"干什么都一样。我们只要能挺住就行。你看这里有煮鸡蛋吗?如果有,我们就用不着赶那么远的路到岛上去吃。"

"不行,"我说。"我们要正经八百地吃顿饭。"

"只不过是个建议,"比尔说。"想就走吗?"

"走。"

我们又顺着大街往前走。一辆马车从我们身边驶过。比尔瞧了它一眼。

"看见那辆马车啦?我要把那辆马车做了标本给你作圣诞礼物。打算给我所有的朋友都送动物标本。我是博物学作家。"

开过一辆出租汽车,有人在里面招手,然后敲敲车窗叫司机停下。汽车打倒车到人行道边。里面坐着勃莱特。

"好一个美人儿,"比尔说。"要把我们拐走吧!"

"喂!"勃莱特说。"喂!"

"这位是比尔·戈顿。这位是阿施利夫人。"

勃莱特对比尔微微一笑。"哎,我才回来。连澡都还没洗呢。迈克尔今晚到。"

"好。来吧,我们一起去吃饭,过后一起去接他。"

"我得洗一洗。"

"别说废话!走吧。"

"必须洗个澡。九点之前他到不了。"

"那么先来喝一杯再去洗澡。"

"也好。你这话说得有道理。"

我们上了车。司机回过头来。

"到最近的酒店去，"我说。

"还是到'丁香园'吧，"勃莱特说。"我喝不了那种劣质白兰地。"

"'丁香园'。"

勃莱特转身朝着比尔。

"你在这个讨厌的城市待很久了？"

"今天才从布达佩斯来。"

"布达佩斯怎么样？"

"好极了。布达佩斯非常好。"

"问问他维也纳怎么样。"

"维也纳，"比尔说，"是一座古怪的城市。"

"非常像巴黎，"勃莱特笑着对他说，她的眼角出现了皱纹。

"一点不错，"比尔说。"眼前这时节很像巴黎。"

"我们赶不上你了。"

我们坐在"丁香园"外面的露台上，勃莱特叫了一杯威士忌苏打，我也要了一杯，比尔又要了一杯珀诺酒。

"你好吗，杰克？"

"非常好，"我说。"我过得很愉快。"

勃莱特瞅着我。"我出门去真傻，"她说。"谁离开巴黎，谁就是头蠢驴。"

"你过得很愉快？"

"哎，不错。挺有意思。不过不特别好玩。"

"遇见熟人没有？"

“没有，几乎一个也没有。我从不出屋。”

“你连游泳也没去？”

“没有。什么也没有干。”

“听上去很像维也纳，”比尔说。

勃莱特眯缝起眼睛看他，眼角出现皱纹。

“原来维也纳是这个样子的。”

“一切都跟维也纳一个样。”

勃莱特又对他微微一笑。

“你这位朋友挺好，杰克。”

“他是不错，”我说，“他是制作动物标本的。”

“那还是在另一个国家里的事，”比尔说。“而且都是些死动物。”

“再喝一杯，”勃莱特说，“我就得赶紧走了。请你叫侍者去雇辆车子。”

“外边排着一溜车，就在对面。”

“好。”

我们喝完酒，送勃莱特上车。

“记住，十点左右到‘雅士’。叫他也去。迈克尔会在场的。”

“我们会去的，”比尔说。出租汽车开动了，勃莱特向我们挥挥手。

“多出色的女人啊，”比尔说。“怪有教养的。迈克尔是何许人？”

“就是她要嫁的那个人。”

“啊呀呀，”比尔说。“碰到我结识个女人，总是在这节骨眼儿上。我送他们什么呢？你看他们会喜欢一对赛马标本吧？”

“我们还是去吃饭吧。”

“她真是一位什么某某夫人吗？”我们去圣路易岛的途中，比尔在汽车里问我。

“是啊。在马种系谱什么的里记载着。”

“乖乖。”

我们在小岛北部勒孔特太太的餐厅里进餐。里面坐满了美国人，我们不得不站着等座。有人把这个餐厅写进美国妇女俱乐部的导游小册子里，称它为巴黎沿河码头边一家尚未被美国人光顾的古雅饭店，因此我们等了四十五分钟才弄到一张桌子。比尔在一九一八年大战刚停战时在这里用过餐，勒孔特太太一见到他就大事张罗起来。

“然而没有就给我们弄到一张空桌子，”比尔说。“她可还是个了不起的女人。”

我们吃了顿丰盛的饭：烤子鸡、新鲜菜豆、土豆泥、色拉以及一些苹果馅饼加干酪。

“你把全球的人都吸引到这里来了，”比尔对勒孔特太太说。她举起一只手。“啊，我的上帝！”

“你要发财啰！”

“但愿如此。”

喝完咖啡和白兰地，我们要来账单。跟往常一样，账单是用粉笔写在石板上的，这无疑是本餐厅“古雅”的特点之一。我们付了账，和勒孔特太太握握手，就走了出来。

“你就此不想来了，巴恩斯先生，”勒孔特太太说。

“美国来的同胞太多了。”

“午餐时间来吧。那时不挤。”

“好。我就会来的。”

我们在小岛北部奥尔良河滨街的行道树下朝前走，树枝从岸边伸出，笼罩在河面上。河对岸是正在拆毁的一些老房子留下的断垣残壁。

“要打通一条大街。”

“是在这么干，”比尔说。

我们继续朝前走，绕岛一周。河面一片漆黑，开过一艘灯火通明的河上小客轮，它悄悄地匆匆驶往上游，消失在桥洞底下。巴黎圣母院蹲伏在河下游的夜空下。我们从贝都恩河滨街经小木桥向塞纳河左岸走去，在桥上站住了眺望河下游的圣母院。站在桥上，只见岛上暗淡无光，房屋在天际高高耸起，树林呈现出一片阴影。

“多么壮观，”比尔说。“上帝，我真想往回走。”

我们倚在桥的木栏杆上，向上游那些大桥上的灯光望去。桥下的流水平静而漆黑。它无声地流过桥墩。有个男人和一个姑娘从我们身边走过。他们互相用胳膊搂抱着走去。

我们跨过木桥，顺着勒穆瓦纳主教路向上走。路面很陡，我们一直步行到康特雷斯卡普广场。广场上，弧光灯光从树叶丛中射下来，树下停着一辆正要开动的公共汽车。“快乐的黑人”咖啡馆门内传出音乐声。透过爱好者咖啡馆的窗子，我看见里面那张很长的白铁酒吧柜。门外露台上有些工人在喝酒。在“爱好者”的露天厨房里，有位姑娘在油锅里炸土豆片。旁边有一铁锅炖肉。一个老头儿手里拿着一瓶红酒站在那里，姑娘舀了一些用盘子装上递给他。

“想喝一杯吧？”

“不想喝，”比尔说。“现在不需要。”

我们在康特雷斯卡普广场上向右拐，顺着平坦、狭窄的街道走去，两侧的房子高大而古老。有些房子凸向街心。另一些往后缩。我们走上铁锅路，顺着它往前走，它一直把我们带到南北笔直的圣雅克路，我们然后往南走，经过前有庭院、围着铁栅栏的瓦尔德格拉斯教堂，到达皇家港大街。

“你想做什么？”我问。“到咖啡馆去看看勃莱特和迈克？”

“行啊。”

我们走上和皇家港大街相衔接的蒙帕纳斯大街，一直朝前走，经过“丁香园”、“拉维涅”、“达穆伊”和另外那些小咖啡馆，穿过马路到了对面的“洛东达”，在灯光下经过它门前的那些桌子，来到“雅士”。

迈克尔从桌边站起来迎着我们走过来。他的脸晒得黝黑，气色很好。

“嗨—嗨，杰克，”他说。“嗨—嗨！嗨—嗨！你好，老朋友？”

“看来你的身体结实着呢，迈克。”

“是啊。结实着哩。除了散步，别的什么也不干。整天溜达。每天同我母亲喝茶的时候喝一杯酒。”

比尔走进酒吧间去了。他站着和勃莱特说话，勃莱特坐在一只高凳上，架起了腿儿。她没有穿长统袜子。

“看到你真高兴，杰克，”迈克尔说。“我有点醉了，你知道。想不到吧？你注意到我的鼻子了吗？”

他鼻梁上有一摊已干的血迹。

“让一位老太太的手提包碰伤的，”迈克说。“我抬手想帮她拿下几个手提包，它们砸在我头上了。”

勃莱特在酒吧间里拿她的烟嘴向他打手势，挤眼睛。

“一位老太太，”迈克说。“她的手提包砸在我头上了。”

“我们进去看勃莱特吧。哎，她是个迷人的东西。你真是位可爱的夫人，勃莱特。你这顶帽子是从哪儿弄来的？”

“一个朋友给我买的。你不喜欢？”

“太难看了。买顶好的去。”

“啊，现在我们的钱可多哩，”勃莱特说。“喂，你还不认识比尔吧？你真是位可爱的主人，杰克。”

她朝迈克转过身去。“这是比尔·戈顿。这个酒鬼是迈克·坎贝尔。坎贝尔先生是位没还清债务的破产者。”

“可不是？你知道，昨天在伦敦我碰到了我过去的合伙人。就是他把我弄到了这个地步。”

“他说了些什么？”

“请我喝了一杯酒。我寻思还是喝了吧。喂，勃莱特，你真是个迷人的东西。你看她是不是很美丽？”

“美丽。长着这么个鼻子？”

“鼻子很可爱。来，把鼻子冲着我。她不是个迷人的东西吗？”

“是不是该把这个人留在苏格兰？”

“喂，勃莱特，我们还是早点回去睡觉吧。”

“别说话没检点，迈克尔。别忘了这酒吧间里有女客呢。”

“她是不是个迷人的东西？你看呢，杰克？”

“今晚有场拳击赛，”比尔说。“想去吗？”

“拳击赛，”迈克说。“谁打？”

“莱杜对某某人。”

“莱杜拳术很高明，”迈克说。“我倒真想去看看，”——他竭力打起精神来——“但是我不能去。我和这东西有约在先。喂，勃莱特，一定要去买顶新帽子。”

勃莱特拉下毡帽，遮住一只眼睛，在帽檐下露出笑容。“你们两位赶去看拳击吧。我得带坎贝尔先生直接回家了。”

“我没有醉，”迈克说。“也许有那么一点醉意。嗨，勃莱特，你真是个迷人的东西。”

“你们去看拳击吧，”勃莱特说。“坎贝尔先生越来越难弄了。你这是哪儿来的一股多情劲儿，迈克尔？”

“嗨，你真是个迷人的东西。”

我们说了再见。“我不能去真遗憾，”迈克说。勃莱特吃吃地笑。我走到门口回头望望。迈克一只手扶在酒吧柜上，探身冲着勃莱特说话。勃莱特相当冷淡地看着他，但是眼角带着笑意。

走到外面人行道上，我说：“你想去看拳击吗？”

“当然啰，”比尔说。“如果用不着我们走路的话。”

“迈克为他这个女朋友得意着呢，”我在汽车里说。

“唷，”比尔说。“这你哪能多责怪他啊。”

# 第九章

莱杜对小子弗朗西斯的拳击赛于六月二十日夜间举行。是一场精彩的拳击赛。比赛的第二天早晨，我收到罗伯特·科恩从昂代[1]寄来的信。信中写道，他的生活非常平静：游泳，有时玩玩高尔夫球，经常打桥牌。昂代的海滨特别美，但是他迫不及待地要钓鱼去。问我什么时候到那里。如果我给他买到双丝钓线的话，等我去了就把钱还给我。

同一天上午，我在编辑部写信告诉科恩，我和比尔将于二十五日离开巴黎，如有变化另行电告，并约他在巴荣纳[2]会面，然后可以从那里搭长途汽车翻山到潘普洛纳。同一天晚上七点左右，我路经“雅士”，进去找迈克尔和勃莱特。他们不在，我就跑到“丁戈”。他们在里面酒吧柜前坐着。

“你好，亲爱的。”勃莱特伸出手来。

“你好，杰克，”迈克说。“现在我明白昨晚我醉了。”

“嘿，可不，”勃莱特说。“真丢人。”

“嗨，”迈克说，“你什么时候到西班牙去？我们跟你一块儿去行吗？”

“那再好不过了。”

“你真的不嫌弃我们？你知道，我去过潘普洛纳。勃莱特非常想去。你们不会把我们当作累赘吧？”

“别胡说。”

“你知道，我有点醉了。不醉我也不会这样问你。你肯定愿意吧？”

“别问了，迈克尔，”勃莱特说。“现在他怎么能说不愿意呢？以后我再问他。”

“你不反对吧，是不是？”

“如果你不是存心要我恼火，就别再问了。我和比尔在二十五日早晨动身。”

“哟，比尔在哪儿？”勃莱特问。

“他上香蒂利[③]跟朋友吃饭去了。”

“他是个好人。”

“是个大好人，”迈克说。“是的，你知道。”

“你不会记得他了，”勃莱特说。

“记得。我完全记得。听着，杰克，我们二十五日晚上走。勃莱特早上起不来，”

“当真起不来！”

“要是我们收到了汇款，你又不反对的话。”

“钱肯定能汇到。我去办。”

“告诉我，要叫寄来什么钓鱼用具。”

“弄两三根带卷轴的钓竿，还有钓线，一些蝇形钩。”

“我不想钓鱼，”勃莱特插嘴说。

“那么弄两根钓竿就行了，比尔用不着买了。”

“好，”迈克说。“我给管家的打个电报。”

“太好了，”勃莱特说。“西班牙！我们一定会玩得非常

① 昂代位于法国西南部比利牛斯山麓，隔国境线和西班牙的伊伦遥遥相望。滨比斯开湾，为避暑地。

② 巴荣纳位于昂代东北，在同一省内，为历史名城，有海港。

③ 在巴黎北约二十三英里处，有大小古堡等名胜，城南有大森林。

痛快。”

“二十五号。星期几？”

“星期六。”

“我们就得准备了。”

“嗨，”迈克说，“我要理发去。”

“我必须洗个澡，”勃莱特说。“陪我走到旅馆去，杰克。乖乖的听话啊。”

“我们住的这家旅馆是再妙不过的了，”迈克说。“我看像是家妓院！”

“我们一到，就把旅行包寄存在‘丁戈’。旅馆人员问我们开房间是不是只要半天。听说我们要在旅馆过夜，他们乐得够呛。”

“我相信这旅馆是家妓院，”迈克说。“我哪能不知道。”

“哼，别叨叨了，快去把头发理理。”

迈克走了。我和勃莱特继续坐在酒吧柜边。

“再来一杯？”

“行吧。”

“我需要喝点，”勃莱特说。

我们走在迪兰伯路上。

“我这次回来后一直没见到你，”勃莱特说。

“是的。”

“你好吗，杰克？”

“很好。”

勃莱特看着我。“我说，”她说，“这次旅行罗伯特·科恩也去吗？”

“去。怎么啦？”

“你想这是不是会使他多少感到难堪？”

"为什么会这样？"

"你看我到圣塞瓦斯蒂安是和谁一起去的？"

"恭喜你了，"我说。

我们往前走着。

"你说这话干吗？"

"不知道。你要我说什么？"

我们向前走，拐了一个弯。

"他表现得很不错。他后来变得有点乏味。"

"是吗？"

"我原以为这对他会有好处。"

"你大可以搞社会公益事业。"

"别这样恶劣。"

"不敢。"

"你真的不知道？"

"不知道，"我说。"也许我没有想起过。"

"你想这一来会不会使他过于难堪？"

"那得由他来决定，"我说。"写信告诉他，你也要去。他可以随时决定不去的嘛。"

"我就写信，让他来得及退出这次旅行。"

一直到六月二十四日晚上，我才再次见到勃莱特。

"科恩回信了吗？"

"当然。他对这次旅行可热心哪。"

"我的上帝！"

"我自己也觉得这事实在奇怪。"

"他说他迫不及待地要看看我。"

"他会不会想你是单独去的？"

“不会。我告诉他我们大伙儿一起去。迈克尔和我们大家。”

“他可真不同凡响。”

“可不！”

他们预期钱将在第二天汇来。我们约好在潘普洛纳会面。他们准备直接到圣塞瓦斯蒂安，在那里搭火车前去。我们要在潘普洛纳的蒙托亚旅馆会师。如果他们迟至星期一还不到达，我们就自行朝北到山区的布尔戈特[①]，开始钓鱼。有长途汽车通往布尔戈特。我写了一份行程计划，好让他们跟着我们来。

我和比尔乘早车离开道赛车站。天气晴朗，不太热，一出城就是一派悦目的田园风光。我们走进后面的餐车吃早饭。离开餐车时，我跟乘务员索取第一批就餐券。

“前四批都发完，只有第五批了。”

“这是怎么搞的？”

在那次列车上，午饭一向最多只供应两批，而且每批都有不少座位。

“都预订完了，”餐车乘务员说。“第五批在三点半供应。”

“这问题严重了，”我对比尔说。

“给他十法郎。”

“给，”我说。“我们想在第一批用餐。”

乘务员把十法郎放进口袋。

“谢谢您，”他说。“我劝先生们买点三明治。头四批的座位在铁路办事处就预订出去了。”

“你前途无量，老兄，”比尔用英语对他说。“要是给你五法郎，我想你大概会建议我们跳车了。”

---

① 在潘普洛纳东北方比利牛斯山脉南麓。

"Comment? [1]"

"见鬼去吧！"比尔说。"做点三明治，再来瓶酒。你跟他说，杰克。"

"送到隔壁车厢。"我详细告诉他我们的座位在哪里。

我们的单间里还有一对夫妇和他们的小儿子。

"我看你们是美国人，对不？"男人问。"旅途愉快吗？"

"非常愉快，"比尔说。

"你们做对了。旅行得趁年轻。我和孩子他妈早就打算到欧洲来，但是却迟迟没有走成。"

"如果你真想，十年前就能来了，"他妻子说。"你老是说什么'先在美国观光'！不管你怎么看，我可以说我们观光过的地方倒是不少了。"

"嗨，在这列车上有好多美国人，"男人说。"他们来自俄亥俄州的达顿，占了七个车厢。他们到罗马朝了圣，现在去比亚里茨和卢尔德。"

"原来他们是这号人。朝圣信徒。该死的清教徒，"比尔说。

"你们两位年轻人是美国的什么地方人？"

"我是堪萨斯城人，"我说。"他是芝加哥人。"

"你们俩都去比亚里茨？"

"不。我们到西班牙去钓鱼。"

"哦，我自己向来不喜欢这个。可在我的家乡有很多人爱好。我们蒙大拿州有几个蛮好的钓鱼场所。我同孩子们去过，但是从来不感兴趣。"

"你那几回出去，可也没少钓鱼啊，"他妻子说。

---

① 法语：怎么说？

他朝我们眨眨眼睛。

“你知道娘儿们是怎么回事。见到一罐酒或是一箱啤酒，她们就大惊小怪，认为天要塌下来了。”

“男人才那样哩，”他妻子对我们说。她安详地捋捋平她膝部的裙子下摆。“为了讨好他，我投票反对禁酒，因为我喜欢在家里喝一点啤酒，可他竟用这副样子说话。这种人竟能讨到老婆，真是怪事。”

“喂，”比尔说，“那帮清教徒把餐车给包了，要占用到下午三点半，你知不知道？”

“你说什么？他们不会干出这等事来的。”

“你去试试找两个座吧。”

“唷，孩子他妈，看样子我们还是回去再吃顿早饭的好。”

她站起来，整整衣裙。

“请你们照看一下我们的东西好吗？走吧，休伯特。”

他们一行三人到餐车去了。他们走了不一会儿，茶房穿过车厢通知第一批用餐，那批信徒和他们中的几位神父，开始结队通过走廊。我们的朋友及其一家没有回来。一名侍者端着三明治和一瓶夏布利白葡萄酒从我们这节车厢的走廊上走过，我们招呼他进来。

“今天你有的是活儿干啦，”我说。

他点点头。“现在十点半，他们开始了。”

“我们什么时候能吃上？”

“哼！我什么时候能吃上？”

他放下酒瓶外加两个杯子，我们付了三明治的钱，给了小费。

“一会儿我来拿盘子，”他说，“要不你们顺手给捎过来。”

我们一边吃三明治、喝夏布利酒，一边观赏窗外的乡间风光。庄稼开始成熟，地里盛开着罂粟花。绿茸茸的牧场，如画的树林。

时而闪过大河和掩映在树林之中的古堡。

在图尔[①]我们下车买了一瓶酒。等我们回到单间，从蒙大拿来的先生和他妻子以及儿子休伯特已经舒舒服服地坐在里面了。

“在比亚里茨有好浴场吗？”休伯特问。

“这孩子不泡在水里就像着了魔一样，”他母亲说。“这么大的孩子出门旅行也真够呛。”

“在那里游泳可好哩，”我说。“不过有风浪的时候很危险。”

“你们吃到饭了？”比尔问。

“当然吃过了。他们开始进去的时候，我们已经坐好了，他们准以为我们是同伙。一个侍者跟我们说了几句法语，他们就打发其中的三个人回去了。”

“他们以为我们是磕头虫呢，”那个男的说。“由此可见天主教会的权势。可惜你们两位不是天主教徒。不然你们就吃上饭了。”

“我是天主教徒，”我说。“就因为这样，我才感到这么恼火。”

等到四点一刻，我们才吃上午饭。比尔最后发火了。他拦住了一位领着一行吃完饭的清教徒往回走的神父。

“什么时候能轮上我们这些新教徒吃饭，神父？”

“这件事我一点也不清楚。你拿到就餐券没有？”

“这种行径足以逼一个人去投奔三K党[②]，”比尔说。神父回头盯了他一眼。

在餐车里，侍者们供应第五批公司菜。给我们端菜的那名侍者

---

① 图尔位于法国西部，巴黎西南，为铁路交通中心之一。

② 这里不是指那个以迫害黑人为主的三K党，而是另一个同名的美国组织，于1915年由出生在美国的白人新教徒组成，反对天主教徒、犹太人及其他外来少数民族。

被汗水湿透了。他白外套的腋窝处染成了紫红色。

"他一定是喝了很多葡萄酒。"

"要不他里头穿着一件紫红色的汗衫。"

"我们来问问他。"

"别问啦。他太累了。"

火车在波尔多[①]停半个钟头，我们下车在车站上溜达了一下。进城可来不及了。后来列车穿过兰兹省，我们观看日落。松林中开出一道道宽阔的防火带，望过去像一条条大街，远方尽头处是覆盖着树木的山丘。我们七点半左右吃晚饭，在餐车里，从敞开的窗户瞭望原野。这是一片长着松树的沙地，长满了石楠。有几小块空地上坐落着几座房屋，偶尔驶过一个锯木厂。天黑下来了，但我们仍能感觉到窗外伸展着一片燠热、多沙而黑暗的土地。九点左右，我们开进巴荣纳。那对夫妇和休伯特一一同我们握手。他们要继续前行，到拉内格里斯镇转车去比亚里茨。

"好，希望你们一切顺利，"男的说。

"在那里看斗牛要多加小心。"

"在比亚里茨我们也许还能见面，"休伯特说。

我们背着旅行包和钓竿袋下了车，穿过昏暗的车站，走上明亮的广场，那里排着一列出租马车和旅馆的接客公共汽车。罗伯特·科恩在旅馆接待员的人群里站着。他起初没有看见我们。后来他才走上前来。

"嗨，杰克。旅途愉快吗？"

"很好，"我说。"这位是比尔·戈顿。"

"你好？"

---

① 波尔多为法国西南部的大工业城市及大海港，是制造葡萄酒的中心。

“走吧，”罗伯特说。“我雇了一辆马车。”他有点近视。过去我从没注意到。他紧盯着比尔，想看个清楚。他也感到不好意思。

“都到我住的旅馆去吧。旅馆还说得过去。相当不错。”

我们上了马车，车夫把旅行包放在他身旁的座位上，爬上驾驶座，抽了个响鞭，车子驶过黑洞洞的桥，进了城。

“我见到你实在太高兴了，”罗伯特对比尔说。“杰克对我讲过你很多情况，我还读过你的那几本书。你把我的钓线带来了没有，杰克？”

马车在旅馆门前停下，我们全都下车走进旅馆。旅馆很舒适，柜台上的接待员非常和蔼可亲。我们每人弄到了一个舒适的小房间。

# 第十章

早晨，天气晴朗，人们在城里街道上洒水，我们三人在一家咖啡馆里吃早饭。巴荣纳是座秀丽的城市。它很像一座一尘不染的西班牙小城，濒临一条大河。一大早，横跨大河的桥上就已经暑气逼人了。我们走上桥头，然后穿过城市走了一通。

迈克的钓竿能否按时从苏格兰捎来，我完全没有把握，因此我们寻找一家钓鱼用具商店，最后在一家绸缎店楼上给比尔买到一根。卖钓鱼用具的人出去了，我们只得等他回来。此人终于回来了，我们很便宜地买到一根相当好的钓竿，还买了两张抄网。

我们又走上街头，到大教堂去看了一下。科恩说，它是什么式教堂的一个非常出色的范例，我记不得是什么式[①]了。这教堂看来很讲究，像西班牙教堂那样精巧而阴暗。然后我们往前走，经过那座古老的堡垒，直走到当地的旅游事业联合会的办事处，据说公共汽车就从那里启程。那里有人告诉我们，要到七月一日才开始通车。我们在这旅游处打听到雇车到潘普洛纳去的价钱，就在市剧院拐角的一个大车库里花四百法郎雇了一辆汽车。汽车将过四十分钟到旅馆来接我们。我们回到广场上我们吃早饭的那家咖啡馆，喝了一杯啤酒。天气炎热，但城里却有清晨的那种凉爽、清新的气息，坐在咖啡馆里感到心旷神怡。微风吹来，你可以感觉到这阵风是来自大海的。广场上栖息着鸽子，房屋是黄色的，像是被阳光烤焦了。我舍不得离开咖啡馆。但是我们得到旅馆去收拾行装，付账。我们付了啤酒钱（我们抛掷硬币赌了一下，结果好像是科恩会的钞），步行到旅馆。我和比尔每人只付了十六法郎，外加百分之十的服务费，我们吩咐把旅行包送下楼，等待罗伯特·科恩来。我们正等着，我看见镶木地板上有只蟑螂，至少有三英寸长。我把它指给比尔看，然后把它踩在脚下。我们都认为它是刚从花园爬进来的。这家旅馆确实是满干净的。

科恩终于下楼来了，我们一起出去向汽车走去，这是辆有篷的大汽车，司机穿一件蓝领、蓝袖口的白色风衣，我们吩咐他把后篷放下。他堆好旅行包，我们随即出发顺大街出城。我们经过几处景色优美的花园，回头久久注视市区，然后驶上青葱而起伏不平的原野，公路始终向上爬行。一路上驶过许许多多赶着牲口或牛车的巴斯克人②，还有精致的农舍，屋顶很低，墙壁全部刷白。在这巴斯克地区，土地看来都很肥沃，一片翠绿，房屋和村庄看来富裕而整洁。村村有片回力球场③。在有些球场上，孩子们顶着烈日在玩耍。教堂墙上挂着牌子，写着禁止往墙上打球的字样，村里的房子都盖着红瓦。接着公路拐了个弯，开始向山上攀登，我们紧靠山坡行进，下面是河谷，几座小山往后向海边伸展。这里望不到海。离此太远了。只能看见重重叠叠的山峦，但是能够估摸出大海的方向。

我们跨过西班牙国境线。这里有一条小溪和一座桥，一侧是西班牙哨兵，头戴拿破仑式漆皮三角帽，背挎短枪，另一侧是肥胖的法国兵，头戴平顶军帽，留着小胡子。他们只打开一只旅行包，把我们的护照拿进哨所去检查。在警戒线两边各有一爿杂货铺和一家

---

① 巴荣纳著名的圣玛丽亚大教堂始建于 13 世纪，为哥特式建筑。

② 欧洲一古老民族，世代居于西班牙东北部及比利牛斯山脉北面法国西南部巴荣纳那一带地方，至今仍保留自己的语言。

③ 回力球起源于巴斯克地区，今日已成西班牙及拉丁美洲一些国家的一种流行的球戏。

小客栈。司机不得不走进哨所去填写几张汽车登记表，我们就下车到小溪边察看那里有没有鳟鱼。比尔试着和一位哨兵唠几句西班牙语，但是成绩不大好。罗伯特·科恩用手指着小溪问里面有没有鳟鱼，哨兵说有，但是不多。

我问他钓过没有，他说没有，他不感兴趣。

就在这时候，有个老头儿迈着大步走到桥头。他的长发和胡子被阳光晒得发了黄，衣服好像是用粗麻袋缝制的。他手拿一根长棍，背上背着一只捆绑着四条腿、耷拉着脑袋的小山羊。

哨兵挥动佩刀叫他回来。老头儿什么也没说就转身顺着白色的大道回西班牙了。

“这老头儿怎么回事？”我问。

“他没有护照。”

我递给哨兵一支烟。他接过去，说了声谢谢。

“他怎么办呢？”我问。

哨兵往尘土里吐了一口唾沫。

“哼，他会干脆涉水过河。”

“你们这里走私的很多吗？”

“哦，”他说，“经常有人越境。”

司机走出来，一边把证件折好，放进上衣里面的口袋。我们全都上了车，驶上尘土飞扬的白色大道，开进西班牙。一开始，景色几乎依然如故；后来，公路绕着小山包盘旋而上，我们不停地向山上爬行，穿过丛山间的隘口，这才到了真正的西班牙。这里有绵延的褐色群山，山上长着一些松树，远方的几处山坡上，有几片山毛榉林。公路从隘口顶部穿过，然后下降，有两头毛驴躺在路中间打瞌睡，为了不至于撞上，司机不得不揿喇叭，降低车速，在路边绕过去。我们出了山，穿过一片栎树林，林中有白色牛群在吃草。下面是大草原和几条清澈的溪流，我们越过一条小溪，穿过一个幽暗的小村庄，又开始爬山。我们爬啊，爬啊，又翻过一个山脊隘口，然后顺着山势拐弯，公路向右方下降，我们看见南方展现出另一道山脉的全貌，全部呈褐色，像是被烤焦了一般，沟壑千姿百态，蔚为奇观。

一会儿，我们穿过群山，公路两侧绿树成行，有一条小溪和一片熟透了的庄稼。笔直的、白晃晃的大道直奔远方，再过去地势微微隆起，左边是一座小山，山上有座古堡，古堡周围簇拥着一批建筑群，一片庄稼随风起伏，一直伸向墙脚。我是在前面同司机坐在一起的，这时转过身来。罗伯特·科恩在打瞌睡，比尔却对我看看，并点点头。接着我们驶过一片开阔的平原，右方有条闪烁着太阳光辉的大河[①]从树行间露出面来，潘普洛纳高地在远方的平原上升起，你可以看见城墙、褐色的大教堂以及其他教堂的参差不齐的轮廓。高地后面有山，极目四望，处处都是山，白色的公路向前伸展，跨过平原直奔潘普洛纳城。

我们驶进位于高地另一侧的城市，两侧绿树成荫的公路灰尘扑扑地陡然上升，然后下降，穿过老城墙外人们正在建设的新城区。我们路经斗牛场，这是一座高大的白色建筑，在阳光里显得很结实，我们接着从一条小巷驶进大广场，在蒙托亚旅馆门前停下。

司机帮我们卸下旅行包。有群孩子围观我们的汽车，广场上很热，树木青葱，有些旗帜悬挂在旗杆上，一圈拱廊把广场团团围住，避开阳光躲在拱廊下的阴凉处是很舒服的。蒙托亚看见我们很高兴，同我们握手，给我们安排了窗户朝广场的好房间，然后我们

① 这是阿尔加河，朝南注入埃布罗河，一直朝东南流，注入地中海。潘普洛纳城位于阿尔加河东岸。

洗脸洗澡，收拾干净了下楼到餐厅吃午饭。司机也在这里就餐，吃完饭，我们给了他车钱，他就上路返回巴荣纳。

蒙托亚旅馆有两个餐厅。一个在二楼，俯瞰着广场。另一个比广场的平面低一层，有扇门通后街，牛群在清晨跑向斗牛场的时候，就是路经这条街的。地下餐厅一直很阴凉，我们饱餐了一顿。到西班牙的第一顿饭往往使人震惊，有好几碟冷盘小吃、一道鸡蛋做的菜、两道肉菜、几色蔬菜、凉拌生菜，还有点心和水果。要把这些都吞下肚去，必须喝大量的酒。罗伯特·科恩想说根本不要第二道肉菜，可是我们没有给他翻译，因此女侍者给他换了另一道菜，好像是一碟冷肉。科恩自从在巴荣纳跟我们会合以来，一直心神不定。他弄不清我们是否知道勃莱特在圣塞瓦斯蒂安曾经和他在一起，此事使他感到很尴尬。

“哦，”我说，“勃莱特和迈克今晚该到了。”

“我看不一定来，”科恩说。

“怎么不来呢？”比尔说。“他们当然会来的。”

“他们老是迟到，”我说。

“我认为他们是不会来了，”罗伯特·科恩说。

他说时带着一种比人高明的神气，把我们俩惹恼了。

“他们今天晚上到，我和你赌五十比塞塔[①]，”比尔说。他一生气就打赌，所以经常赌注下得毫无道理。

“我同意，”科恩说。“好。你记住，杰克。五十比塞塔。”

“我自己会记住的，”比尔说。我看他生气了，想让他消消气。

“他们肯定会来的，”我说。“但是不见得在今天晚上。”

---

① 西班牙的基本货币单位。

“你想反悔吗？”科恩问。

“不。为什么反悔呢？如果你愿意，就来它一百比塞塔。”

“好。我同意。”

“够了，”我说。“再抬上去的话，你们就得要我做中人，让我来抽头了。”

“我没有意见，”科恩说。他笑了。“反正一打桥牌，你就可能把钱赢回去。”

“你还没有赢到手哩，”比尔说。

我们走出门外，从拱廊下绕过去，到伊鲁涅咖啡馆去喝咖啡。科恩说他要去刮刮胡子。

“告诉我，”比尔对我说，“这次下的赌注我有希望赢吗？”

“你的运气糟透了。他们到哪儿也从没准时过。如果他们的钱没汇到，他们今晚绝对到不了。”

“我一张嘴，当时就懊悔了。但是我不得不激他摊牌。我看他这个人不坏，可他从哪儿得悉这内情的呢？迈克和勃莱特不是跟我们说好了要到这里来的吗？”

我看见科恩正从广场上走过来。

“他来了。”

“噢，得让他改一改自大的毛病和犹太人的习气啦。”

“理发店关着门，”科恩说。“要到四点才开。”

我们在“伊鲁涅”喝咖啡，坐在舒适的柳条椅里，从凉爽的拱廊下面朝大广场望去。一会儿之后，比尔回去写信，科恩上理发店。理发店仍然没有开门，所以他决定回旅馆去洗个澡，我呢，还在咖啡馆门前坐着，后来在城里溜达了一下。天气很热，我一直挑路的背阴一侧走，穿过市场，愉快地重新观光了这座城市。我赶到市政厅，找到每年给我预订斗牛票的那位老先生，他已经收到我从巴黎寄来的钱，续订好了票子，所以一切都安排妥当了。他是档案保管员，城里的全部档案都放在他的办公室里。这和这段故事无关。但反正他的办公室有一扇绿粗呢包的门和一扇厚实的大木门。我走出来，撇下他一人坐在排满四壁的档案柜之间，我关上这两道门，正走出大楼要上街的时候，看门人拦住了我，给我刷掉外衣上的尘土。

“你准是坐过汽车了，”他说。

领子后面和两肩都沾满了灰蒙蒙的一层尘土。

“从巴荣纳来。”

“哎呀呀，”他说。“从你这身尘土我就知道你坐过汽车了。”于是我给了他两个铜币。

我看见那座大教堂就在街道尽头，就向它走去。我第一次看见这大教堂时，觉得它的外表很不顺眼，可是现在我却很喜欢它。我走进大教堂。里面阴沉而幽暗，几根柱子高高耸起，有人在做祷告，堂里散发着香火味，有几扇精彩的大花玻璃窗。我跪下开始祈祷，为我能想起来的所有人祈祷，为勃莱特、迈克、比尔、罗伯特·科恩和我自己，为所有的斗牛士，对我爱慕的斗牛士单独一一为之祈祷，其余的就一古脑儿地放在一起，然后为自己又祈祷了一遍，但在我为自己祈祷的时候，我发觉自己昏昏欲睡，所以我就祈求这几场斗牛会是很精彩的，这次节期很出色，保佑我们能钓几次鱼。我琢磨着还有什么别的事要祈祷的，想起了我需要点钱，所以我祈求能发一笔大财，接着我开始想该怎样去挣，一想到挣钱，我就联想到伯爵，想到不知道他现在哪里，感到遗憾的是那天晚上在蒙马特一别就没有再见到他，还想起勃莱特告诉我有关他的一些可笑的事儿。这会儿我把额头靠在前面长木凳的靠背上跪着，想到自己在祈祷，就感到有点害臊，为自己是一个糟糕透顶的天主教徒而懊悔，但是意识到我自己对此毫无办法，至少在这一阵，或许永远，不过，怎么说天主教还是种伟大的宗教，但愿我有虔敬之心，或许下次来时我会有的；然后我来到灼热的阳光下，站在大教堂的台阶上，右手的食指和拇指依然湿漉漉的[①]，我感到它们在太阳下被晒干了。阳光热辣辣的，我靠着一些建筑跨过广场，顺着小巷走回旅馆。

那晚吃晚饭时，我们发觉罗伯特·科恩已经洗过澡，刮过胡子，理了发，洗了头，并且为了使头发不翘起来，洗完后还擦了点什么油。他很紧张，我也不想宽慰他。圣塞瓦斯蒂安来的火车九点到达，如果勃莱特和迈克来的话，他们该坐这一趟。九点差二十分，我们还没有吃完一半，罗伯特·科恩就从饭桌边站起来，说他要到车站去。我存心戏弄他，就说要陪他一起去。比尔说，要他离开饭桌可得要他的命。我说我们马上就回来。

我们走到车站。我因科恩神经紧张而幸灾乐祸。我希望勃莱特在这班火车上。火车到站晚点了，我们在车站外面的黑地里，坐在推行李的手车上等着。我在非战时的生活中，从没见过一个人像罗伯特·科恩此时这么紧张，这么急切。我感到怪有趣的。这种高兴的情绪是恶劣的，可我的情绪确是很恶劣。科恩就有这种奇特的本事，他能在任何人身上唤起最丑恶的本质。

过了一会儿，我们听到远在高地另一头的下坡传来火车汽笛声，然后看见火车的前灯从山坡上一路过来。我们走进车站，和一群人一起紧挨在出站口站着，火车进站停下，旅客开始通过出站口走出来。

人群里没有他们。我们一直等到旅客全部出了站，乘上公共汽

---

① 教徒祈祷后，离开教堂时，往往伸手在近门处的圣水器中蘸一点水。

车、出租马车或者和他们的亲朋穿过黑暗朝城里走去。

“我早知道他们是不会来的，”罗伯特说。我们走回旅馆。

“我倒以为他们可能会来的，”我说。

我们走进旅馆时，比尔正在吃水果，一瓶酒快喝光了。

“没来，呃？”

“是的。”

“明儿早晨给你那一百比塞塔行吗，科恩？”比尔问。“我的钱还没有换呢。”

“嘿，不必了，”罗伯特·科恩说。“我们赌点别的吧。斗牛赛能赌吗？”

“可以嘛，”比尔说，“但是大可不必。”

“这等于拿战争来打赌一样，”我说。“你不必有任何经济方面的得失心。”

“我太想看斗牛了，”罗伯特说。

蒙托亚走到我们餐桌边来。他手里拿着一封电报。“是给你的。”他把电报递给我。

电文是：夜宿圣塞瓦斯蒂安。

“这是他们打来的，”我说。我把电报塞进口袋。要在平时，我就给大家看了。

“他们在圣塞瓦斯蒂安过夜，”我说。“他们向你们问好。”

我不知道当时是什么原因驱使我去调弄他。当然，今天我明白了。他的艳遇使我感到一种毫无理性的、跟人过不去的忌妒。尽管我把这回事看作理所当然，也无法改变自己的感触。我当时确实恨他。我看，起先我也并不真心恨他，直到他在就餐时表现出那种无所不知的样子——这还不算，还去理发、洗头、搽油什么的闹了一通。所以我把电报装进了口袋。电报反正是打给我的嘛。

“就这样吧，”我说。“我们该乘中午的公共汽车到布尔戈特去。他们要是明儿晚上到的话，可以随后再来。”

从圣塞瓦斯蒂安开来的火车只有两班，一班是清晨到，另一班就是方才我们去接的。

“这倒是个好主意，”科恩说。

“我们越早赶到河边越好。”

“什么时候走对我都一样，”比尔说。“越快越好。”

我们在“伊鲁涅”坐了一会儿，喝了咖啡，然后出来走一小段路到了斗牛场，再穿过一片地，在悬崖边的树丛下俯视笼罩在黑暗之中的河流，回来后我早早就上床了。比尔和科恩在咖啡馆大概一直待到很晚，因为他们回旅馆的时候，我已经睡着了。

第二天早晨，我买了三张到布尔戈特去的公共汽车票。车子预定在两点开。没有再早的车了。我坐在“伊鲁涅”看报，只见罗伯特·科恩从广场上走过来。他走到桌边，在一把柳条椅上坐下。

“这家咖啡馆很舒适，”他说。“昨晚你睡得好吗，杰克？”

“睡得像死过去一样。”

“我没睡好。我和比尔在外面待得也太晚了。”

“你们上哪儿去啦？”

“就坐在这里。等这儿打了烊，我们到另外那家咖啡馆去。那里的上了年纪的主人会讲德语和英语。”

“是苏伊佐咖啡馆。”

“就是那家。那老头挺好。我看那家咖啡馆比这家好。”

“那边白天不怎么好，”我说。“太热了。告诉你，我已经买好车票了。”

“今天我不走了。你和比尔先走吧。”

“你的票我已经买了。”

“给我吧。我去把钱退回来。”

“五比塞塔。”

罗伯特·科恩拿出一个五比塞塔的银币给我。

“我得留下，”他说。“你知道，我担心发生了差错。”

“怎么，”我说。“他们要是在圣塞瓦斯蒂安一玩起来，三四天之内是不会到这里来的。”

“就是嘛，”罗伯特说。“我怕他们指望在圣塞瓦斯蒂安同我碰头，因此他们在那里歇脚。”

“你怎么会这样想的？”

“呃，我曾写信向勃莱特提出过。”

“那你他妈的为什么不留在那里接他们呢？”我正想这么说，但是把话咽下去了。我以为他会自动地想到这一点的，但是我看结果根本没有。

他这是对我讲的知心话，他知道我了解他和勃莱特的底细，所以可以对我吐吐衷肠，这使他很高兴。

“好吧，比尔和我午饭后马上就走，”我说。

“我真想去。这次钓鱼我们已经盼了整整一冬天了。”他为此很感伤。“但是我应该留下来。我真的应该。等他们一到，我马上带他们去。”

“我们去找比尔吧。”

“我要到理发店去。”

“午饭时再见。”

我在比尔自己的房间里找到他。他在刮脸。

“哦，是的，他昨儿晚上通通告诉我了，”比尔说。“他讲起知心话来可真了不起。他说他曾和勃莱特约定在圣塞瓦斯蒂安相会。”

“这个撒谎的杂种！”

“啊，别这样，”比尔说。“不要发火。你别在旅行刚一开始就发火。不过你怎么认识这个家伙的？”

“别提了。”

比尔的胡子刮到一半，他回头看看，然后一边在脸上抹皂沫，一边对着镜子继续讲下去。

“去年冬天你不是叫他捎信来纽约找我的吗？感谢上帝，我经常外出旅行，没有碰上。难道你没有别的犹太朋友可以带来一起旅行的？”比尔用大拇指捋捋下巴，看了一下，然后又刮起脸来。

“你自己不也有些很好的朋友嘛！”

“是啊。有几个呱呱叫的。但是哪能和这位罗伯特·科恩相提并论啊。有趣的是他也很可爱。我喜欢他。不过他真叫人受不了。”

“他有时候能变得满可爱。”

“我知道。可怕就可怕在这里。”

我哈哈大笑起来。

“是的。笑吧，”比尔说。“昨天晚上你可没有和他在外面待到两点钟啊。”

“他的情绪很坏？”

“真可怕。他和勃莱特到底是怎么回事？她曾经跟他有过什么关系吗？”

他抬起下巴，用手把它朝左右转动了一下。

“当然有。她跟他一起到圣塞瓦斯蒂安去过。”

“干得多愚蠢啊。她为什么这样干？”

“她想离开城市待一阵，可是就她一个人，哪儿也去不成。她说她以为这样会对他有好处哩。”

“一个人竟干得出这样不可思议的蠢事。她为什么不和自己的家属一起去呢？或者和你？”——他把这句一带而过——“或者和我？为什么不和我呢？”他对着镜子仔细端详自己的脸，在两侧颧骨上涂上一大摊皂沫。“这是一张诚实的面孔。这是任何女人都可以信得过的。”

“她从来没有见过你这副模样。”

“她应该看见过。该让所有的女人都看见。该把它在全国的每个银幕上放映。当每个女人结婚离开圣坛的时候，都应该发给一张这样的照片。做母亲的应该给她们的女儿介绍这张面孔。我的儿啊，”——他用剃刀指着我——“带着这张面孔到西部去，和祖国一起成长吧①。”

他低头就着脸盆，用凉水冲洗了一下，抹上一点酒精，然后对着镜子仔细端详自己，往下扯着他那爿很长的上嘴唇。

“我的上帝！”他说，“这脸蛋丑不丑？”

他对着镜子看。

“至于这个罗伯特·科恩嘛，”比尔说，“他叫我恶心。让他见鬼去吧，他留在这里我打心眼里高兴，这样我们可以不用跟他一起钓鱼了。”

“你说得真对。”

“我们要去钓鳟鱼。我们要到伊拉蒂河②去钓鳟鱼，现在我们去吃中饭，把本地美酒喝个醉，然后上车踏上美妙的旅途。”

“走吧。我们到‘伊鲁涅’去，然后动身，”我说。

---

① 美国《纽约论坛报》创办人霍拉斯·格里利（1811—1872）曾在一篇社论中引用“到西部去，青年们”这句话，自后广为传播，成为号召青年参加开发广大的西部的口号，并加上“和祖国一起成长吧”这句话。比尔在这里套用了这句名言，用他母亲的口气来说，跟杰克开玩笑。

② 就在比利牛斯山脉南麓，布尔戈特附近。

# 第十一章

午饭后，当我们背着旅行包和钓竿袋出来动身到布尔戈特去的时候，广场上热得烤人。公共汽车顶层已经有人了，另外有些人正攀着梯子往上爬。比尔爬上顶层，罗伯特坐在比尔身边给我占座，我走回旅馆去拿两三瓶酒随身带着。等我出来，车上已拥挤不堪。顶层上所有的行李和箱子上都坐满了男女旅客，妇女们在阳光下用扇子扇个不停。天实在热。罗伯特爬下车去，我在横跨顶层的木制长椅上他刚才替我占的位置落了座。

罗伯特·科恩站在拱廊下面阴凉的地方等着我们启程。有个巴斯克人怀里揣着一个大皮酒袋，横躺在顶层我们长椅的前面，背靠着我们的腿儿。他把酒袋递给比尔和我，我把酒袋倒过来正要喝的当儿，他模仿汽车电喇叭，嘟嘟的叫了一声，学得那么逼真而且来得那么突然，使我把酒泼掉了一些，大家哈哈大笑。他表示歉意，让我再喝一次。一会儿他又学了一遍，我再次上当。他学得非常像。巴斯克人喜欢听他学。坐在比尔旁边的人跟比尔说西班牙语，但比尔听不懂，所以就拿一瓶酒递给这人。这人挥手拒绝了。他说天太热，而且中饭时他喝过量了。当比尔第二次递给他的时候，他咕嘟嘟地喝了一大口，然后这酒瓶在就近几个人手里传开了。每个人都非常斯文地喝上一口，然后他们叫我们把酒瓶塞好收起来。他们都要我们喝他们自己皮酒袋里的酒。他们是到山区去的农民。

又响了几次模仿的喇叭声之后，汽车终于开动了，罗伯特·科恩挥手向我们告别，所有的巴斯克人也挥手向他告别。我们一开上城外的大道，就凉快了。高坐在车顶，紧贴着树下行驶，感到很惬意。汽车开得很快，激起阵阵凉风。当我们顺着大道直驶，尘土扑打在树上，并向山下飘落时，我们回头穿过枝叶看到耸立在河边峭壁上的那个城市的美好风光。靠在我膝盖上躺着的巴斯克人用酒瓶口指点着这景色，向我们使眼色。他点点头。

“很美吧，呃？”

“这些巴斯克人蛮不错，”比尔说。

靠在我腿上躺着的巴斯克人皮肤黝黑，像皮马鞍的颜色。他同其他巴斯克人一样，穿一件黑色罩衫。黝黑的脖子上布满皱纹。他转身要比尔接过他的酒袋。比尔递给他一瓶我们带的酒。巴斯克人用食指朝比尔比划了两下，用手掌啪的拍上瓶塞，递回酒瓶。他使劲把酒袋朝上递。

“Arriba! Arriba! ①”他说。“举起酒袋来。”

比尔举起酒袋，把头向后一仰，让酒迸发出来，射进他的嘴里。他喝罢酒，放平酒袋，有几滴酒顺着他的下颏往下淌。

“不对！不对！”有几个巴斯克人说。“不是那么喝的。”酒袋的主人正要亲自给比尔做示范，另一个人从他手里把它抢过去了。这是一位年轻小伙，他伸直双臂，高高举起酒袋，用一只手捏着这皮袋，于是酒就嗞嗞地射进他的嘴里。他伸手高擎着酒袋，袋中的酒顺着平射的轨道猛烈地喷进他的嘴里，他不紧不慢地一口口把酒咽下。

“嗨！”酒袋的主人喊道。“你喝的是谁的酒啊？”

喝酒的小伙用小手指对他点点，眼睛里带着笑意，看看我们。然后他突然刹住酒流，倏的把酒袋朝天竖直，朝下送到主人的手

---

① 西班牙语：举起来！举起来！

里。他向我们眨巴几下眼睛。主人沮丧地晃了晃酒袋。

我们穿过一座小镇，在一家旅店门前停下，司机装上几件包裹。然后我们又上路，驶出小镇，公路开始向山上攀登。我们穿行在庄稼地里，这里有岩石嶙峋的小山岗，山坡朝下没在地里。庄稼地沿山坡向上伸展。现在我们爬得比较高了，风儿摆动着庄稼。大路白茫茫地满是尘土，尘土被车轮扬起，弥漫在车后的空中。公路攀登上山，把长势茂盛的庄稼地抛在下面。现在光秃的山坡上和河道两侧只有零星的几块庄稼地。车子急剧地闪到大路边，给一长列由六头骡子组成的队伍让道，骡子一头跟着一头，拉着一辆满载货物的高篷大车。车上和骡子身上都是尘土。紧接着又是一队骡子和一辆大车。这一车拉的是木材，我们开过的时候，赶骡的车夫向后一靠，扳上粗大的木闸，把车刹住。在这儿一带，土地相当荒芜，满山顽石，烤硬的泥土被雨水冲出道道沟壑。

我们顺着一条弯道，驶进一个小镇，两侧陡的展开一片开阔的绿色的山谷。一条小溪穿过小镇中心，房屋后边紧接着一片片葡萄园。

汽车在一家旅店门前停下，许多旅客下了车，好些行李从车顶大油布底下被解开并卸了下来。比尔和我下车走进旅店。这是一间又矮又暗的屋子，放着马鞍、马具和白杨木制的干草叉，屋顶上挂着一串串绳底帆布鞋、火腿、腊肉、白色的蒜头和长长的红肠。屋里阴凉、幽暗，我们站在长条的木头柜台前，有两名妇女在柜台后面卖酒。她们背后是塞满杂货商品的货架。

我们每人喝了一杯白酒，两杯白酒共计四十生丁[①]。我给了女掌柜五十生丁，多余的算小费，但是她以为我听错价钱了，把那个

---

① 西班牙货币单位。一比塞塔等于一百生丁。

铜币还给我。

两位同路的巴斯克人走进来，一定要请我们喝酒。他们给每人买了一杯酒，随后我们买了一次，后来他们拍拍我们的脊背，又买了一次。我们接着买了一次，最后我们一起走出来，到了火热的阳光下，爬上车去。这时候有的是空座，大家都可以坐到，那个刚才躺在铅皮车顶上的巴斯克人这时在我们俩中间坐下了。卖酒的女掌柜用围裙擦着手走出来，和汽车里的一个人说话。司机晃着两个皮制空邮袋走出旅店，爬上汽车，车子开动了，车下的人都向我们挥手。

大道瞬间就离开绿色的山谷，我们又驶进崇山之间。比尔和抱着酒袋的巴斯克人在聊天。有一个人从椅子背后探身过来用英语问我们："你们是美国人？"

"是啊。"

"我在那里待过，"他说。"四十年前。"

他是个老头，皮肤黑得同其他人一样，留着短短的白胡子。

"那里怎么样？"

"你说什么？"

"美国怎么样？"

"哦，我当时在加利福尼亚。好地方。"

"你为什么离开呢？"

"你说什么？"

"为什么回到这里来了？"

"哦，我回来结婚的。我本来打算再去，可我老婆她不爱出门。你是什么地方人？"

"堪萨斯城人。"

"我到过，"他说。"我到过芝加哥、圣路易、堪萨斯城、丹佛、洛杉矶、盐湖城。”

他很仔细地念着这些地名。

“你在美国待了多长时间？”

“十五年。然后我就回来结婚了。”

“喝口酒吧？”

“好，”他说。“你在美国喝不到这种酒吧，呃？”

“只要你买得起，那里有的是。”

“你上这儿干什么来啦？”

“我们到潘普洛纳来过节。”

“你喜欢看斗牛？”

“那当然。难道你不喜欢？”

“喜欢，”他说。“我看我是喜欢的。”

过了一会儿，又说：

“你现在上哪儿？”

“到布尔戈特钓鱼去。”

“好，”他说，“愿你能钓到大鱼。”

他同我握握手，转身重新在背后的座上坐好。他同我的谈话引起其他巴斯克人的注目。他舒舒服服地坐好了，每当我回头观望山乡风光的时候，他总对我微笑。但是刚才费劲地说了一通美国英语似乎把他累着了。后来他再也没说什么。

汽车沿公路不断地向上爬。山地荒芜贫瘠，大小岩石破土突起。路旁寸草不长。回头看，只见山下展现一片开阔的原野。在原野后面遥远的山坡上是一块块翠绿和棕黄色相间的田地。褐色的群山同天际相连。山形奇特。每登高一步，天际群山的轮廓也随之而改变。随着汽车沿公路缓缓攀登，我们看到另一些山峦出现在南边。公路接着越过山顶，渐渐转为平坦，驶进一片树林。这是一片软木槲树林，阳光穿过枝叶斑斑驳驳地射进来，牛群在树林深处吃草。我们穿出树林，公路顺着一个高岗拐弯，前头是一片起伏的绿色平原，再过去是黛色的群山。这些山和那些被我们甩在后面的被烤焦了的褐色山峦不同。山上树木丛生、云雾缭绕。绿色平原朝前伸展着，被栅栏割成一块块，两道纵贯平原直指北方的树行之间显现出一条白色的大道。当我们来到高岗的边缘，我们看见前边平原上布尔戈特的一连串红顶白墙的房屋，在远处第一座黛色的山岗上，闪现出龙塞斯瓦利斯的修道院的灰色铁皮房顶。

“那边就是龙塞沃[①]，”我说。

“哪儿？”

“那边数过去第一座山上就是。”

“这儿天气很冷，”比尔说。

“地势很高嘛，”我说。“海拔该有一千二百米吧。”

“冷死了，”比尔说。

汽车驶下山岗，开在奔向布尔戈特的笔直的公路上。我们通过一个十字路口，越过一座架在小溪上的桥。布尔戈特的房屋沿公路两边伸延。一条支巷也没有。我们驶过教堂和学校校园，汽车停下来。我们下了车，司机递给我们旅行包和钓竿袋。一名头戴三角帽，身上佩着交叉黄皮带的缉私警察走上前来。

“那里头是什么？”他指指钓竿袋。

我打开钓竿袋给他看。他要求出示我们的钓鱼许可证，我就掏出来。他看了一下日期，就挥手让我们通过。

---

① 这是龙塞斯瓦利斯在法语中的名字，该地处于比利牛斯山脉南麓一山隘边，在潘普洛纳东北。公元778年，法兰克王国的查理曼进军西班牙和伊斯兰教王打仗，在回法途中，其后卫部队在龙塞斯瓦利斯附近河谷遭到山地土著居民的袭击。传说中的英雄罗兰在此役中战死。当地的教堂中至今尚有据说是罗兰的遗物，是著名的朝圣地。

“这就完事了？”我问。

“是的。那还用说。”

我们顺着大街向旅店走去，一路上走过一些白灰粉刷的石头房子，一家家人家坐在自家门口看着我们。

开旅店的胖女人从厨房出来同我们握手。她摘下眼镜，擦擦干净，再把它戴上。旅店里很冷，外面起风了。女掌柜打发一名使女陪我们上楼去看房间。屋里有两张床、一个脸盆架、一个衣柜，另外还有一幅镶在大镜框里的龙塞斯瓦利斯圣母的钢版画。风吹打着百叶窗。这间房位于旅店的北部。我们梳洗完毕，穿上毛衣，下楼走进餐厅。餐厅地面铺着石块，天花板很低，墙上镶着栎木壁板。百叶窗全部关着，屋里冷得能看到自己嘴里呵出的热气。

“我的上帝！”比尔说。“明天可不能这么冷。这种天气我可不愿下河蹚水。”

隔着几张木制餐桌，屋子尽头的角落里有一台竖式钢琴，比尔走过去弹奏起来。

“我非得暖和一下身子不可，”他说。

我出去找女掌柜，问她食宿费每天要多少。她把双手插在围裙下面，连望也不望我一眼。

“十二比塞塔。”

“怎么，在潘普洛纳我们也只花这么些钱。”

她不做声，光是摘下她的眼镜，在围裙上擦着。

“太贵了，”我说。“我们住大旅馆也只不过花这么多钱。”

“我们把浴室算在内了。”

“你们有没有便宜点的房间？”

“夏天没有。现在正是旺季。”

旅店里只有我们这两个旅客。算了，我想，反正只住那么几天。

“酒也包括在内吗？”

“哦，是的。”

“行，”我说。“就这样吧。”

我回到比尔身边。他对准我呵气，来说明屋里多冷，接着又继续弹琴。我坐在一张桌子边看墙上的画。有一幅上画着些兔子，都是死兔子，另一幅是些雉鸡，也是死的，还有一幅画的是些死鸭子。画面全都色泽暗淡，好像是让烟给熏黑了。食柜里装满了瓶酒。我一瓶瓶地看了一遍。比尔一直在弹琴。“来杯热的混合甜酒怎么样？”他说。“弹琴取暖挺不了多长时间。”

我走出屋去告诉女掌柜什么叫混合甜酒，怎么做。几分钟之后，一名侍女端着一个热气腾腾的陶罐进屋来了。比尔从钢琴边走过来，我们一边喝热甜酒，一边听着呼呼的风声。

“这里头没多少朗姆酒啊。”

我走到食柜前，拿了一瓶朗姆酒，往酒罐里倒了半杯。

“好一个直接行动，”比尔说。“比申请批准强啊。”

侍女进屋摆桌子准备开饭。

“这里风刮得地震山摇，”比尔说。

侍女端来一大碗热菜汤，还有葡萄酒。后来我们吃了煎鳟鱼，一道炖菜和满满一大碗野草莓。我们在酒钱上没吃亏。侍女很腼腆，但是愿意给我们拿酒。老太太来看过一次，数了数空酒瓶。

吃完饭我们就上楼了，为了好暖和些，我们躺在床上抽烟，看报。半夜里我醒过来一次，听见刮风的声音。躺在热被窝里很舒服。

# 第十二章

早晨我一醒过来就走到窗前往外探望。天已经放晴，山间没有云雾。外面窗下停着几辆二轮马车和一辆篷顶的木板因受风雨侵蚀而已破裂的旧驿车。在使用公共汽车之前，它该就被遗弃在这里了。一只山羊跳到一辆二轮马车上，然后跳上驿车的篷顶。它向下面其他山羊伸伸脑袋，我向它一挥手，它就蹦了下来。

比尔还在睡觉，所以我穿好了衣服，在室外走廊上穿上鞋子，就走下楼去。楼下毫无动静，因此我拉开门闩，走了出去。一清早外面很凉。风停了以后下的露水还没有被太阳晒干。我在旅店后面的小棚里走了一圈，找到一把鹤嘴锄，走到溪边想挖点虫饵。溪水很清、很浅，但是不像有鳟鱼。在湿润多草的溪边，我用锄头朝地里刨去，弄松了一块草皮。下面有蚯蚓。我把草皮拎起，它们就游走了，我仔细地挖，挖到了好多。我在这湿地边挖着，装满了两个空烟草罐，在蚯蚓上面撒上点细土。那几头山羊看着我挖。

我回到旅店，女掌柜在楼下厨房里，我吩咐她给我们送咖啡，还给我们准备好中饭。比尔已经醒了，正坐在床沿上。

“我从窗子里看见你了，”他说。“不想打搅你。你在干什么？把钱埋起来吗？”

“你这条懒虫！”

“为我们共同的利益卖力？太好了。我希望你天天早晨都这样做。”

“快点，”我说。“起来吧。”

“什么？起来？我再也不起来了。”

他爬进被窝，把被子一直拉到下巴边。

“你试试看，能不能说服我起来。”

我顾自找出渔具，把它们通通装进渔具袋里。

“你不感兴趣？”比尔问。

“我要下楼吃早点了。”

“吃早点？方才你为什么不说？我以为你叫我起床是闹着玩的。吃早点？太好了。现在你才讲道理了。你出去再挖点蚯蚓，我这就下楼。”

“呸，你见鬼去吧！”

“为大家的福利干去吧。”比尔穿上他的衬衣内裤。“流露点俏皮和怜悯来吧。”

我带上渔具袋、渔网和钓竿袋走出房间。

“嗨！回来！”

我把头探进门里。

“你不流露一点儿俏皮和怜悯？”

我用拇指顶在鼻子尖上，冲着他做个轻蔑的手势。

“这不好算俏皮。”

我下楼的时候，听见比尔在唱，“俏皮和怜悯。当你感到……来，给他们说点俏皮的话儿，给他们说点怜悯的话儿。来，给他们说点俏皮的话儿。当他们感到……就这么来一点儿俏皮话。就这么来一点儿怜悯话……”他从楼上一直唱到楼下。用的是《我和我的姑娘行婚礼的钟敲响了》那支歌的曲调。我这时在看一份一星期前的西班牙报纸。

“这一套俏皮和怜悯的话儿是什么意思？”

“什么？你难道不知道什么是《俏皮和怜悯》？”

"不知道。这是谁想出来的？"

"人人都在唱。整个纽约都着迷了。就像过去迷于弗拉蒂利尼杂技团一样。"

侍女端着咖啡和涂黄油的吐司进来。或者不如说是普通的面包片烤过后涂上了黄油。

"问问她有没有果酱，"比尔说。"对她说得俏皮点。"

"你们有果酱吗？"

"这哪好算俏皮啊。我会说西班牙语就好了。"

咖啡很好，我们是用大碗喝的。侍女端进来一玻璃碟覆盆子果酱。

"谢谢你。"

"嗨！不是这么说的，"比尔说。"说些俏皮话。说些有关普里莫·德·里维拉[①]的挖苦话。"

"我可以问她，他们在里弗山脉[②]陷入了什么样的果酱[③]。"

"不够味儿，"比尔说。"太不够味儿了。你不会说俏皮话。就是不会。你不懂得什么叫俏皮。你没有怜悯之心。说点怜悯的话吧。"

"罗伯特·科恩。"

"不坏。好一些了。那么科恩为什么可怜呢？说得俏皮点。"

他喝了一大口咖啡。

"真见鬼！"我说。"这么一大早就要嘴皮子。"

"你看你。你还自以为想当一名作家呢。你只不过是一名记者。一名流亡国外的新闻记者。你必须一起床就能要嘴皮子。你必

---

① 普里莫·德·里维拉(1870—1930)为西班牙将军，1923 年发动军事政变，任独裁者至 1930 年。

② 在摩洛哥北部，和地中海海岸平行。该地区的柏柏尔人长期抵抗西班牙和法国的殖民军，于 1926 年才被征服。

③ 原文为 jam，一义为果酱，一义为困境。

须一睁开眼睛就有满口怜悯的词儿。”

“说下去，”我说。“你跟谁学来这一套胡言乱语的啊？”

“从所有的人那里学来的。难道你不看书读报？难道你不跟人打交道？你知道你是哪号人？你是一名流亡者。你为什么不住在纽约？不然你就明白这些事情了。你要我干什么来着？每年赶到法国来向你汇报？”

“再喝点咖啡吧，”我说。

“好啊。咖啡对人有好处。这是里面的咖啡碱起的作用。全仗咖啡碱，我们到了这里。咖啡碱把一个男人送上她的马鞍，又把一个女人送进他的坟墓。你知道你的问题在哪儿？你是一名流亡者。最最不幸的典型中的一分子。你没有听说过？一个人只要离开了自己的祖国，就写不出任何值得出版的作品。哪怕是报上的一篇新闻报道。”

他喝着咖啡。

“你是一名流亡者。你已经和土地失去了联系。你变得矫揉造作。冒牌的欧洲道德观念把你毁了。你嗜酒如命。你头脑里摆脱不了性的问题。你不务实事，整天消磨在高谈阔论之中。你是一名流亡者，明白吗？你在各家咖啡馆来回转游。”

“照你这么说，这种生活倒蛮舒服嘛，”我说。“那么我在什么时候工作？”

“你不工作。有帮人坚持说是有些娘们在养活你。另外有帮人说你是个不中用的男人。”

“不对，”我说。“我遭到过一次意外事故罢了。”

“再也别提它了，”比尔说。“这种事情是不好说出去的。你应该故弄玄虚，把这事搞成一个谜。像亨利的那辆自行车。”

他讲得滔滔不绝，但是说到这里却顿住了。他可能以为，刚才说我是个不中用的男人这句挖苦话，刺伤了我。我要引他再讲下去。

“不是自行车，”我说。“他当时骑着马。”

“我听说是辆三轮摩托车。”

“就算是吧，”我说。“飞机是一种类似三轮摩托车的玩意。操纵杆和驾驶盘使用的原理一个样。”

“但是不用脚踩。”

“是的，”我说。“我想是用不着踩。”

“不谈这件事了，”比尔说。

“好吧。我不过为三轮摩托车辩护罢了。”

“我认为亨利也是位出色的作家，”比尔说。“你呢，是个大好人。有人当面说过你是好人吗？”

“我不是好人。”

“听着。你是个大好人，我喜欢你，胜过世界上任何一个人。在纽约我不能跟你说这句话。别人会以为我是个同性恋者。美国的南北战争就是因此而引起的。亚伯拉罕·林肯是个同性恋者。他爱上了格兰特将军①。杰斐逊·戴维斯②也是这样。林肯仅仅是为了一次打赌才解放黑奴的。德莱德·斯科特一案③是反酒店同盟④搞

---

① 格兰特(1822—1885)在美国南北战争期间任北军总司令，后任美利坚合众国第十八任总统(1869—1877)。

② 戴维斯(1808—1889)在南北战争期间任美国南方联盟总统。

③ 黑奴德莱德·斯科特为了争取自由身份，于 1846 年向法院起诉，得到美国反蓄奴制人士的支持，和保守势力展开斗争。该案最后于 1857 年被美国联邦最高法院以奴隶出身的黑人没有公民权利为理由驳回，这个无理判决进一步激起了双方的争论。1861 年，美国南北战争爆发，有关这个案件的斗争可说是促成的因素之一。

④ 美国反酒店同盟于 1893 年首创于俄亥俄州，两年后，在首都华盛顿成立全国性组织，其宗旨为通过议会斗争，禁止贩卖酒类饮料，终于在 1919 年，使美国国会通过了宪法第十八修正案。该同盟的活动实在和上述的德莱德·斯科特案毫无关系，这里是比尔喝了酒在信口发表他的“高论”，把这两者扯到了一起。

的圈套。上校太太和裘蒂·奥格雷迪在骨子里是一对同性恋者①。”

他顿住了。

“还想听下去吗?”

“讲吧,”我说。

“再多我也不知道了。吃中饭的时候再给你讲。”

“你这家伙啊,”我说。

“你这二流子!”

我们把中午吃的冷餐和两瓶酒塞进帆布背包,比尔背上了。我在背上挎着钓竿袋和抄网。我们走上大路,穿过一片草地,找到一条小路,它穿过田野直通第一座山坡上的小树林。我们踩着这条沙路穿过田野。田野地势起伏,长着青草,不过青草都被羊群啃秃了。牛群在山中放牧。我们听见树林里传来它们脖颈上的铃铛声。

小路通过一条独木桥跨过小溪。这根圆木的上面是刨平的,一棵小树的树干被弄弯了插在两岸,当作栏杆。小溪边有个浅水塘,塘底沙地衬托出点点小蝌蚪。我们走上陡峭的溪岸,穿过起伏的田野。我们回头,看见布尔戈特的白粉墙和红屋顶,白色的公路上行驶着一辆卡车,尘土飞扬。

穿过了田野,我们跨过另一条水流更为湍急的小溪。有条沙路一头往下通向溪边的渡口,另一头通向一座树林。我们走的小路在渡口的下游通过另一条独木桥跨过小溪,与沙路会合,于是我们走进了树林。

这是一片山毛榉林,树木都非常古老。地面盘根错节,树身枝

① 比尔在这里套用了英国作家吉卜林(1865—1936)的诗篇《娘儿们》的最末两行。原句为“因为上校太太和裘蒂·奥格雷迪,骨子里原是亲姐妹”。意为不管社会地位高低,作为女性,有其共同之点。

干缠绕。我们走在这些老山毛榉粗大树干之间的大路上，阳光穿过枝叶，斑斑驳驳地射在草地上。树大叶茂，但林中并不阴暗。没有灌木，只有青翠欲滴的、平坦的草地，灰色的参天大树之间的间距井井有条，宛如一座公园。

“这才算得上是乡野风光，”比尔说。

大路爬上一座山，我们进入密林，路还是一个劲儿往上爬。有时地势下落，接着又陡然升起。我们一直听到树林里牛群的铃铛声。大路终于在山顶穿出树林。我们到了当地的最高点，就是我们从布尔戈特望到过的树木繁茂的群山的顶峰。山脊阳坡树木之间一小片空旷地里长着野草莓。

大路穿出树林顺着山脊往前伸展。前面的山峦上不见树木，长着一大片一大片的黄色的金雀花。我们往远处看去，是树木苍翠、灰岩耸立的绝壁，表明下面是伊拉蒂河的河道。

“我们必须顺着山脊上的这条路，跨山越岭，穿过远山上的树林，下到伊拉蒂河谷，”我对比尔指点着说。

“这次旅行真是一次艰苦的跋涉。”

“路太远了，要在一天之内走着去，钓完鱼再走着回来，可不是舒服的事儿。”

“舒服。多好听的字眼儿。我们连去带回，还要钓鱼，简直连喘气的工夫都不会有了。”

这是一段很长的路程，山乡景色优美，但是等我们从山林出来，顺着下通法布里卡河谷的陡路时，已经疲惫不堪了。

大路从树荫下伸出，到了炎热的太阳光下。前面就是河谷。河对岸耸起一座陡峭的山。山上有一块荞麦地。我们看见山坡上有几棵树下有一座白色的房屋。天气很热，我们在拦河坝旁的树下停住脚步。

比尔把背包靠在一根树干上，我们接上一节节钓竿，装上卷轴，绑上引线，准备钓鱼。

“你说这条河里肯定有鳟鱼？”比尔问。

“多得很哩。”

“我要用假蝇钩钓。你有没有麦金蒂蝇钩？”

“盒子里有几个。”

“你用蚯蚓钓？”

“对。我就在水坝这儿钓。”

“那我就把蝇钩盒拿走了。”他系上一只蝇钩。“我到哪儿去好？上边还是下边？”

“下边最好。不过上边的鱼也很多。”

比尔顺着河边向下边走去。

“带一罐蚯蚓去。”

“不用了，我不需要。如果不咬钩，我就多下几个地方。”

比尔在下边注视着流水。

“喂，”他喊道，声音压倒了大坝哗哗的流水声。“把酒放在大路上边的泉水里怎么样？”

“好啊，”我大声说。比尔挥挥手，开始向河的下边走去。我在背包里找出那两瓶酒，拿着从大路朝上走，走到一个地方，那里有一股泉水从一根铁管里流出来。泉水上面搁着一块木板，我掀起木板，敲紧酒瓶的软木塞，把酒瓶放进下面的水里。泉水冰凉刺骨，我的手和手腕都麻木了。我把木板放回原处，希望不会有人发现这两瓶酒。

我拿起靠在树干上的钓竿，带着蚯蚓罐和抄网走到水坝上。修筑水坝是为了造成水流的落差，好用来运送原木。水闸关着，我坐在一根刨成方形的木材上，注视着坝内尚未形成瀑布的那潭平静的河水。坝脚下，白沫四溅的河水非常深。当我挂鱼饵的时候，一条鳟鱼从白沫四溅的河水里一跃而起，蹿进瀑布里，随即被冲了下去。我还没有来得及挂好鱼饵，又有一条鳟鱼向瀑布蹿去，在空中画出一条同样美丽的弧线，消失在轰隆隆地奔泻而下的水流中。我装上一个大铅坠子，把钓丝投入紧靠水坝木闸边泛着白沫的河水中。

我不知道第一条鳟鱼是怎么上钩的。当我正要动手收钓丝的时候，才感到已经钓住一条了，我把鱼从瀑布脚下翻腾的水里拉出来，它挣扎着，几乎把钓竿折成两半，我把它呼的提起来放在水坝上。这是一条很好的鳟鱼，我把它的头往木头上撞，它抖动几下就僵直了，然后我把它放进猎物袋。

当我钓到这条的时候，好几条鳟鱼冲着瀑布跳去。我装上鱼饵，把钓丝又抛到水里，马上又钓到一条，我用同样的方法把它拉上来。一会儿我就钓到了六条。它们都差不多一样大小。我把它们摊在地上，头朝一个方向并排放着，我仔细端详着。它们的颜色很漂亮，由于河水冷，它们的身子很硬实。天很热，因此我把鱼肚子一一剖开，掏出内脏，撕掉鱼鳃，把这些东西扔到河对岸。我把鱼拿到河边，在水坝内侧平静而停滞的冷水里洗净，然后采集一些羊齿植物，将鱼全放进猎物袋：铺一层羊齿植物，放上三条鳟鱼，然后又铺上一层羊齿植物，再放上三条鳟鱼，最后盖上一层羊齿植物。裹在羊齿植物里的鳟鱼看来很美，这样，袋子鼓起来了，我把它放在树荫下。

坝上非常热，所以我把装蚯蚓的铁罐同猎物袋一起放在背阴的地方，从背包里拿出一本书，安坐在树下看起来，等比尔上来吃中饭。

这时中午刚过，树荫的面积不大，但是我背靠着两棵长在一起的树，坐着看书。这是艾·爱·伍·梅森[1]写的一本东西，我在看的是一篇奇妙的故事，讲到有个男人在阿尔卑斯山中冻僵了，掉进一条冰川里，就此失踪了，他的新娘为了看到他的尸体在冰川堆石里显露出来，打算等上整整二十四年，在此期间，那个真心爱她的情人也等待着。当比尔回来的时候，他们还在等待着哩。

“钓着了吗？”他问。他一只手攥着钓竿、猎物袋和渔网，浑身是汗。由于坝上哗哗的流水声，我没有听见他走近的脚步声。

“六条。你钓到了什么？”

比尔坐下来，打开猎物袋，拿出一条大鳟鱼放在草地上。他又拿出三条，一条比一条大一点儿，他把鱼并排放在树荫下。他满脸是汗，但是很得意。

“你的多大？”

“比你的小。”

“拿出来看看。”

“都已经放好了。”

“说真的，它们有多大？”

“大概都像你最小的那么大。”

“你不是瞒着我吧？”

“如果瞒着你倒好了。”

“都是拿蚯蚓钓的？”

“是的。”

“你这个懒鬼！”

比尔把鳟鱼放进猎物袋，晃着这敞开着口的袋子向河边走去。

---

① 梅森(1865—1948)为英国小说家，早年当过旅行剧团的演员，后来开始写剧本、冒险浪漫小说和侦探小说。

他的裤子一直湿到腰部，我明白他一定在水里蹚过。

我走到大路那边，把两瓶酒从泉水里拿出来。酒瓶冰凉。等我回头走到树下，瓶子外面结满了水珠。我在一张报纸上摊开当午饭的吃食，打开一瓶酒，把另一瓶倚在树根上。比尔一边走过来，一边擦干两只手，他的猎物袋里塞满了羊齿植物。

"我们来尝尝这瓶酒吧，"他说。他拔掉瓶塞，把瓶底朝上举起就喝了起来。"乖乖！好杀眼睛。"

"我来尝尝。"

酒冰凉冰凉的，微微带点锈味。

"这酒不那么难喝，"比尔说。

"这是冰凉的关系，"我说。

我们解开那几小包吃食。

"鸡。"

"还有煮鸡蛋。"

"有盐吗？"

"先来个鸡蛋，"比尔说。"然后吃鸡。这个道理连布赖恩都明白。"

"他去世了。我在昨天的报上看到的①。"

"不。不会是真的吧？"

"真的。布赖恩去世了。"

---

① 威廉·詹宁斯·布赖恩（1860—1925）曾先后任律师、报刊编辑、众议员。曾三次参加美国总统竞选。1912年，协助威尔逊竞选，威当选后，出任国务卿。1925年，在田纳西州对公立学校生物教师斯科普斯在课堂上讲授达尔文进化论学说提出公诉一案中，布赖恩代表检察官一方和被告的辩护律师克拉伦斯·达罗（1857—1938）展开辩论。虽然被告最后败诉，但达罗仗义执言，使布赖恩的顽固立场暴露无遗。当年6月26日，该案结束后没几天，布赖恩在睡梦中去世。比尔在这里便是拿先吃蛋还是先吃鸡的问题来讽刺他。

比尔放下手里正在剥的鸡蛋。

“先生们，”他说，从一小片报纸中拿出一只鸡腿。“我来颠倒一下。为了布赖恩。为了向这位伟大的平民表示敬意。先吃鸡，然后吃鸡蛋。”

“不知道鸡是上帝哪一天创造的①？”

“嘿，”比尔嘬着鸡腿说，“我们怎么知道？我们不应该问。我们活在世上转眼就是一辈子。我们还是快快活活的吧，相信上帝，感谢上帝。”

“来个鸡蛋。”

比尔一手拿鸡腿，一手拿酒瓶，打着手势。

“让我们为上帝的赐福而欢欣吧。让我们享用空中的飞禽。让我们享用葡萄园的产品。你要享用一点儿吗，兄弟？”

“你先请，兄弟。”

比尔喝了一大口。

“享用一点儿吧，兄弟，”他把酒瓶递给我说。“我们不要怀疑，兄弟。我们不要用猿猴的爪子伸到母鸡窝里去刺探神圣的奥秘。我们还是依靠信仰，接受现状，只要说——我要你跟我一起说——可我们说什么呀，兄弟？”他用鸡腿指着我，继续说。“让我告诉你。我们要说，而且就我个人来说，要自豪地说——我要你跪下和我一起说，兄弟。在这辽阔的山野之间，谁也不必羞于下跪。记住，丛林是上帝最早的圣殿。让我们跪下宣布：‘不要吃那只母鸡，——它是门肯。’”

“请吧，”我说。“享用一点儿这个吧。”

---

① 据《圣经·创世记》第一章第二十节到二十七节，上帝在创造天地的第五天，创造了水中的鱼类和空中的飞鸟，第六天创造地面上的牲畜、昆虫和野兽，并最后创造人。

我们打开另一瓶酒。

“怎么啦？”我说。“你难道不喜欢布赖恩？”

“我很喜爱布赖恩，”比尔说。“我们亲如兄弟。”

“你在哪里认识他的？”

“他，门肯和我都在圣十架大学一起念过书。”

“还有弗兰基·弗里奇。”

“这是谎言。弗兰基·弗里奇是在福特汉大学念的。”

“啊，”我说，“我是同曼宁主教[①]在罗耀拉大学念的。”

“撒谎，”比尔说。“同曼宁主教在罗耀拉念书的是我。”

“你醉了，”我说。

“喝醉了？”

“怎么不是呢？”

“这是湿度高的关系，”比尔说。“应该去掉这该死的高湿度。”

“再来喝一口。”

“我们拿来的就这一些？”

“就这两瓶。”

“你知道你是什么人？”比尔深情地望着酒瓶。

“不知道，”我说。

“你是反酒店同盟雇用的人员。”

“我和韦恩·比·惠勒[②]在圣母大学一起学习过。”

---

① 威廉·托马斯·曼宁(1866—1949)为美国圣公会教士，1921年至1946年期间任纽约主教。本书主人公和比尔这时喝得有点醉醺醺了，所以信口开河，乱说一通。实在照年龄推算，两人都不可能曾和门肯或曼宁同过学。

② 惠勒(1869—1927)为美国律师，后任美国反酒店同盟总法律顾问，积极投入促成通过美国宪法第十八修正案的活动。就他的年龄来看，本书主人公又是在酒后胡言乱语。

“撒谎，”比尔说。“我和韦恩·比·惠勒在奥斯汀商学院同学。他当时是班长。”

“得了，”我说，“酒店必须取缔。”

“你说得对，老同学，”比尔说。“酒店必须取缔，我要带了它一起走。”

“你醉了。”

“喝醉了？”

“喝醉了。”

“噢，大概是吧。”

“想打个盹儿？”

“好吧。”

我们把头枕在树荫里躺着，望着头顶上的枝叶深处。

“你睡着啦？”

“没有，”比尔说。“我在想事儿。”

我闭上眼睛。躺在地上感到很舒适。

“喂，”比尔说，“勃莱特的事儿怎么样啦？”

“什么事儿？”

“你曾经爱过她吧？”

“是啊。”

“多长时间？”

“断断续续地拖了好长时间。”

“唉，真要命！”比尔说。“对不起，朋友。”

“没什么，”我说。“我再也不在乎了。”

“真的？”

“真的。不过我很不愿意谈起这件事。”

“我问了你，你不生气？”

“我干吗要生气？”

“我要睡觉了，”比尔说。他拿一张报纸蒙在脸上。

“听着，杰克，”他说，“你真是天主教徒吗？”

“按规定来说，是的。”

“那是什么意思？”

“不知道。”

“得了，现在我要睡觉了，”他说。“别唠唠叨叨得使我睡不成觉。”

我也入睡了。我醒过来的时候，比尔正在收拾帆布背包。天色已经临近黄昏，树影拖得很长，一直伸到水坝上。在地上睡了一觉，我感到浑身僵直。

“你怎么啦？醒过来了？”比尔问。“夜里你怎么不好好儿睡呢？”我伸了下懒腰，揉揉眼睛。

“我做了个可爱的梦，”比尔说。“我不记得梦里的情形了，但是个可爱的梦。”

“我好像没有做梦。”

“你应该做梦，”比尔说。“我们所有的大实业家都是梦想家。你看福特。你看柯立芝总统。你看洛克菲勒。你看乔·戴维森。[①]”

我拆开我和比尔的钓竿，把它们收在钓竿袋里。我把卷轴放进渔具袋。比尔已经收拾好背包，我们塞进一个放鳟鱼的袋子。我拎着另一个。

“好，”比尔说，“东西都拿了？”

“蚯蚓。”

---

① 福特(1863—1947)为美国汽车大王。柯立芝(1872—1933)为美国第三十任总统。洛克菲勒(1839—1937)为美国石油大王。乔·戴维森(1883—1952)为美国名雕刻家，为世界上不少政治界及文艺界的名人作过胸像。

“你的蚯蚓。放在背包里吧。”

他已经把背包挎在背上，我就把两个蚯蚓罐塞进背包外面一个带盖的袋里。

“这下你的东西都齐了吧？”

我对榆树脚下的草地扫了一眼。

“是的。”

我们动身顺着大路走进树林。回布尔戈特得走好长一段路。等我们穿过田野走上公路，再顺着镇上两侧房屋鳞次栉比的大街，到达旅店的时候，已经万家灯火，天色大黑了。

我们在布尔戈特待了五天，钓鱼钓得很痛快。夜晚冷，白天热，但即使在白天最热的时候也有微风。天这么热，在很凉的河里蹚水非常舒服。当你上岸坐着的工夫，太阳就把你的衣衫晒干了。我们发现一条小溪有个可以游泳的深潭。晚上我们同一位姓哈里斯的英国人打三人桥牌，他是从圣让皮德波[①]徒步走来的，歇在这家旅店，要去钓鱼。他很逗人喜欢，同我们一起到伊拉蒂河去了两次。罗伯特·科恩一点音信也没有，勃莱特和迈克也是这样。

---

① 法国小城，位于比利牛斯山脉北麓，从布尔戈特附近的龙塞斯瓦利斯朝北穿过比利牛斯山脉的隘口就是。

# 第十三章

一天早晨，我下楼吃早饭，英国人哈里斯已经坐在餐桌旁了。他戴着眼镜在看报。他抬头对我笑笑。

“早上好，”他说。“你的信。我路过邮局，他们把你的信和我的一起给我了。”

信在餐桌边我的位置上放着，靠在一只咖啡杯上。哈里斯又看起报来。我拆开信。信是从潘普洛纳转来的。星期天从圣塞瓦斯蒂安发出。

亲爱的杰克：

我们于星期五到达这里，勃莱特在火车上醉倒了，所以我带她到我们的老朋友这里来休息三天。我们星期二出发到潘普洛纳蒙托亚旅馆，不知道将在几点钟到达。望你写封短信由公共汽车捎来，告诉我们星期三如何同你们会合。衷心问候，并因迟到深表歉意。勃莱特实在疲乏过度，星期二可望恢复，实际上现在就已见好。我很了解她，会设法照顾她的，但是真不易啊！向大伙儿问好。

迈克尔

“今天星期几？”我问哈里斯。

“大概是星期三吧。是的，对。星期三。在这儿深山里竟把日子都过糊涂了，真妙不可言。”

“是的。我们在这里已经待了快一个星期啦。”

“希望你还不打算走。”

“要走。恐怕就坐下午的汽车走。”

“这有多糟糕啊。我本指望咱们再一起到伊拉蒂河去一趟哩。”

“我们务必赶到潘普洛纳。我们约好朋友在那里会合。”

“我真倒霉。咱们在布尔戈特这里玩得多痛快。”

“到潘普洛纳去吧。我们在那里可以打打桥牌，何况佳节也快到了。”

“我很想去。谢谢你的邀请。不过我还是待在这里好。我没有多少钓鱼的时间了。”

“你是想在伊拉蒂河钓到几条大鳟鱼。”

“嘿，你知道我正是这么想的。那里的鳟鱼可大着哩。”

“我倒也想再去试一次。”

“去吧。再待一天。听我的话吧。”

“我们真的必须赶回城去，”我说。

“多遗憾哪。”

早饭后，我和比尔坐在旅店门前的板凳上晒太阳，商量着这件事。我看见通向小镇中心的大路上走过来一个姑娘。她在我们面前站住了，从她裙边挂着的皮兜里掏出一封电报。

“Por ustedes? ①”

我看了下电报。封皮上写的是：“布尔戈特，巴恩斯收。”

“对。是给我们的。”

她拿出一个本子让我签字，我给了她几枚铜币。电文是用西班

① 西班牙语：是给你们的？

牙语写的："Vengo Jueves Cohn.[①]"

我把电报递给比尔。

"Cohn 这个词是什么意思？"他问。

"一封糟不堪言的电报！"我说。"他花同样的钱可以打十个词嘛。'我星期四到'。这说明了不少问题，对不？"

"凡是科恩感兴趣的都表达出来了。"

"我们反正要回潘普洛纳去，"我说。"用不着把勃莱特和迈克折腾到这里，然后在节前又折腾回去。我们该回电吗？"

"还是回一个好，"比尔说。"我们不必要做得目中无人嘛。"

我们赶到邮局，要了一张电报用纸。

"怎么写？"比尔问。

"'今晚到达。'这就够了。"

我们付了电报费，走回旅店。哈里斯在那里，我们一行三人一直走到龙塞斯瓦利斯。我们参观了整个修道院。

"这个地方很出色，"我们走出来的时候，哈里斯说。"可是你们知道，我对这种地方不十分感兴趣。"

"我也是，"比尔说。

"怎么说还是个出色的地方，"哈里斯说。"不来看看不甘心。我天天都想着要来。"

"可是比不上钓鱼，对吧？"比尔问。他喜欢哈里斯。

"是啊。"

我们站在修道院古老的礼拜堂门前。

"路对面是不是有家小酒店？"哈里斯问。"还是我的眼睛看花了？"

---

① 意为：我星期四到科恩。

“像是家小酒店，”比尔说。

“我看也像家小酒店，”我说。

“嗨，”哈里斯说，“我们来享用它一下。”他从比尔那里学会了“享用”这个词儿。

我们每人要了一瓶酒。哈里斯不让我们会钞。他的西班牙语说得相当不错，掌柜不肯收我们的钱。

“咳。你们不了解，对我来说在这里和你们相逢的意义有多么重大。”

“我们过得再快活也没有了，哈里斯。”

哈里斯有点醉意了。

“咳。你们确实不明白有多么大的意义。大战结束以来，我没有过多少欢乐。”

“将来我们再约个日子一起去钓鱼。你别忘了，哈里斯。”

“一言为定。我们一起度过的时间是多么快活。”

“我们一起再喝一瓶怎么样？”

“这个想法太好了，”哈里斯说。

“这次我来付，”比尔说。“要不就别喝。”

“我希望还是让我来付。你知道，这样我才高兴。”

“这样也会使我高兴，”比尔说。

掌柜拿来第四瓶酒。我们还用原来的酒杯。哈里斯举起他的酒杯。

“咳。你们知道，这酒的确可以好好享用一番。”

比尔拍拍他的脊背。

“哈里斯，老伙计。”

“咳。你们可知道我的姓氏实际上并不是哈里斯。是威尔逊-哈里斯。是个双姓。中间有个连字号，你们知道。”

“威尔逊-哈里斯，老伙计，”比尔说。“我们叫你哈里斯，因为我们太喜欢你了。”

“咳，巴恩斯。你不了解这一切对我来说意义是多么重大。”

“来，再享用一杯，”我说。

“巴恩斯。真的，巴恩斯，你没法了解。就这么一句话。”

“干了吧，哈里斯。”

我们俩挟着哈里斯从龙塞斯瓦利斯顺着大路走回来。我们在旅店吃了午饭，哈里斯陪我们到汽车站。他给我们一张名片，上面有他在伦敦的住址、他的俱乐部和办公地点。我们上车的时候，他递给我们每人一个信封。我打开我的一看，里面有一打蝇钩。这是哈里斯自己扎的。他用的蝇钩都是自己扎的。

“嗨，哈里斯——”我开口说到这里。

“不，不！”他说。他正从汽车上爬下去。“根本不好算是头等的蝇钩。我只是想，有朝一日你用它来钓鱼，可能会使你回忆起我们曾经度过一段快乐的日子。”

汽车开动了。哈里斯站在邮局门前。他挥着手。等车子开上公路，他转身走回旅店。

“你说这位哈里斯是不是挺忠厚？”比尔说。

“我看他真的玩得很痛快。”

“哈里斯吗？那还用说！”

“他到潘普洛纳去就好了。”

“他要钓鱼嘛。”

“是啊。反正你很难说英国人彼此可能融洽相处。”

“我看是这么回事。”

将近黄昏的时候，我们到达潘普洛纳，汽车在蒙托亚旅馆门前停下。在广场上，人们在架过节照明用的电灯线。汽车刚停下来，几个小孩子跑过来，一位本城的海关官员叫所有下车的人在人行道上打开他们的行李。我们走进旅馆，在楼梯上我碰到蒙托亚。他同我们握手，面带他那惯常的忸怩表情微笑着。

“你们的朋友来了，”他说。

“坎贝尔先生？”

“对。科恩先生和坎贝尔先生，还有阿施利夫人。”

他微微一笑，似乎表明有些什么事我自己会听到的。

“他们什么时候到的？”

“昨天。你们原来的房间我给留着。”

“太好了。你给坎贝尔先生开的房间是朝广场的吗？”

“是的。都是原先你们选定的那几个房间。”

“我们的朋友现在哪儿？”

“他们大概去看回力球赛了。”

“那关于公牛有什么消息？”

蒙托亚微笑着。“今儿晚上，”他说。“他们今儿晚上七点把维利亚公牛放进牛栏，米乌拉公牛明天放。你们全都看去？”

“哦，是的。他们从没看见过公牛是怎样从笼子里放出来的。”

蒙托亚把手搭在我的肩膀上。

“我在那边跟你会面吧。”

他又微微一笑。他总是笑眯眯的，似乎斗牛是我们俩之间的一桩十分特殊的秘密；一桩见不得人而却实在是我们彼此心领神会的深藏在内心的秘密。他总是笑眯眯的，似乎对外人来说，这秘密是桩不可告人的丑事，但是我们却心照不宣。这秘密是不便于在不懂得其中奥妙的人面前公开的。

“你这位朋友，他也是个斗牛迷？”蒙托亚对比尔笑笑。

"是的。他从纽约专程赶来参加圣福明节的。"

"是吗?"蒙托亚客气地表示怀疑。"但是他不像你那么着迷。"

他又忸怩地把手搭在我的肩上。

"是真的,"我说。"他是个地道的斗牛迷。"

"但是他不是个像你这样的斗牛迷。"

西班牙语 aficion 的意思是"热烈的爱好"。一个 aficionado 是指对斗牛着迷的人。所有的优秀斗牛士都住在蒙托亚旅馆;就是说,对斗牛着迷的斗牛士都住在那里。以挣钱为目的的斗牛士或许会光临一次就再也不来了。优秀的斗牛士却年年来。蒙托亚的房间里有很多他们的照片。照片都是题献给胡安尼托·蒙托亚或者他姐姐的。那些蒙托亚真正信得过的斗牛士的照片都镶着镜框。那些并不热衷于斗牛的斗牛士的照片则收在他桌子的抽屉里。这些照片上往往有过分谄媚的题词。但实际上毫无意义。有一天,蒙托亚把所有的这种照片从抽屉里拿出来,扔在字纸篓里。他不愿让人看到这批照片。

我们经常谈论公牛和斗牛士。我一连几年都到蒙托亚旅馆小住。我们每次谈话的时间都不很长。只不过以交流交流各自的感受为乐趣。人们来自远方的城镇,在他们离开潘普洛纳之前,往往前来同蒙托亚交谈几分钟有关公牛的事儿。这些人是斗牛迷。凡是斗牛迷,即使旅馆客满了,也总能在这里弄到房间。蒙托亚把我介绍给其中一些人。他们起初总是非常拘谨,使他们感到非常有意思的是我竟是一个美国人。不知道为什么,一个美国人是理所当然地被认为不可能有热烈的爱好的。他可能假装热爱,或者把激动当作热爱,但是他不可能真正具备这份热爱。等他们发现我具备着这份热爱——这不是用什么暗语,也不是用一套特定的提问所能探测出来的，毋宁说是用一些小心翼翼而吞吞吐吐的问题在口头上进行心灵的测验而发现的——就同样会忸怩地用手按在我肩上，或者说一声“Buen hombre①”。但是在更多的情况下是实实在在的伸手摸一下。他们好像想摸你一下来探探这份热爱到底是真是假。

蒙托亚对怀着热爱的斗牛士什么都可以宽恕。他可以宽恕突然发作的歇斯底里，惊慌失措，恶劣的莫名其妙的动作，各种各样的失误。对一个怀着热爱的人，他什么都可以宽恕。因此他马上原谅我，不去追究我那些朋友的底细。他一字不提他们的事儿，他们不过是我们彼此之间羞于提起的事儿，就像斗牛场上马儿被牛角挑得肠子都流出来这事那样。

我们进屋的时候，比尔先上楼去了，等我上了楼，看见他在自己的房间里洗澡，更衣。

“怎么，”他说，“跟人用西班牙语聊了半天？”

“他告诉我，公牛今儿晚上放进牛栏。”

“我们去找到咱们那一伙，然后一块去看吧。”

“好。他们大概在咖啡馆里。”

“你拿到票啦？”

“拿到了。看牛出笼的所有票都拿到了。”

“是怎样放出来的？”他对着镜子拉扯着腮帮，看下巴上有没有没刮净的地方。

“可有意思哩，”我说。“他们一次从笼里放出一头公牛，在牛栏里放了些犍牛来迎接它，不让他们互相顶撞，公牛就朝犍牛冲去，犍牛四处奔跑，像老保姆那样想叫公牛安静下来。”

“公牛戳死过犍牛没有？”

---

① 西班牙语：好人；好汉。

“当然有过。有时候它们在犍牛后面紧追，把犍牛戳死。”

“犍牛就没有任何招架的余地啦？”

“不是这样。犍牛只想慢慢地和公牛混熟了。”

“把犍牛放在牛栏里干什么？”

“为了叫公牛安静下来，免得它们撞在石墙上折断犄角，或者戳伤彼此。”

“做犍牛一定非常有意思。”

我们下楼走出大门，穿过广场向伊鲁涅咖啡馆走去。有两座孤零零的卖票房坐落在广场中间。有 SOL，SOL Y SOMBRA 和 SOMBRA[①] 字样的窗户都关着。它们要到节日的前一天才打开。

广场对面，伊鲁涅咖啡馆的白色柳条桌椅一直摆到拱廊外面，直摆到了马路边。我挨桌寻找勃莱特和迈克。他们果真在那里。勃莱特和迈克，还有罗伯特·科恩。勃莱特戴了一顶巴斯克贝雷帽。迈克也一样。罗伯特·科恩没戴帽，戴着眼镜。勃莱特看见我们来了，就向我们招手。我们走到桌子边，她眯起眼睛看我们。

“你们好，朋友们！”她叫道。

勃莱特很高兴。迈克有种本领，能在握手中灌注强烈的感情。罗伯特·科恩同我们握手是因为我们赶回来了。

“你们究竟到哪儿去啦？”我问。

“是我带他们上这儿来的，”科恩说。

“瞎说，”勃莱特说。“如果你不来，我们会到得更早。”

“你们会永远也到不了这里。”

“胡说八道！你们俩都晒黑了。瞧比尔。”

---

① 西班牙语：意为“太阳、太阳及阴影、阴影”。此处系指斗牛场座位的三档；向阳的，半向阳的以及背阴的。

“你们钓得痛快吗？”迈克问。“我们原想赶去同你们一起钓的。”

“不坏。我们还念叨你们来着。”

“我本想来的，”科恩说，“但是再一想，我应该领他们上这儿来。”

“你领我们。胡说八道。”

“真的钓得很痛快？”迈克问。“你们钓到了很多？”

“有几天，我们每人钓到了十来条。那里有个英国人。”

“他姓哈里斯，”比尔说。“你可认识他，迈克？他也参加了大战。”

“是个幸运儿，”迈克说。“多么令人难忘的岁月！宝贵的年华要能倒流该多好。”

“别傻了。”

“你打过仗，迈克？”科恩问。

“那还用说。”

“他是个出色的勇士，”勃莱特说。“跟他们说说，你的坐骑怎样在皮卡得利大街[①]上脱缰飞跑。”

“我不说。我已经讲过四次了。”

“你从来没有给我讲过，”罗伯特·科恩说。

“这段经历不讲了。这是丢脸的事儿。”

“跟他们讲讲你得勋章的事吧。”

“不讲。那件事更丢人了。”

“怎么一回事？”

---

① 这是伦敦市中心的一条繁华的大街，此处指第一次世界大战胜利后迈克凯旋回到伦敦时的事。

“勃莱特会告诉你们的。她老是揭我的老底儿。”

“讲吧。勃莱特，告诉我们。”

“我讲行吧？”

“我自己来讲。”

“你得了些什么勋章，迈克？”

“一枚也没捞着。”

“你一定有几枚的。”

“我看一般的勋章我该是有的。但是我从来没有去申请过。有一回举行异常盛大的宴会，英国王太子要来参加，请柬上写着要佩戴勋章。不用说，我没有勋章，因此就到我的裁缝那里，他看到这份请柬肃然起敬，我一想这是笔好生意，就对他说：‘你得给我弄几枚勋章。’他说：‘什么勋章，先生？’我说：‘哦，随便什么样的。给我弄几枚就行。’于是他说：‘你手头有什么勋章，先生？’我就说：‘我怎么知道？’他难道以为我整天在读那天杀的政府公报？‘多给我几枚就行了。你自己挑吧。’于是他给我弄了几枚，你知道，是那种缩样复制的勋章，他连盒递给我，我塞进口袋里就把这事儿忘了。且说，我参加宴会去啦。正巧那天夜里人家打死了亨利·威尔逊[①]，所以王太子没有来，国王也没有来，没有一个佩戴勋章的，所有到场的忙着摘下他们的勋章，我的勋章放在口袋里没拿出来。”

他停下来等我们笑。

“完啦？”

“完了。可能我讲得不好。”

---

① 亨利·威尔逊勋爵(1864—1922)为英国元帅，第一次世界大战中曾任英国远征军副总参谋长，战后任英国总参谋长。1922年退伍，由北爱尔兰选区推选为国会议员，不久即被新芬党人所杀。

“不好，”勃莱特说。“但是不要紧。”

我们全都哈哈大笑起来。

“啊，对了，”迈克说。“现在我想起来了。那是一次极端无聊的晚宴，我待不住，所以就溜了。当天夜里，我发现盒子还在我的口袋里。这是什么玩意儿？我说。勋章？沾满鲜血的军功勋章？于是我把勋章通通扯下来——你知道勋章都是别在一根带子上的——把它们散发掉，每个姑娘一枚。做个纪念。她们以为我是一名呱呱叫的勇士呢。在夜总会里散发勋章。多威风的家伙啊。”

“把它讲完，”勃莱特说。

“你们说滑稽不滑稽？”迈克问。我们都哈哈大笑起来。“滑稽。实在是滑稽。不过，我的裁缝写信向我讨勋章了。派人到处找。一连写了好几个月的信。看来是有人把勋章放在他那里要他擦洗干净的。是位身经百战的军人。勋章是命根子。”迈克歇了一口气。“裁缝算倒霉了，”他说。

“你说得不对，”比尔说。“我却认为裁缝走红运了。”

“一位做工非常精细的裁缝。绝不会相信我会落到现在这个地步，”迈克说。“那时我每年付给他一百镑好让他安静点。这样他就不给我寄账单了。我的破产对他是个巨大的打击。这事情紧接在勋章事件之后。他的来信口气可沉痛哩。”

“你怎么破产的？”比尔问。

“分两个阶段，”迈克说，“先是逐渐地，然后就突然破产了。”

“什么原因引起的？”

“朋友呗，”迈克说。“我有很多朋友。一帮酒肉朋友。后来我就也有了债主。或许比任何一个英国人的债主都要多。”

“你给他们说说在法院里遇到的事，”勃莱特说。

“我不记得了，”迈克说。“当时我有点醉了。”

“有点醉！”勃莱特大声说。“你都不省人事了！”

“异乎寻常的事，”迈克说。“前几天遇见一位过去的合伙人。要请我喝酒。”

“告诉他们你还有过博学的法律顾问呢，”勃莱特说。

“不想说，”迈克说。“我博学的顾问也喝得酩酊大醉了。唉，这个话题太扫兴。我们到底去不去看放公牛出笼？”

“去吧。”

我们叫来侍者，会了钞，起身穿过市区。起先我同勃莱特一起走，可是罗伯特·科恩却上来挨在勃莱特另一侧。我们三人向前走去，经过阳台上挂着旗帜的市政厅，一直经过市场，走下那条直通阿尔加河大桥的陡峭的街道。有许多人步行着去看公牛，还有马车从山冈辚辚而下，跨过大桥，车夫、马匹和鞭子出现在街头行人之上。我们过了桥，拐上通向牛栏的大道。我们经过一家酒店，窗户里挂着一块招牌：上等葡萄酒，三十生丁一公升。

“等我们手头紧的时候去光顾吧，”勃莱特说。

我们走过酒店，一个女人站在门口看着我们。她朝屋里招呼了一声，就有三位姑娘来到窗口瞪着眼睛看。她们在看勃莱特。

牛栏门口有两个男人向入场的人收门票。我们走进大门。门内有几棵树，还有一幢石头矮房。对面是牛栏的石墙，墙上开着些小孔，像枪眼一样布满了每个牛栏的正面。有架梯子搭在墙头，人们接连爬上梯子，散开站在把两个牛栏隔开的墙头上。当我们踏着树下的草坪向梯子走去的时候，经过关着公牛的灰漆大笼。每一只运牛的笼里关着一头公牛。公牛是用火车从卡斯蒂利亚①一个公牛饲

---

① 西班牙一古王国名，居今西班牙北部及中部。今天，西班牙人仍常常用旧名来称呼某些地区。

养场运来的，到了车站从平板车上卸下拉到这儿，准备从笼子里释放到牛栏里。每只笼子上都印有公牛饲养人的姓名和商标。

我们爬上梯子，在墙头上找到一个能俯视牛栏的地方。石墙粉刷成白色，场地上铺着麦秆，靠墙根放着些木制饲料槽和饮水槽。

“看那边，”我说。

城市所在的高岗在河对岸耸起。沿着古老的城墙和壁垒站满了人。三道防御工事形成三道黑鸦鸦的人墙。高于城墙的各幢房子的窗口人头挤挤。高岗远处，孩子们趴在树上。

“他们一定以为有热闹好看，”勃莱特说。

“他们要看公牛。”

迈克和比尔在牛栏对面的墙头上。他们向我们挥手。晚来的人站在我们后面，当别人挤他们的时候，他们压在我们身上。

“为什么还不开始？”罗伯特·科恩问。

有只笼子上拴着一头骡子，它把笼子拖到牛栏墙壁的大门前。有几个人用撬棍把笼子撬啊推的，顶住了大门。有人站在墙头上，准备先拉起牛栏的门，然后再拉笼子的门。牛栏另一边的一扇门打开了，两头犍牛跑进场子，晃着脑袋，一路小跑着，瘦瘠的腹部两侧颤悠着。它们一起站在牛栏的最里面，脑袋朝着公牛进场的那扇门。

“它们看样子并不高兴呢，”勃莱特说。

墙头上的人向后仰着身子拉起牛栏的门。然后，他们拉起笼子的门。

我朝墙内探身，想往笼子里面看。笼子里很暗。有人用一根铁棒敲打笼子。笼子里似乎有什么东西爆炸了。那公牛左右开弓，用牛角撞击笼子的木栅壁，发出震耳的响声。然后我看见一团黑糊糊的嘴脸和牛角的影子，随着空洞的笼子底板发出一阵咔嗒声，公牛猛地一冲，进了牛栏，前蹄在麦秆上打了个滑，站住了，抬头看着石墙上的人群，它昂首挺脖，脖根隆起的肌肉紧张地收缩成一大团，全身肌肉哆嗦着。那两头犍牛退后靠在墙上，低着头，眼睛注视着公牛。

公牛看见它们就冲了过去。有个人在一个饲料槽后面大叫一声，用他的帽子敲打板壁，公牛还没有冲到犍牛那里就转过身来，鼓起全身力气向那人刚才站着的地方冲去，用右角迅猛地朝板壁连刺了五六下，企图命中躲在后面的那人。

“我的上帝，它多漂亮啊！”勃莱特说。我们看着，它正好在我们脚下。

“你看它多么善于运用它的两只角，”我说。“它左一下，右一下，活像个拳击手。”

“真的？”

“你看嘛。”

“速度太快了。”

“等等。马上又要出来一头牛。”

另一个笼子已经给倒拉到了入口处。在对面角落里，有个人躲在板壁后面逗引公牛，等它转过头去的时候，大门拉起来了，第二头公牛从笼里出来进到牛栏里。

它直奔犍牛冲去，有两个人从板壁后面跑出来大叫大喊，要引它转身。它并不改变方向，这两人叫着：“嗨！嗨！公牛！”并挥舞他们的手臂；两头犍牛侧身准备接受冲击，公牛把角瓶进一头犍牛的身躯。

“你别看了，”我对勃莱特说。她看得着迷了。

“好吧，”我说。“只要它不使你反感就行。”

“我看见了，”她说。“我看见它先用左角，然后又换右角。”

“你还真行哩！”

犍牛这时已经倒下了，挺着脖子，扭着脑袋，它怎么倒下的就怎么躺着。突然，公牛撇下了它，冲向另一头犍牛，这头犍牛远远地站在一边，晃着脑袋，观察着发生的一切。犍牛笨拙地跑着，公牛追上它，用角尖轻轻地挑了一下它的腹部，就转身抬眼注视墙上的人群，颈脊上的肌肉隆起着。犍牛走到它跟前，装出好像要闻闻它的样子，公牛不经心地挑了一下。随后它也闻起犍牛来了，它们就一起快步走向第一头进栏的公牛那里。

当第三头公牛放出来的时候，先进场的那三头牛（两头公牛和一头犍牛）并头站在一起，把角对准新来的公牛。几分钟后，犍牛和新来的公牛交上朋友了，使它镇静下来，成为它们之中的一员。等最后两头公牛释放出来后，牛群都站在一起。

被牴伤的那头犍牛爬起身来站在石墙边。没有一头公牛去接近它，它也无意参加到它们这一伙里去。

我们跟大伙一起从墙上爬下来，通过牛栏墙上的小窟窿对公牛最后看了一眼。它们现在都安静下来了，低下了脑袋。我们在外面雇了一辆马车，赶到咖啡馆。迈克和比尔半小时后来到。他们一路上停下喝了几次酒。

我们坐在咖啡馆里。

“这回事真离奇，”勃莱特说。

“后进去的那几头公牛能斗得和第一头那么好吗？”罗伯特·科恩问。“它们看来很快就安静下来了。”

“它们彼此都熟悉，”我说。“它们单独一头，或者两三头在一起的时候才很凶。”

“你说什么，凶？”比尔说。“我看它们都很凶。”

“它们单独一头就要伤人。当然啰，如果你到牛栏里去，也许会从牛群里引出一头公牛来，这时它就很凶。”

“太复杂了，”比尔说。“你可别把我从大伙里面撵出去啊，迈克。”

“我说，”迈克说，“这几头牛都很出色，是不是？你看见它们的犄角了吗？”

“可不，”勃莱特说。“我原先不知道牛角是什么样子的。”

“你看清那头牴犍牛的公牛了吗？”迈克问。“是头非常出色的公牛。”

“当一头犍牛太没劲了，”罗伯特·科恩说。

“你是这么认为的？”迈克说。“我还以为你喜欢做一头犍牛哩，罗伯特。”

“你这是什么意思，迈克？”

“它们的生活是那么悠闲。他们一声不吭，可老在周围转悠着。”

我们很窘。比尔笑了。罗伯特·科恩很生气。迈克还往下说。

“我以为你会喜欢这种生活的。你可以用不着吱一声。来吧，罗伯特。说点什么。别干坐着。”

“我说过啦，迈克。你忘啦？谈论过犍牛来着。”

“哦，再说点。说点有趣的。你看我们现在的兴致多高。”

“别说了，迈克。你醉了，”勃莱特说。

“我没醉。我在说正经的。难道罗伯特·科恩一定要一天到晚跟着勃莱特转悠，像一头犍牛吗？”

“住嘴，迈克。说话要有点教养。”

“教养顶个屁。除了公牛，究竟还有谁具备什么教养？这几头公牛不是挺招人喜欢吗？难道你不喜欢它们，比尔？你为什么不吱声，罗伯特？别坐在那里哭丧着脸。假如说勃莱特同你睡过觉又怎么的？同她睡过觉的人多着哩，可他们都比你强。”

“住嘴，”科恩说。他站起来。“住嘴，迈克。”

“呀，别站起来，看来你要揍我啰。我才不在乎呢。告诉我，罗伯特。你为什么老跟着勃莱特转悠，像一头血迹斑斑的可怜的犍牛？你不知道人家不需要你吗？如果人家不需要我，我可知道。人家不需要你，你怎么就不知道呢？你赶到圣塞瓦斯蒂安去，那里并不需要你，可是你像一头受伤的犍牛一样跟着勃莱特转悠。你想这么做合适吗？”

“住嘴。你醉了。”

“我也许醉了。你为什么不醉呢？你怎么从来喝不醉呢，罗伯特？你知道你在圣塞瓦斯蒂安过得并不痛快，因为我们没有一个朋友愿意邀请你参加聚会。你简直没法责怪他们。你能吗？我叫他们请你来着。他们就是不干。你现在不能责怪他们。你能吗？回答我。你能责怪他们吗？”

“见鬼去吧，迈克。”

“我不责怪他们。你还责怪他们？你为什么老跟着勃莱特？你就一点礼貌也没有？你想你这么做叫我好受吗？”

“你倒谈起礼貌举止来啦，”勃莱特说。“你的举止好彬彬有礼啊！”

“走吧，罗伯特，”比尔说。

“你老跟着她贪图啥？”

比尔站起来拉住科恩。

“别走，”迈克说。“罗伯特·科恩要请客喝酒哩。”

比尔同科恩走开了。科恩脸色蜡黄。迈克还在叨叨个没完。我坐着听了一会儿。勃莱特满脸厌恶的样子。

“喂，迈克尔，你大可不必这样蠢得像头驴，”她打断迈克的话说。“你知道，我并没有说他不对啊。”她扭头对着我。

迈克的语调缓和下来了。我们之间又充满了友好的气氛。

“听我的口气好像醉了。实在没有那么厉害，”他说。

“我知道你没有，”勃莱特说。

“我们都有点醉了，”我说。

“我说的每句话都有我的用意。”

“但是你说得太刻薄了，”勃莱特笑着说。

“不过，他是头蠢驴。他赶到圣塞瓦斯蒂安去，极不受欢迎。他缠着勃莱特，眼睛一个劲儿盯着她。叫我恶心透了。”

“他的做法确实非常恶劣，”勃莱特说。

“你听着。勃莱特过去和一些男人有过这样那样的关系。她都告诉我了。她把科恩这家伙的信都拿给我看。我不看。”

“你干得太漂亮了。”

“先别这么说，你听着，杰克。勃莱特跟别人搞过。但是他们都不是犹太人，而且事后也没有谁来纠缠的。”

“都是一些好样的，”勃莱特说。“谈这些无聊透了。迈克尔和我相互了解。”

“她把罗伯特·科恩的来信都给我了。我不想看。”

“谁的信你也不看，亲爱的。你连我的信也不看。”

“我不会看信，”迈克说。“很可笑，是不？”

“你什么也看不明白。”

“不。这点你说得就不对了。我看了不少书。我在家的时候常看书。”

“你下一步还会写作呢，”勃莱特说。“喂，迈克尔。打起精神来。你不得不忍受到底啊。他在这儿嘛。别影响我们过节。”

“那好，让他放规矩点。”

“他会的。我来跟他说。”

“你跟他说说，杰克。告诉他，要么放规矩点，要么走开。”

“好，”我说，“还是我去说好。”

“嗨，勃莱特。告诉杰克，罗伯特称呼你什么来着。你知道，妙极了。”

“啊，不行。我不能说。”

“说吧。都是自己朋友。我们都是好朋友吧，杰克？”

“我不能告诉他。太荒唐了。”

“我来说。”

“别说，迈克尔。别傻啦。”

“他叫她迷人精①，”迈克说。“他硬说她会把男人变成猪。妙哉。可惜我不是个文人。”

“他蛮有一手，你知道，”勃莱特说。“他写得一手好信。”

“我知道，”我说。“他在圣塞瓦斯蒂安给我写过信。”

“那一封算不了什么，”勃莱特说。“他写的信能叫人笑破肚皮。”

“她逼得我只好写。她当时自以为有病。”

“我当真有病嘛。”

“走吧，”我说，“我们得回去吃饭。”

“我怎么去见科恩呢？”迈克说。

“你只当什么事儿也没有发生过。”

“我倒没有什么，”迈克说。“我脸皮厚。”

“如果他提起，就说你喝醉了。”

“确实醉了。有趣的是，我现在才明白我刚才是醉了。”

---

① 原文为Circe，为荷马史诗《奥德赛》中提及的使人变成猪的女魔。

“走吧，”勃莱特说。“这些毒得死人的东西，都给了钱没有？我得洗个澡才能吃饭。”

我们穿过广场。天黑了，广场周围一圈灯光，那是从拱廊下的咖啡馆里射出来的。我们跨过树荫下的砾石路，向旅馆走去。

他们上楼了，我停下和蒙托亚说话。

“哦，你看这几头公牛怎么样？”他问。

“好牛。是上等公牛。”

“还可以，”——蒙托亚摇摇头——“但并不特别好。”

“它们哪一点使你不满意？”

“说不清楚。它们只是给我一种感觉，并不十分好。”

“我明白你的意思。”

“还是不错的。”

“是的。它们是不错的。”

“你的几位朋友觉得它们怎么样？”

“很好。”

“那就好，”蒙托亚说。

我走上楼去。比尔站在自己房间的阳台上眺望着广场。我在他身边站住了。

“科恩在哪儿？”

“楼上他自己的房间里。”

“他怎么样？”

“自然啰，情绪坏透了，迈克真要不得。他喝醉了酒真吓人。”

“他并不十分醉。”

“还说不醉！到咖啡馆去的路上，我们喝多少酒我心中有数。”

“过后他就清醒了。”

“好吧。当时他真吓人。上帝知道，我不喜欢科恩，我认为他溜到圣塞瓦斯蒂安去是一桩愚蠢的勾当，但是谁也没权利像迈克那么说话啊。”

“你觉得这些公牛怎么样？”

“很出色。把牛这样一条条放出来出色极了。”

“米乌拉牛明天放。”

“什么时候开始过节？”

“后天。”

“我们不能让迈克醉成这样。太不成体统了。”

“我们还是梳洗一下准备吃饭吧。”

“对。将是一顿愉快的晚餐。”

“可不？”

这顿晚餐确实吃得很愉快。勃莱特穿一件黑色无袖晚礼服。她看上去漂亮极了。迈克装得似乎什么事情也没有发生过。我不得不上楼把罗伯特·科恩领下来。他冷漠、拘谨，仍旧紧绷着蜡黄的脸，但是终于高兴起来。他情不自禁地盯着勃莱特。似乎这样会使他感到幸福。他见她打扮得那么可爱，知道自己曾经同她一起出游过，而且谁都知道这件事，因此该感到很得意吧。谁也抹杀不了这件事实。比尔非常风趣。迈克尔也一样。他们凑在一起正好。

这情景真像我记忆中某几次战时的晚餐。备有大量的酒，置紧张于不顾，预感事件将临而你又无法防止。酒醉之余，我烦恼烟消云散而感到飘飘然。人们似乎都那么可亲可爱。

# 第十四章

我不知道我是几点钟上床的。我记得我脱掉衣服，穿上浴衣，站在室外阳台上。当时我明白我醉得很厉害，后来走进房间，打开床头灯，开始看书。我看的是本屠格涅夫写的书。有两页我大概重复读了好几遍。这是《猎人笔记》中的一个短篇。我过去看过，但是好像没有看过一样。乡村景色历历在目，我头脑里压迫的感觉似乎松弛下来了。我醉得很厉害，我不愿闭上眼睛，因为一闭上眼睛，就会感到房间旋转个不停。如果我坚持看下去，这种感觉就会消失。

我听见勃莱特和罗伯特·科恩走上楼梯。科恩在门外说了声晚安，就继续朝自己的房间走去。我听见勃莱特走进隔壁房间。迈克已经睡下了。他是一小时前跟我一起上楼的。她进屋时，他醒过来，两人说着话儿。我听到他们的笑声。我关灯想入睡。没有必要再看书了。我闭上眼睛已经没有旋转的感觉了。但是我睡不着。没有理由因为在暗处你看问题就该和在亮处看问题不同。真见鬼，毫无理由！

有一次我把这事好好思量了一番，于是整整六个月，我关了电灯就睡不着觉。这又是一个精彩的一闪念。反正凡是女人都见鬼去。你，勃莱特·阿施利也见鬼去。

女人能成为知心朋友。非常知心。为了奠定友谊的基础，首先你必须钟情于她。我曾受到过勃莱特的青睐。我没有从她那一方的得失来考虑过。我没有付出代价就得了手。这无非推迟了账单送来的时日罢了。但账单总得要来的。这是你能指望得到的好事之一。

我认为我已经把一切账目都还清了。不像女人，还啊，还啊，还个没完。根本没有想到报应或惩罚。只不过是等价交换。你拿出一点东西，获得另外的东西。或者你努力去争取什么。你用某种方式付出代价，来换取一切对你多少有点好处的东西。我花了应付的代价取得不少我喜欢的东西，所以我的日子过得满愉快。你不是拿你的知识来做代价，就是拿经验，机缘，或者钱财来做代价。享受生活的乐趣就是学会把钱花得合算，而且明白什么时候花得合算。你能够把钱花得很合算。世界是个很好的市场，可供你购买。这似乎是一种很出色的哲学理论。我想再过五年，这种理论就会像我有过的其他高超的哲学理论一样，显得同样的荒唐可笑。

不过，也许还不至于这样。也许随着年华的流逝，你会学到一点东西。世界到底是怎么回事，这我并不在意。我只想弄懂如何在其中生活。说不定假如你懂得了如何在世界上生活，你就会由此而懂得世界到底是怎么回事了。

然而，我真希望迈克对科恩的态度不要太刻薄。迈克喝醉了不安分。勃莱特喝醉了安分。比尔喝醉了安分。科恩从来不喝醉。迈克喝得一过量就惹人讨厌。我喜欢看他伤害科恩。但是我又希望他不要那样做，因为事后会使我厌恶自己。这就是道德：事后会引起你厌恶自己。不，那该是不道德的行为。这是种笼统的见解。我在夜里多么会胡思乱想啊。瞎说，我耳边响起了勃莱特说的这句话。瞎说！你和英国人在一起，你就习惯用英国人的措词来思维。英国人的口语词汇——至少在上流社会——一定比爱斯基摩语还要少些。当然，我对爱斯基摩语毫无所知。爱斯基摩语也许是种很优美的语言。拿切罗基语[①]来说吧。我对切罗基语也同样毫无所知。英

① 切罗基族为北美印第安人的一族，世居今美国阿巴拉契亚山脉南段，后被白人赶到俄克拉荷马州的居留地。其语言属易洛魁语系。

国人常用不同语调的短语说话。一个短语含意无穷。然而我对他们颇有好感。我喜欢他们说话的方式。譬如说，哈里斯。然而哈里斯不好算属于上流社会。

我又开灯看书。我看屠格涅夫的这本书。当时我知道，喝了过量的白兰地之后，在心情过分敏感的情况下读书，我能记住，而且过后我会觉得似乎是我亲身经历过的一样。我会终身难忘。这是你付出了代价能获得的又一件好东西。直到天快亮时我才睡着。

接下来那两天里，我们在潘普洛纳平静无事，没有再发生争吵。全城过节的准备工作渐次就绪。工人们在十字路口竖起门柱，等早上牛群从牛栏里释放出来通过大街跑向斗牛场的时候，好用来堵死横街。工人们挖好坑，埋进木桩，每根木桩都标着号码，以便插在规定的地点。城外高岗上，斗牛场的雇工们在训练斗牛用的马匹，他们赶着四腿溜直的马儿在斗牛场后面被太阳晒硬了的土地上飞跑。斗牛场的大门敞开着，里面在打扫看台。场地经过碾压，洒上了水，木匠更换了四周栅栏上不结实的或者开裂的木板。站在碾平的沙地边，你向上面空荡荡的看台望去，可以看见几个老婆子正在清扫包厢。

场外，从城区边缘的那条大街通向斗牛场入口处的栅栏已经筑起，形成一条长长的通道；斗牛赛开始的第一天早晨，大伙儿要在牛群的追赶下一起跑。城外将开设牛马集市的平地上，有些吉卜赛人已经在树下扎下了营。各种酒类的小贩正在搭木棚。有一个木棚打着 ANIS DEL TORO① 的广告。布帘招牌挂在烈日照射下的板壁上。市中心的大广场还没有什么变化。我们坐在咖啡馆露台上的白

① 西班牙语：公牛茴香酒。

色柳条椅里，观看到站的公共汽车，车里走下从乡间来赶集的农民，我们看着车子满载着农民又开走了，他们坐在车上，带着装满了从城里买来的物品的马褡裢。除了那些鸽子和一个拿水管喷洒广场和冲洗大街的男人外，在这沙砾铺的广场上，唯一有生机的只有这几辆高高的灰色公共汽车。

晚上就是散步。晚饭后一小时之内，所有的漂亮姑娘、当地的驻军长官和城里所有衣着入时的男女都在广场一边的那条街道上散步，咖啡馆桌子旁都坐满了用过晚饭的常客。

早晨，我经常坐在咖啡馆里看马德里出版的各种报纸，然后在城里溜达，或者到城外乡间去。比尔有时一同去。有时他在自己房里写东西。罗伯特·科恩利用早晨的时间学习西班牙语或者抽时间到理发店去修面。勃莱特和迈克不到中午是不起床的。我们都在咖啡馆里喝味美思酒。日子过得很平静，没有一个人喝醉过。我去过两次教堂，一次是同勃莱特去的。她说她想听听我的忏悔，但是我告诉她，这不仅是不可能的，而且并不像她想的那么有意思，再说，即使我忏悔，我所用的语言她也听不懂。我们走出教堂的时候，碰见科恩，显然他早就跟在我们后面了，不过他使人感到非常愉快和友好，我们三人一直溜达到吉卜赛人的帐篷那里，勃莱特叫人算了命。

这是一个明媚的早晨，群山上空高高地飘着白云。夜里下了一会儿雨，高岗上的空气新鲜、凉快，展现出一幅美妙的景色。我们都感到心情舒畅，精神饱满，我对科恩也相当友好。在这么一个日子里，什么事情也不会使你烦恼的。

这就是节日前最后一天的情形。

# 第十五章

七月六日，星期日中午，节日庆祝活动“爆发”了。那种场面难以用别的字眼来形容。整整一天，人们从四乡络绎不绝地来到，但是他们和城里人杂处在一起，并不受人注目。烈日下的广场和平常日子一样安静。乡民们待在远离市中心的小酒店里。他们在那里喝酒，准备参加节日活动。他们从平原和山区新来乍到，需要逐渐地改变关于钱的价值观念。他们不能一下子就到那种东西贵的咖啡馆去。他们在小酒店里享用实惠的酒肴。钱的具体价值仍然是以劳动的时间和卖粮的数量来衡量的。以后等到狂欢高潮时，他们就不在乎花多少钱，或者在什么地方花了。

圣福明节庆祝活动开始的第一天，乡民们一清早就来到小巷里的小酒店。上午，我穿过几条街道到大教堂去望弥撒，一路上我都听见从敞开着门的酒店里传出他们的歌声。他们越来越兴奋。有很多人参加十一点钟的弥撒。圣福明节也是个宗教节日。

我从大教堂走下山坡，顺着大街走到广场上的咖啡馆。这时是中午不到一点儿。罗伯特·科恩和比尔坐在一张桌子旁。大理石面餐桌和白色柳条椅已经撤走，换上铸铁桌子和简朴的折叠椅。咖啡馆像一艘清除了不必要的东西准备上阵的军舰。今天侍者不会让你清静地坐着看一上午报纸而不来问你要点什么酒菜。我刚一坐下，一名侍者就走了过来。

“你们喝点什么？”我问比尔和罗伯特。

“雪利酒，”科恩说。

“Jerez[①],”我对侍者说。

不等侍者把酒送来，一颗宣布节日庆祝活动开始的焰火弹在广场上腾空而起。焰火弹爆炸了，一团灰色的烟雾高悬在广场对面加雅瑞剧院上空。这团悬在空中的烟雾像枚开花的榴霰弹，正当我在观看，又升起一颗焰火弹，在灿烂的阳光里吐出缕缕青烟。它爆炸的时候，我看见耀眼的一闪，接着另一朵烟云出现了。就在这第二枚焰火弹爆炸的当儿，一分钟前还空荡荡的拱廊里，竟来了那么多人，以至侍者把酒瓶高举过头，好不容易才穿过人群，挤到我们桌旁。人们从四面八方涌向广场，街上自远而近地传来吹奏簧管、横笛和击鼓的声音。他们在吹奏 riau-riau[②] 舞曲，笛声尖细，鼓声咚咚，大人小孩跟在他们后面边走边舞。当笛声停息，他们全都在街上蹲下来，等到簧管和横笛再次尖锐地吹起来，呆板、单调、闷雷似的鼓声又敲起来，他们全都一跃而起，跳起舞来。你只看见他们的头和肩膀在人群里起伏。

广场上有个人弯着腰在吹奏簧管，一群孩子跟在他身后吵吵嚷嚷，扯他的衣服。他走出广场，给跟在后面的孩子们吹奏簧管，打咖啡馆门前走过去，拐进小巷。在他边吹边走，孩子们跟在后面吵吵嚷嚷，扯着他的时候，我们看见他那一无表情的、长着麻子的脸庞。

“他大概是本地的傻子，”比尔说。“我的上帝！看那边！”

一群跳舞的人从街头过来了。街上跳舞的人挤得水泄不通，全都是男人。他们跟在自己的笛手和鼓手后面，随着拍子都在跳舞。他们是属于某个俱乐部的，全都穿着蓝工装，脖子上围着红领巾，

---

① 西班牙语：雪利酒。这是一种酒性较烈的葡萄酒，以原产地西班牙南部的赫雷斯城（雪利为其英语译名的音译）而得名。

② 西班牙的一种民间舞蹈。

并用两条长杆撑着一块大横幅。当他们被人群簇拥着走过来的时候，横幅随同他们的舞步上下舞动。

横幅上涂写着："美酒万岁！外宾万岁！"

"哪儿有外宾呀？"罗伯特·科恩问。

"我们就是呗，"比尔说。

焰火弹一直不停地发射着。咖啡馆里座无虚席。广场上的人逐渐稀少起来，人群都挤到各家咖啡馆里去了。

"勃莱特和迈克在哪儿？"比尔问。

"我这就去找他们，"科恩说。

"领他们上这儿来。"

庆祝活动正式开始了。它将昼夜不停地持续七天。狂舞，纵酒，喧嚣，片刻不停。这一切只有在节日才能发生。最后，一切都变得宛如梦幻，好像随你怎么干都不会引起任何恶果似的。狂欢期间，考虑后果似乎是不合时宜的。在节期的全过程中，哪怕在片刻安静的时候，你都有这种感觉：必须喊着说话，才能让别人听清。关于你的一举一动，也都有同样的感觉。这就是狂欢活动，它持续整整七天。

那天下午，举行了盛大的宗教游行。人们抬着圣福明像，从一个教堂到另一个教堂。世俗显要和宗教名流全都参加游行。人山人海，我们没法看到这些人物。整齐的游行队伍的前后都有一群跳riau-riau 舞的人。有一伙穿黄衬衫的人在人群里忽上忽下地跳着。通向广场的每条街道和两边人行道上熙熙攘攘，我们只能从水泄不通的人群头顶上瞧见游行队伍里那些高大的巨像：有几尊雪茄店门前的木雕印第安人①的模拟像，足有三十英尺高，几个摩尔人，一

① 这种木雕印第安人像，最早出现在美国，一般比常人略小，穿全副印第安民族服装，涂彩色油漆。通常作为雪茄店的标志。

个国王和一个王后。这些模拟像都庄重地随着 riau-riau 舞曲旋转着，像在跳华尔兹。

人群在一座礼拜堂门前停下，圣福明像和要人们鱼贯而入，把卫队和巨像留在门外，本来钻在模拟像肚子里跳舞的人就站在搁在地上的担架旁边，侏儒们手持特大气球，在人群里钻来钻去。我们走进礼拜堂，闻到一股香火味，人们鱼贯地走进去，但是勃莱特因为没有戴帽子，在门口就被拦住了[①]，于是我们只得回出来，从礼拜堂顺着返城的大街走回去。街道两侧人行道边站满了人，他们站在老地方，等候游行队伍归来。一些跳舞的人站成一个圆圈，围着勃莱特跳起舞来。他们脖子上套着大串大串的白蒜头。他们搀着我和比尔的手臂，把我们拉进圆圈。比尔也开始跳起舞来。他们都在吟唱着。勃莱特也想跳舞，但是他们不让。他们要把她当作一尊偶像来围着她跳。歌曲以刺耳的 riau-riau 声结束。他们拥着我们，走进一家酒店。

我们在柜台边站住了。他们让勃莱特坐在一个酒桶上。酒店里很暗，挤满了人，他们在唱歌，直着嗓门唱。在柜台后面，有人从酒桶的龙头放出一杯杯酒来。我放下酒钱，但是有个人捡起钱塞回我的口袋。

“我想要一个皮酒袋，”比尔说。

“街上有个地方卖，”我说。“我去买两个。”

跳舞的人不肯让我出去。有三个人靠着勃莱特坐在高高的酒桶上，教她用酒袋喝酒。他们在她脖子上挂了一串蒜头。有个人硬是要塞给她一杯酒。有个人在教比尔唱一支歌。冲着他的耳朵唱。在

---

① 当时西方妇女上街，到办公地点，进公共娱乐场所或教堂，一般需穿裙衫，头戴女式帽子。勃莱特则穿着随便，留男式短发，在当时尚属标新立异的举动。

比尔的背上打着拍子。

我向他们说明我还要回来的。到了街上，我沿街寻找制作皮酒袋的作坊。人行道上挤满了人，许多商店已经上了铺板，我没法找到那家作坊。我注视着街道的两侧，一直走到教堂。这时，我向一个人打听，他拉住我的胳膊，领我到那个作坊去。铺板已经上好，但是门还开着。

作坊里面散发出一股新上硝的皮革和热煤焦油的气味。有个人正往制好的酒袋上印花。酒袋成捆地挂在天花板上。他拿下一个，吹足了气，旋紧喷嘴的口子，然后纵身跳上酒袋。

"瞧！一点不漏气。"

"我还要一个。拿个大的。"

他从屋梁上拿下一个能装一加仑，或许还不止一加仑的大酒袋。他对着袋口，鼓起两颊，把酒袋吹足气，然后手扶椅背，站在酒袋上。

"你干什么用？拿到巴荣纳去卖掉？"

"不。自己喝酒用。"

他拍拍我的背脊。

"是条男子汉！两个一共八比塞塔。最低价格。"

在新皮袋上印花的那个人把印好的酒袋扔进大堆里，停下手来。

"这是真的，"他说。"八比塞塔是便宜。"

我付了钱，出来顺原道折回酒店。里面更暗了，而且非常拥挤。勃莱特和比尔不见了，有人说他们在里屋。柜上的女堂倌给我灌满了这两个皮酒袋。一个装了两公升。另一个装了五公升。装满两袋酒花了三比塞塔六十生丁。柜台前有个素不相识的人要替我付酒钱，不过最后还是我自己付的。要给我付酒钱的这个人就请我喝一杯酒。他不让我买酒请还他，却说想从我的新酒袋里喝一口漱漱嘴。他把容量为六公升的大酒袋倒过来，双手一挤，酒就嗞嗞地喷进他的嗓子眼。

“好，”他说罢就把酒袋还给我。

在里屋，勃莱特和比尔坐在琵琶酒桶上，被跳舞的人团团围住。他们人人都把手臂搭在别人肩膀上，人人都在唱歌。迈克和几个没有穿外衣的人坐在桌子边吃一碗洋葱醋熘金枪鱼。他们都在喝酒，用面包片蹭着碗里的食油和醋汁。

“嗨，杰克。嗨！”迈克叫我。“过来。认识一下我这些朋友。我们正在来点小吃开胃哩。”

迈克把我给在座的人作了介绍。他们向迈克自报姓名并叫人给我拿一把叉来。

“别吃人家的东西，迈克，”勃莱特在酒桶那边喊道。

“我不想把你们的饭菜都吃光，”当有人给我递叉子的时候，我说。

“吃吧，”他说。“东西摆在这里干啥？”

我旋开大酒袋上喷嘴的盖子，依次递给在座的人。每人伸直胳膊，把酒袋倒过来喝一口。

在唱歌声中，我们听见门外经过的游行队伍吹奏的乐曲声。

“是不是游行队伍过来啦？”迈克问。

“Nada[①]，”有人说。“没啥。干了吧。把酒瓶举起来。”

“他们在哪儿找到你的？”我问迈克。

“有人带我来的，”迈克说。“他们说你们在这里。”

“科恩在哪儿？”

---

① 西班牙语：没有的事。

“他醉倒了，”勃莱特大声说。“有人把他安顿在什么地方了。”

“在哪儿？”

“我不知道。”

“我们怎么能知道，”比尔说。“他大概死了。”

“他没有死，”迈克说。“我知道他没有死。他只不过喝了 Anis del Mono[1] 醉倒了。”

在他说 Anis del Mono 这工夫，在座的有个人抬头望望，从外衣里面掏出一个酒瓶递给我。

“不，”我说。“不喝了，谢谢！”

“喝。喝。举起来！举起酒瓶来！”

我喝了一口。这酒有甘草味，从嗓子眼一直热到肚子里。我感到胃里热乎乎的。

“科恩到底在哪儿？”

“我不知道，”迈克说。“我来问问。那位喝醉的伙伴在哪里？”他用西班牙语问。

“你想看他？”

“是的，”我说。

“不是我，”迈克说。“这位先生想看。”

给我喝茴香酒的人抹抹嘴唇，站起来。

“走吧。”

在一间里屋内，罗伯特·科恩安详地睡在几只酒桶上。屋里很暗，简直看不清他的脸。人家给他盖上一件外衣，叠起了另外一件外衣枕在他的头下面。他脖子上套着一个用蒜头拧成的大花环，直

① 西班牙语：茴香酒。

垂在胸前。

“让他睡吧，”那人低声说。“他不要紧。”

过了两个钟头，科恩露面了。他走进前屋，脖子上依然挂着那串蒜头。西班牙人看他进来都欢呼起来。科恩揉揉眼睛，咧嘴一笑。

“我睡了一觉吧，”他说。

“哦，哪儿的话，”勃莱特说。

“你简直就是死过去了，”比尔说。

“我们去不去用点晚餐？”科恩问。

“你想吃？”

“对。怎么啦？我饿了。”

“吃那些蒜头吧，罗伯特，”迈克说。“嗨，把蒜头吃了。”

科恩站着不动。他这一觉睡得酒意全消了。

“我们吃饭去，”勃莱特说。“我得洗个澡。”

“走吧，”比尔说。“我们把勃莱特转移到旅馆去。”

我们同众人告别，同众人一一握手，然后出来。外面天黑了。

“你们看现在几点钟？”科恩问。

“已经是第二天了，”迈克说。“你睡了两天。”

“不会，”科恩说。“几点钟？”

“十点。”

“我们喝得可不少。”

“你的意思是**我们**喝得可不少。你睡着了。”

在黑暗的街上走回旅馆的时候，我们看见广场上在放焰火。从通往广场的小巷望过去，广场上人头攒动，广场中央的人都在翩翩起舞。

旅馆的这顿晚餐异常丰盛。这是第一顿节日饭菜，价钱贵一倍，多加了几道菜。饭后，我们出去玩儿。记得我曾决定打个通宵，第二天早晨六点好看牛群过街的情景，但是到四点钟左右我实在太困了，就睡下了。其他那些人一夜没睡。

我自己的房间上着锁，我找不到钥匙，所以上楼去睡在科恩房间里的一张床上。街上的狂欢活动在夜间也没有停，但是我困得呼呼地睡着了。焰火呯的一声爆炸把我惊醒，这是城郊牛栏释放牛群的信号。牛群要奔驰着穿过街道到斗牛场去。我睡得很沉，醒来的时候以为晚了。我穿上科恩的外衣，走到阳台上。下面的小街空荡荡的。所有的阳台上都挤满了人。突然，从街头拥过来一群人。他们挤挤擦擦地跑着。他们经过旅馆门前，顺着小街向斗牛场跑去，后面跟着一伙人，跑得更急，随后有几个掉队的在拚命地跑。人群过后有一小段间隙，接着就是四蹄腾空、上下晃动脑袋的牛群了。它们的身影消失在拐角的地方。有个人摔倒在地，滚进沟里，一动不动地躺着。但是牛群没有理会，只顾往前跑去。它们成群地跑。

牛群看不见了，斗牛场那边传来一阵狂叫声。叫声经久不息。最后有颗焰火弹啪的爆炸，说明牛群在斗牛场已经闯过人群，进入牛栏。我回到屋里，上床躺下。我刚才一直光着脚在石头阳台上站着。我知道我的伙伴一定都到了斗牛场。上了床，我又睡着了。

科恩进屋把我吵醒。他动手脱衣服，走过去关上窗户，因为街对面房子的阳台上，有人正往我们屋里看。

“那个场面你看见啦？”我问。

“看见了。我们都在那边。”

“有人受伤吗？”

“有头牛在斗牛场冲进人群，挑倒了七八个人。”

“勃莱特觉得怎么样？”

“一切来得那么突然，不等人们骚动起来，事情就过去了。”

“但愿我早点起来就好了。”

“我们不知道你在哪里。我们到你房间去找过，但房门锁着。”

“你们这一夜待在哪儿？”

“我们在一个俱乐部里跳舞。”

“我太困了，”我说。

“我的上帝！我现在真困了，”科恩说。“这回事儿有个完没有？”

“一星期内完不了。”

比尔推开门，探进头来。

“你在哪儿，杰克？”

“我在阳台上看到牛群跑过。怎么样？”

“真出色。”

“你上哪儿去？”

“睡觉去。”

午前谁也没有起床。我们坐在摆在拱廊下的餐桌边用餐。城里到处是人。我们得等着才能弄到一张空桌。吃完饭我们赶到伊鲁涅咖啡馆。里面已经客满，离斗牛赛开始的时间越近，人就越多，桌边的人也坐得愈来愈挤。每天斗牛赛开始前，挤满人的室内总满是一片低沉的嗡嗡声。咖啡馆在平时不管怎么挤，也不会这样嘈杂。嗡嗡声持续不停，我们参加进去，成为其中的一部分。

每场斗牛，我都订购六张票。其中三张是 barreras[①]，紧靠斗牛场围栏的头排座席，三张是 sobrepuertos[②]，坐椅带木制靠背，位于圆形看台的半坡上。迈克认为勃莱特第一次看斗牛，最好坐在高

---

① 西班牙语：斗牛场看台的第一排座位。

② 西班牙语：斗牛场看台上位于出入口上方的座位。

处，科恩愿意陪他俩坐在一起。比尔和我准备坐在第一排，多余的一张票我给侍者去卖掉。比尔告诉科恩要注意什么，怎么看才不至于把注意力集中在马身上。比尔曾看过有一年的一系列斗牛赛。

“我倒不担心会受不了。我只怕要感到乏味，”科恩说。

“你是这么想的？”

“牛骶了马之后，不要去看马，”我对勃莱特说。“注意牛的冲刺，看长矛手[①]怎样设法避开牛的攻击，但是如果马受到了攻击，只要没有死，你就不要再看它。”

“我有点儿紧张，”勃莱特说。“我担心能不能好好地从头看到尾。”

“没事儿，马登场的那一段你看了会不舒服，别的就没啥了，而且马上场和每条牛的交锋只不过几分钟。如果看了不舒服，你不看好了。”

“她不要紧，”迈克说。“我会照顾她的。”

“我看你不会感到乏味的，”比尔说。

“我回旅馆去取望远镜和酒袋，”我说。“回头见。别喝醉了。”

“我陪你去，”比尔说。勃莱特向我们微笑。

我们绕道顺着拱廊下面走，免得穿过广场挨晒。

---

① 正式大型斗牛赛一般由三名斗牛士斗六条牛，每人要杀死两条牛。每头公牛上场后，先由两名骑着马的长矛手把长矛设法刺扎公牛颈部上方隆起的肌肉，公牛被激，朝马冲击，三名斗牛士便轮番用红斗篷把它引开。这是第一阶段。接着由三名短枪手上场，每人手持两支约两英尺长的带钩短枪，扎进公牛颈部肌肉，公牛带着短枪，一面淌血，一面全场乱窜，进一步消耗体力，并被激得性起，为最后阶段斗牛士上场作好准备。斗牛士上场后，先用红斗篷尽量靠近牛身，表演一系列惊险而优美的动作，最后一手握着有柄红巾，一手持剑，伺机直刺公牛心脏，将它杀死。

“那个科恩叫我烦透了，”比尔说。“他那种犹太人的傲气太过分了，居然认为看斗牛只会使他感到乏味。”

“我们等会拿望远镜来观察他，”我说。

“让他见鬼去吧！”

“他粘在那儿不肯走了。”

“我愿意他在那儿粘着。”

在旅馆的楼梯上，我们碰见蒙托亚。

“来，”蒙托亚说。“你们想见见佩德罗·罗梅罗吗？”

“好啊，”比尔说。“我们去见他。”

我们跟着蒙托亚走上一段楼梯，顺着走廊走去。

“他在八号房间，”蒙托亚解释说。“他正在上装，准备出场。”

蒙托亚敲敲门，把门推开。这是一间幽暗的房间，只有朝小巷的窗户透进一丝亮光。有两张床，用一扇修道院用的隔板隔开。开着电灯。小伙子穿着斗牛服，板着脸，笔直地站着。他的上衣搭在椅背上。人家快把他的腰带缠好了。他的黑发在灯光下闪闪发亮。他身穿白色亚麻布衬衫，他的随从给他缠好腰带，站起来退到一旁。佩德罗·罗梅罗点点头，当我们握手的时候，他显得心不在焉，非常端庄。蒙托亚说了几句我们是斗牛迷，我们祝愿他成功等等的话。罗梅罗听得非常认真，然后朝我转过身来。他是我平生所见最漂亮的翩翩少年。

“你看斗牛去啰，”他用英语说。

“你会讲英语，”我说，觉得自己像个傻子。

“不会，”他笑着回答。

床上坐着三个人，其中之一向我们走来，问我们是否会讲法语。“要不要我给你们翻译？你们有什么要问佩德罗·罗梅罗的？”

我们道了谢。有什么好问的呢？这小伙十九岁，除了一名随从和三名帮闲的以外，没有旁人在场，再过二十分钟斗牛赛就要开始。我们祝愿他“Mucha suerte[①]”，握握手就出来了。我们带上门的时候，他仍然站着，挺直而潇洒，孑然一身，独自同几名帮闲的待在屋里。

“他是个好小伙，你们说呢？”蒙托亚问。

“确实漂亮，”我说。

“他长得就像个斗牛士，”蒙托亚说。“他有斗牛士的风度。”

“他是个好小伙。”

“我们马上会看见他在斗牛场上的风姿，”蒙托亚说。

我们看见大皮酒袋在我房间里靠墙放着，就拿了它和望远镜，锁上门下得楼来。

这场斗牛很精彩。我和比尔都为佩德罗·罗梅罗惊叹不已。蒙托亚坐在离开我们约莫有十个座位的地方。当罗梅罗杀死第一头牛之后，蒙托亚捉住我的目光，向我点头。这是一位真正的斗牛士。好长时间没有见过真正的斗牛士了。至于另外两位，一位很不错，另一位也还可以。别看罗梅罗对付的那两头牛不怎么厉害，但是谁都无法跟他相比。

斗牛赛的过程中，我有好几次抬头用望远镜观察迈克、勃莱特和科恩。他们似乎一切正常。勃莱特看来并不激动。他们三人都探着身子趴在前面的混凝土栏杆上。

“把望远镜给我使使，”比尔说。

“科恩看上去感到乏味了吗？”我问。

“这个犹太佬！”

斗牛赛结束后，在斗牛场外面挤在人群里简直没法动弹。我们

---

① 西班牙语：祝你幸运。

挤不出去，只好随着整个人流像冰川一样缓慢地向城里移动。我们的心情忐忑不安，就像每次看完斗牛一样，同时又很振奋，像平时看完一场精彩的斗牛一样。狂欢活动在继续。鼓声咚咚，笛声尖利，一伙伙起舞的人群随处冲破人流，各占一方。跳舞的人被人群团团围住，因此看不见他们那叫人眼花缭乱的复杂舞步。你只见他们的脑袋和肩膀在上上下下不停地闪现。我们终于挤出人群，走到咖啡馆。侍者给我们另外那几位留了座，我们俩每人叫了一杯苦艾酒，看着广场上的人群和跳舞的人。

“你看这是什么舞蹈？”比尔问。

“是一种霍达舞[①]。”

“这种舞蹈有各种跳法，”比尔说。“乐曲不一样，跳法也就不一样。”

“舞姿非常优美。”

我们面前有群男孩子在街上一块没人的地方跳舞。舞步错综复杂，脸色全神贯注。他们跳的时候，都望着地面。绳底鞋在路面上踢踏作响。足尖相碰。脚跟相碰。拇趾球相碰。乐声戛然而止，这套舞步跟着结束，他们沿着大街翩翩远去。

“咱们的同伙来了，”比尔说。

他们正从马路对面走过来。

“嗨，朋友们，”我说。

“你们好，先生们！”勃莱特说。“给我们留座啦？太好了。”

“嗨，”迈克说，“那个姓罗梅罗叫什么名儿的小伙真棒。我说得对不对？”

“他多可爱啊，”勃莱特说。“穿着那条绿裤子。”

---

① 西班牙的一种民间舞蹈，起源于东北部过去的阿拉贡地区。

"那条绿裤子勃莱特都看不够。"

"嗨，明天我一定借你们的望远镜用一用。"

"你觉得怎么样？"

"精彩极了！没有说的。啊，真是大开眼界！"

"马怎么样？"

"没法不看它们。"

"勃莱特看得出神了，"迈克说。"她是个了不起的娘们。"

"它们确乎挨到了怪可怕的对待，"勃莱特说。"不过，我一直盯着看。"

"你感觉还行？"

"我一点没有感到惊慌。"

"罗伯特·科恩不行了，"迈克插嘴说。"当时你的脸色发青，罗伯特。"

"第一匹马的遭遇确实叫我难受，"科恩说。

"你没有感到乏味，是不是？"比尔问。

科恩嘿嘿地笑。

"是的。我没有感到乏味。希望你原谅我说过这种话。"

"好吧，"比尔说，"只要你不感到乏味就好。"

"他看上去并不感到乏味，"迈克说。"我当时以为他会呕吐起来。"

"没到那个程度。只有一小会儿工夫。"

"我以为他会呕吐的。你没感到乏味，是不是，罗伯特？"

"别提了，迈克。我说过，我说这话都后悔了。"

"他是这样，你们知道。他当时脸色铁青。"

"哦，算了吧，迈克尔。"

"第一次看斗牛你绝不应该感到乏味，罗伯特，"迈克说。"不然就糟了。”

“哦，算了吧，迈克尔，”勃莱特说。

“他说过勃莱特是个虐待狂，”迈克说。“勃莱特可不是个虐待狂。她只是个迷人的、健壮的娘们。”

“你是个虐待狂吗，勃莱特？”我问。

“我希望不是。”

“他说勃莱特是个虐待狂，只不过因为她有个旺盛的好胃口。”

“胃口不会老是那么好的。”

比尔让迈克不再拿科恩当话题，开始谈别的事。侍者端来几杯苦艾酒。

“你真的喜欢看斗牛？”比尔问科恩。

“不，谈不上喜欢。我认为那是场精彩的表演。”

“天哪，多好啊！真是大开眼界！”勃莱特说。

“马儿上场的那一幕没有就好了，”科恩说。

“马儿不重要，”比尔说。“不消多久，你就再也不会注意到有什么叫人难受的地方了。”

“只是在一开头有点太刺激，”勃莱特说。“当牛向马冲去的时候，那一刹那我觉得很可怕。”

“这些公牛都是优等的，”科恩说。

“非常好的牛，”迈克说。

“下次我想坐到下面去。”勃莱特喝着她杯中的苦艾酒。

“她想在近处看看斗牛士，”迈克说。

“他们值得一看，”勃莱特说。“那个罗梅罗还是个孩子哩。”

“他是位非常漂亮的小伙，”我说。“我到他屋里去过，谁都没有他漂亮。”

“你看他多大年纪？”

“十九或者二十。”

“想想看。”

第二天的斗牛赛比第一天的精彩得多。勃莱特坐在第一排我和迈克的中间，比尔和科恩到上面去了。罗梅罗是这场的主角。我看勃莱特眼里没看到其他的斗牛士。除了那些顽固不化的行家，别人也是如此。全是罗梅罗的天下。另外还有两位斗牛士，但是都数不上。我坐在勃莱特身旁，给她解释斗牛是怎么回事。我关照她，当牛向长矛手冲击的时候，要看牛而不要看马，叫她注意长矛手是怎样把长矛瞄准着刺进去的，这样才能看出点门道，才能琢磨出整个斗牛过程有一定的目的，并不仅仅是些不可名状的恐怖景象。我要她看罗梅罗怎样从倒下的马身边用斗篷把牛引开，怎样用斗篷把牛稳住，然后平稳而优雅地逗引牛转过身去，不使牛无谓地消耗体力。她看出罗梅罗避免用任何粗鲁的动作，保存牛的体力，以便等到他需要的时候作最后一击，不让它们气喘吁吁、烦躁不安，而是使它们一点点地垮下来。她还看出罗梅罗老是在牛身边靠得那么近，我就给她指出别的斗牛士常常耍花招，来给人一种他们靠得很近的样子。她明白，为什么她喜欢罗梅罗耍斗篷的功夫，为什么不喜欢别人的。

罗梅罗从不故意扭摆身躯，他的动作总是那么直截了当、干净利落、从容自然。另外两位把身子像螺丝钻那样扭着，抬起胳膊肘，等牛角擦过去以后才挨着牛的腹部，给人一种虚而不实的惊险印象。这种虚假的动作后来变得越来越糟，使人感觉很不愉快。罗梅罗的斗牛使人真正动情，因为他的动作保持绝对洗练，每次总是沉着冷静地让牛角紧靠身边擦过去。他不必强调牛角离他的身子多近。勃莱特看出有些动作紧靠着牛做很优美，如果和牛保持一点距离来做就很可笑。我告诉她，自从何塞利托①去世之后，斗牛士都逐渐形成一套技巧，表面上故作惊险，以期造成扣人心弦的虚假效果，而实际上他们并不担风险。罗梅罗表演的是传统的技巧，就是通过身躯最大限度地暴露在牛面前来保持洗练的动作，他就是这样把牛控制住，使它觉得他是难以接近的，同时做好准备，给它以致命的一击。

“他从来没有什么笨拙的动作，”勃莱特说。

“除非他害怕了，”我说。

“他永远不会害怕，”迈克说。“他懂得的东西太多了。”

“他一开始就什么都懂。他从娘胎里带来的本领别人一辈子也学不到手。”

“天啊，脸相多帅哪，”勃莱特说。

“我看她爱上了这个斗牛的小伙啰，”迈克说。

“我并不感到意外。”

“行行好，杰克。不要跟她多说这小伙的事了。告诉她，这帮人怎样揍他们的老娘来着。”

“再告诉我他们都是酒鬼。”

“呀，真吓人，”迈克说。“整天喝得醉醺醺的，揍他们可怜的老娘过日子。”

“他看来是会这样干的，”勃莱特说。

“真的？”我说。

有人用几头骡子套住死牛，接着鞭子啪啪地响，人们奔跑起

---

① 这是著名斗牛士何塞·戈麦斯·奥尔泰加(1895—1920)的外号。他十三岁即上场斗牛，参加“塞维拉儿童团”到全国巡回表演。1914年起，和胡安·贝尔蒙蒂争雄，最后于1920年5月被牛羝伤死亡。这个时期(1914—1920)被称为西班牙斗牛的“黄金时期”。

来，于是骡子往前猛地使劲，一蹬后蹄，突然飞跑起来，那条死牛的一只牛角向上撅着，牛头耷拉在一旁，身子在沙地上划出一道光滑的沟痕，被拖出红色的大门。

“下次出场的是最后一头牛。”

“不会吧，”勃莱特说。她探身倚在栏杆上。罗梅罗挥舞手臂叫长矛手各就各位，然后一个立正，贴胸拿着斗篷，朝场子对面公牛上场的地方望去。

散场以后，我们出来紧紧地挤在人群里。

“看斗牛真累人，”勃莱特说。“我全身软得像团棉花。”

“啊，你去喝一杯吧，”迈克说。

第二天佩德罗·罗梅罗没有上场。尽是米乌拉公牛，这一场斗牛很是糟糕。第三天没有安排斗牛。但是狂欢活动仍然整天整夜地继续不停。

# 第十六章

上午一直在下雨。海上来的雾遮蔽了群山。山顶看不见了。高岗显得阴沉、凄凉，树木和房屋的轮廓也变样了。我走出城外观看天色。海上来的乌云正滚滚涌往山间。

广场上的旗帜湿漉漉地垂挂在白色旗杆上，条幅湿了，粘挂在房屋正面墙上，一阵阵不紧不慢的毛毛雨之间夹着沙沙急雨，把人们驱赶到拱廊下，广场上积起一个个水洼，街道湿了，昏暗了，冷落了；然而狂欢活动仍旧无休止地进行。只是被驱赶得躲起来了。

斗牛场里有顶篷的座位上挤满了人，他们一边坐在那里避雨，一边观看巴斯克和纳瓦拉的舞蹈家和歌手们的汇演，接着卡洛斯谷[①]的舞蹈家们穿着他们的民族服装冒雨沿街舞来，打湿的鼓声音空洞而发闷，各个舞蹈队的领班在队伍前骑着步伐沉重的高头大马，他们穿的民族服装被雨淋湿了，马披也淋湿了。人们挤在咖啡馆里，跳舞的人也进来坐下，他们把紧紧缠着白绑腿的脚伸到桌下，甩去系着铃的小帽上的雨水，打开姹紫嫣红的外衣晾在椅子上。外面的雨下得很急。

我离开咖啡馆里的人群，回到旅馆刮脸，准备吃晚饭。我正在自己房间里刮脸的时候，响起了敲门声。

“进来，”我叫道。

蒙托亚走进屋来。

“你好？”他说。

“很好，”我说。

“今天没有斗牛。”

“是啊，”我说，“什么都没有，只顾下雨。”

“你的朋友们哪儿去啦？”

“在‘伊鲁涅’。”

蒙托亚局促不安地笑了笑。

“听着，”他说。“你认不认识美国大使？”

“认识，”我说。“人人都认识他。”

“现在他就在城里哩。”

“是的，”我说。“人人都看见他们那一伙了。”

“我也看见他们了，”蒙托亚说。他不说下去了。我继续刮我的脸。

“坐吧，”我说。“我叫人拿酒来。”

“不用，我得走了。”

我刮好脸，把脸浸到脸盆里，用凉水洗一洗。蒙托亚显得愈加局促地站在那里。

“听着，”他说。“我刚才接到他们从‘大饭店’捎来的信儿，他们想要佩德罗·罗梅罗和马西亚尔·拉朗达②晚饭后过去喝咖啡。”

“好啊，”我说，“这对马西亚尔不会有一点儿害处。”

“马西亚尔要在圣塞瓦斯蒂安待整整一天。他和马尔克斯今儿早晨开车子去的。我看他们今儿晚上回不来。”

蒙托亚局促地站着。他等着我开口。

“不要给罗梅罗捎这个信儿，”我说。

---

① 在龙塞斯瓦利斯附近，相传即是法国古英雄罗兰战死之地。

② 这是个真实的人物，为西班牙当年著名的斗牛士。作者有意用他和虚构的罗梅罗相提并论，来增强作品的真实感。

"你这么想吗？"

"当然。"

蒙托亚非常高兴。

"因为你是美国人，所以我才来问你，"他说。

"要是我，我会这样办的。"

"你看，"蒙托亚说。"人们竟然这样糊弄孩子。他们不懂得他的价值。他们不懂得他对我们意味着什么。任何一个外国人都可以来捧他。他们从'大饭店'喝杯咖啡开始，一年后，他们就把他彻底毁了。"

"就像阿尔加贝诺，"我说。

"对了，像阿尔加贝诺那样。"

"这样的人可多着哩，"我说。"现在这里就有一个美国女人在搜罗斗牛士。"

"我知道。她们专挑年轻的。"

"是的，"我说。"老家伙都发胖了。"

"或者像加略那样疯疯癫癫了。"

"哦，"我说，"这个好办。你只要不给他捎这个信儿就完了呗。"

"他是个多好的小伙啊，"蒙托亚说。"他应该同自己的人民在一起。他不该参与这种事儿。"

"你不喝杯酒？"我问。

"不喝，"蒙托亚说，"我得走了。"他走了出去。

我下楼走出门外，沿拱廊绕广场走了一圈。雨还在下。我在"伊鲁涅"门口往里瞧，寻找我的同伙，可是他们不在那里，于是我绕广场走回旅馆。他们正在楼下餐厅里吃饭。

他们已吃了几道菜，我也不想赶上他们。比尔出钱找人给迈克擦鞋。每当有擦鞋的从街上推开大门朝里望，比尔总把他叫过来，给迈克擦鞋。

“这是第十一次擦我这双靴子了，”迈克说。“嗨，比尔真是个傻瓜。”

擦鞋的显然把消息传开了。又进来一个擦鞋的。

“Limpia botas？[①]”他对比尔说。

“我不要，”比尔说。“给这位先生擦。”

这擦鞋的跪在那个正擦着的同行旁边，开始擦迈克那只没有人擦的靴子，这靴子在电灯光里已经显得雪亮了。

“比尔真逗人喜爱，”迈克说。

我在喝红葡萄酒，我远远地落在他们后面，因此对这样不断地擦鞋看着有点不顺眼。我环顾整个餐厅。邻桌坐着佩德罗·罗梅罗。看我向他点头，他就站起来，邀请我过去认识一下他的朋友。他的桌子同我们的桌子相邻，几乎紧挨着。我结识了这位朋友，他是马德里来的斗牛评论员，一个紧绷着脸的小个子。我对罗梅罗说，我非常喜欢他的斗牛技艺，他听了很高兴。我们用西班牙语交谈，评论员懂得一点法语。我伸手到我们桌上拿我的酒瓶，但是评论员拉住了我的手臂。罗梅罗笑了。

“在这儿喝吧，”他用英语说。

他说起英语来很腼腆，但是他打心眼儿里乐意说英语，当我们接着谈的时候，他提了几个他不太有把握的词让我给解释。他急于想知道 Corrida de toros 在英语中叫什么，它的准确翻译是什么。英语翻成 bull-fight（斗牛），他感到不妥。我解释说，bull-fight 在西班牙语中意为对toro的 lidia。Corrida 这西班牙词在英语中意为 the

---

① 西班牙语：要擦靴子吗？

running of bulls(牛群的奔驰)。——法语是 Course de taureaux。评论员插了这么一句。西班牙语中没有和 bull-fight 对应的词儿。

佩德罗·罗梅罗说他在直布罗陀学了点英语。他出生于朗达。在直布罗陀北边不远。他在马拉加[①]的斗牛学校里开始斗牛。他到现在才只干了三年。斗牛评论员取笑他说的话里多的是马拉加方言中的措词。他说他十九岁。他哥哥给他当短枪手，但是不住在这个旅馆里。他和另外一些给罗梅罗当差的人住在一家小客栈里。他问我在斗牛场里看过他几次了。我告诉他只看过三次。实在只有两次，可我说错了就不想再解释了。

"还有一次你在哪里看到我的？在马德里？"

"是的，"我撒了个谎。我在斗牛报上读过关于他在马德里那两次表演的报道，所以我能应付过去。

"第一次出场还是第二次？"

"第一次。"

"第一次很糟，"他说。"第二次强一些。你可记得？"他问评论员。

他一点不拘束。他谈论自己的斗牛就像与己无关似的。一点没有骄傲自满或者自我吹嘘的意思。

"你喜欢我的斗牛我非常高兴，"他说。"但是你还没有看到我的真功夫哩。明天我要是碰上一头好牛的话，我尽力给你露一手。"

他说完这番话就微微一笑，唯恐那斗牛评论员和我会以为他在说大话。

"我渴望能看到你这一手，"评论员说。"你用事实来说服

---

① 西班牙南部一海港，滨地中海，在龙达东。

我嘛。”

“他不怎么喜欢我的斗牛，”罗梅罗冲我说。他一本正经。

评论员解释说他非常喜欢，但是这斗牛士的技巧始终没有完全发挥出来过。

“等明天瞧吧，如果上来头好牛的话。”

“你看见明天上场的牛了吗？”评论员问我。

“看见了。我看着放出来的。”

佩德罗·罗梅罗探过身来。

“你看这些牛怎么样？”

“非常健壮，”我说。“约莫有二十六阿罗瓦①。犄角很短。你没见着？”

“看见了，”罗梅罗说。

“它们不到二十六阿罗瓦，”评论员说。

“是的，”罗梅罗说。

“它们头上长的是香蕉，不是牛角，”评论员说。

“你管那些叫香蕉？”罗梅罗问。他朝我笑笑。“你不会管牛角叫香蕉吧？”

“不，”我说。“牛角总归是牛角。”

“它们很短，”罗梅罗说。“非常非常短。不过，它们可不是香蕉。”

“嗨，杰克，”勃莱特在邻桌喊着，“你把我们扔下不管啦。”

“只是一会儿，”我说。“我们在谈论牛呢。”

“你多神气活现啊。”

“告诉他，牛都不长角，”迈克喊着。他喝醉了。

---

① 西班牙重量单位，约等于十一公斤半，在某些拉美国家中也通用。

罗梅罗感到莫名其妙地看着我。

“他醉了，”我说。“Borracho！Muy borracho！[①]”

“你给我们介绍一下你的朋友嘛，”勃莱特说。她一直注视着佩德罗·罗梅罗。我问他们，是否愿意同我们一起喝咖啡。他俩站起来。罗梅罗脸色黝黑。他的举止彬彬有礼。

我把他们给大家作了介绍，他们刚要坐下，但座位不够，所以我们全都挪到靠墙的大桌子上去喝咖啡。迈克吩咐来一瓶芬达多酒，外加每人一个酒杯。接着是醉话连篇。

“跟他说，我认为要笔杆子最没出息，”比尔说。“说吧，告诉他。跟他说我是作家，没脸见人。”

佩德罗·罗梅罗坐在勃莱特身边，听她说话。

“说吧。告诉他！”比尔说。

罗梅罗抬头一笑。

“这位先生，”我说，“是位作家。”

罗梅罗肃然起敬。“那一位也是，”我用手指着科恩说。

“他长得像比利亚尔塔，”罗梅罗望着比尔说。“拉斐尔，他像不像比利亚尔塔？”

“我看不出来像在哪儿，”评论员说。

“真的，”罗梅罗用西班牙语说。“他非常像比利亚尔塔。那位喝醉酒的先生是干什么的？”

“无所事事。”

“是不是因为这才喝酒的？”

“不是。他是等着同这位夫人结婚哩。”

“跟他说，牛没有角！”迈克在桌子另一头醉醺醺地大喊

---

① 西班牙语：醉了！酩酊大醉了！

大叫。

“他说什么来着？”

“他醉了。”

“杰克，”迈克喊道。“告诉他，牛没有角！”

“你懂吗？”我说。

“懂。”

我明知道他不懂，所以怎么说也没事儿。

“告诉他，勃莱特想看他穿上那条绿裤子。”

“住嘴，迈克。”

“告诉他，勃莱特太想知道那条裤子他是怎么穿上去的。”

“住嘴。”

在这时间里，罗梅罗一直在用手指摸弄他的酒杯并且跟勃莱特说话。勃莱特说法语，他在西班牙语里夹杂点英语，边说边笑。

比尔把每人的酒杯斟满。

“告诉他，勃莱特想走进——”

“嘿，住嘴，迈克，看在基督面上！”

罗梅罗笑吟吟地抬眼望望。“不用说了，这个我明白，”他说。

就在这关头，蒙托亚进屋来了。他正要朝我微笑，但是看见了佩德罗·罗梅罗手里拿着一大杯白兰地，坐在我和一个肩膀袒露的女人之间哈哈大笑，同桌的都是醉汉。他甚至连头都没点一下。

蒙托亚走出餐厅。迈克站起来祝酒。“我们都来干一杯，为——”他开了个头。“为佩德罗·罗梅罗，”我说。全桌的人都站起来。罗梅罗很认真地领受了。我们碰杯，一饮而尽，我有意把这事干得利索一点，因为迈克怕就要说明他祝酒的对象完全不是这一个。然而总算太太平平地了结了。佩德罗·罗梅罗和大家一一握手，就和评论员一起走了。

“我的上帝！这小伙多可爱，”勃莱特说。“我多么想看看他是怎么穿上那套衣服的啊。他得用一个鞋拔才行。”

“我正要告诉他，”迈克又开始说了。“可杰克老是打断我。你为什么不让我说完？你以为你的西班牙语说得比我好吗？”

“啊，别说了，迈克！谁也没有碍着你说话。”

“不，我得把话说清楚。”他背过身去。“你以为你有什么了不起吗，科恩？你以为你是属于我们这一伙的？你是想出来好好玩玩的那种人吗？看在上帝面上，别这样吵吵嚷嚷的，科恩！”

“啊，别说了，迈克，”科恩说。

“你以为勃莱特需要你在这里？你以为你是来给我们助兴的？你为什么不说话呀？”

“那天晚上，该说的我都说完了，迈克。”

“我可不是你们这号文人中的一分子。”迈克摇摇晃晃地站着，靠在桌子上。“我头脑不聪明。但是人家嫌我的时候，我却明白。当人家嫌你的时候，你怎么就察觉不到呢，科恩？走吧。走开，看在上帝分上。带走你那忧伤的犹太面孔。难道我说得不对？”

他扫视着我们。

“着啊，”我说。“我们都到‘伊鲁涅’去吧。”

“不。难道我说得不对？我爱那个女人。”

“啊，别再来这一套了。撇开算了，迈克尔，”勃莱特说。

“难道我说得不对，杰克？”

科恩仍然在桌边坐着。他每逢受到侮辱，他的脸色就变得蜡黄，但是他似乎也有点自得其乐。酒后夸夸其谈的蠢话。关于他同一位有头衔的夫人之间的私情啊。

“杰克，”迈克说。他几乎在呼喊了。“你知道我没说错。你给我听着！”他朝科恩说：“你走开！马上走！”

“但是我不想走，迈克，”科恩说。

“那我来叫你走！”迈克绕过桌角向他走去。科恩站起来，摘下眼镜。他站着等待，脸色蜡黄，放低双手，骄傲而毅然地迎候攻击，准备为心上人作一番奋战。

我一把抓住了迈克。“到咖啡馆去吧，”我说。“你不能在这儿旅馆里揍他。”

“好！”迈克说。“好主意！”

我们动身走了。当迈克踉踉跄跄地走上楼梯的时候，我回头看见科恩又戴上了眼镜。比尔坐在桌旁又倒了一杯芬达多酒。勃莱特坐着，两眼呆呆地直视前方。

外面广场上雨停了，月亮正努力探出云层。刮着风。军乐队在演奏，人群挤在广场对面焰火制造技师和他儿子试放焰火气球的地方。气球老是一蹦一蹦地以大幅度的斜线升起，不是被风扯破，就是被吹得撞在广场边的房子上。有一些落在人群里。镁光一闪，焰火爆炸了，在人群里乱窜。广场上没有人跳舞。沙砾地面太湿了。

勃莱特同比尔走出来跟我们会聚。我们站在人群中观看焰火大王唐·曼纽尔·奥基托站在一个小平台上，小心翼翼地用杆子把气球送出去，他站得高于众人的头顶，趁风放出气球。风把气球一个个都刮下地面，只见唐·曼纽尔·奥基托在他制作的结构复杂的焰火亮光里，汗流满面，焰火落到人堆里，在人们脚下横冲直撞，噼里啪啦。每当发光的纸球着了火，歪歪扭扭地往下落的时候，人们就尖声喊叫起来。

“他们在嘲笑唐·曼纽尔哩，”比尔说。

“你怎么知道他叫唐·曼纽尔？”勃莱特说。

“节目单上有他的名字。唐·曼纽尔·奥基托，本城的焰火制作技师。”

"Globos illuminados[①]，"迈克说。"照明气球大展览。节目单上这样写着。"

风把军乐声送到远方去。

"嗨，哪怕放上去一个也好啊，"勃莱特说，"这位唐·曼纽尔急红眼了。"

"为了安排一组气球，爆发时能组成'圣福明万岁'这些字样，他大概忙了好几个星期，"比尔说。

"照明气球，"迈克说。"一束天杀的照明气球。"

"走吧，"勃莱特说。"我们别在这儿站着。"

"夫人想喝一杯啦，"迈克说。

"你真懂事啊，"勃莱特说。

咖啡馆里面很挤，非常吵闹。谁也没注意我们进去。我们找不到空桌子。只听见一片闹嚷嚷的声音。

"走吧，我们离开这里，"比尔说。

在外面，人们在拱廊下散步。有些来自比亚里茨的穿着运动服的英国人和美国人散坐在几张桌子旁。其中有几位妇女用长柄眼镜瞪视着行人。比尔有一个从比亚里茨来的朋友，已加入了我们的一伙。她同另一个姑娘耽搁在"大饭店"。那位姑娘在头痛，已经上床去睡了。

"酒馆到了，"迈克说。这是米兰酒吧，一家低级的小酒吧，在这里可以吃东西，在里屋还有人在跳舞。我们全都在一张桌子旁坐下，叫了一瓶芬达多酒。店堂里没有满座。什么好玩的也没有。

"这是个什么鬼地方，"比尔说。

"还早哩。"

---

① 西班牙语：照明的气球。

"我们把酒瓶子拿着，一会儿再回来吧，"比尔说。"在这样一个夜晚，我不想在这儿坐着。"

"我们去瞧瞧英国人吧，"迈克说。"我喜欢看英国人。"

"他们真要不得，"比尔说。"他们打哪儿来？"

"从比亚里茨来，"迈克说。"他们来看西班牙这古趣盎然的节庆的最后一天的活动。"

"我来领他们去看吧，"比尔说。

"你是个绝色的姑娘，"迈克对比尔的朋友说。"你什么时候到的？"

"别胡闹了，迈克尔。"

"啊，她的确是位可爱的姑娘。方才我在什么地方呀？我一直在看什么呀？你是个可爱的妞儿。我们见过面吗？跟我和比尔走吧。我们领英国人看热闹去。"

"我领他们去，"比尔说。"他们在这节庆期间到底来干什么呀？"

"走吧，"迈克说。"就我们三个人。我们领这帮该死的英国佬看热闹去。希望你不是英国人。我是苏格兰人。我讨厌英国人。我给他们点热闹看看。走吧，比尔。"

透过窗户，我们看见他们三人手臂挽着手臂向咖啡馆走去。焰火弹不断从广场升起。

"我在这儿坐一会，"勃莱特说。

"我陪你，"科恩说。

"呀，不用！"勃莱特说。"看在上帝面上，你到别的地方待着去。你没看见我和杰克想说一会儿话吗？"

"没有，"科恩说。"我想在这里坐着，因为我感到有点醉了。"

"你非要同别人坐在一块。这算个什么理由。你喝醉了就睡觉去。睡觉去吧。”

“我对他太不客气了吧？”勃莱特问。科恩已经走了。“我的上帝！我真讨厌他！”

“他并没有给这欢乐气氛生色。”

“他使我很不痛快。”

“他的行为很不像话。”

“太不像话了。他原是有机会不必这样的。”

“他大概现在就在门外面等着哩。”

“是的。他会这样做的。你知道，我了解他是怎么想的。他不相信那桩事完全是逢场作戏。”

“我知道。”

“谁也不会表现得像他那样糟糕。唉，我对一切都厌倦了。还有迈克尔。迈克尔也叫人够受的。”

“这一阵发生的事使迈克太难堪了。”

“是的。但是也用不着表现得那么恶劣啊。”

“人人都会表现得很恶劣，”我说。“只要一有适当的机会。”

“你就不会，”勃莱特望着我说。

“我要是科恩，也会像他那样，是头大蠢驴。”

“亲爱的，我们别尽说废话啦。”

“好吧。你喜欢说什么就说什么吧。”

“别这样别扭。除了你，我没有别的知心人了，今儿晚上我的情绪特别坏。”

“你有迈克。”

“是的，迈克。可他的表现好吗？”

“啊，”我说，“看到科恩就在旁边，总想和你在一起，实在使迈克太难堪了。”

“难道我还不知道吗，亲爱的？请别弄得我的情绪比现在更坏啦。”

勃莱特急躁不安，过去我从未见过她这样。她的目光避着我，朝前往墙上看。

“想出去走走吗？”

“好。走吧。”

我塞上酒瓶递给管酒吧柜的侍者。

“让我再喝一杯，”勃莱特说。“我的精神很不好。”

我们每人喝了一杯这种和润的淡味白兰地。

“走吧，”勃莱特说。

我们一出门，我就看见科恩从拱廊下走出来。

“他一直待在那边，”勃莱特说。

“他离不开你。”

“可怜的家伙！”

“我不可怜他。我本人很讨厌他。”

“我也讨厌他，”她打了个寒噤说。“我恨他这样哭丧着脸地忍受痛苦。”

我们挽着胳臂，沿着小巷，避开人群和广场的灯光向前走。街道又暗又湿，我们顺着它向城边的城防工事走去。我们路过一家酒店，灯光从店门射出，照在黑暗、潮湿的街道上，忽然乐声大作。

“想进去吗？”

“不。”

我们在城边穿过湿漉漉的草地，登上城防工事的石头围墙。我在石头上铺了一张报纸，勃莱特坐下来。平原上是一片黑暗，我们能够看到山峦。高空中刮着风，驾着白云掠过明月。我们脚下是城防工事中漆黑的掩体。身后是树木及大教堂的阴影，一轮明月衬托出城市的黑色剪影。

“别难受，”我说。

“我难受极了，”勃莱特说。“我们别作声。”

我们向原野望去。长列树行在月光下显得黑魆魆的。进山的公路上闪着一辆汽车的灯光。我们看见山顶上古堡里射出的灯光。左下方是河。雨后河水上涨，平静的河面昏暗无光。两岸伸延着黑糊糊的树林。我们坐着眺望。勃莱特直视前方。突然她打了个寒噤。

“冷了。”

“想回去？”

“从公园穿过去。”

我们爬下石墙。天又阴了。公园的树林里很暗。

“你还爱我吗，杰克？”

“是的，”我说。

“就因为我是不可救药的，”勃莱特说。

“怎么啦？”

“我是不可救药了。我被那个小伙子罗梅罗迷住了。我想我爱上他了。”

“如果我是你，我决不会。”

“我控制不住。我算完了。我心里面折腾得慌。”

“别进行下去。”

“我控制不住。我从来就控制不住自己。”

“你应当到此为止。”

“怎么能呢？我顶不住。摸摸看？”

她的手在哆嗦。

“我浑身都在这样哆嗦。”

“你不该进行下去。”

“我没有法子。反正我是完了。你没看出来？”

“没有。”

“我要做一件事。我要做一件我真心实意想做的事。我已经失去了自尊。”

“你大可不必这样做。”

“唉，亲爱的，你别难为我了。那个天杀的犹太佬缠着我，迈克又那样肆意妄为，你想叫我怎么受得了？”

“确实。”

“我不能老是这样喝得醉醺醺的啊。”

“是啊。”

“哦，亲爱的，请你待在我的身边。请待在我身边，帮我渡过这一关。”

“那当然。”

“我不是说这么做对。虽然对我来说，这样做是合适的。上帝知道，我从来没有觉得这么下贱过。”

“你要我干什么呢？”

“走，”勃莱特说。“我们去找他。”

在公园里，我们一起摸黑沿着树下的砾石路走，钻出树林，穿过大门，走上通往城里的大街。

佩德罗·罗梅罗在咖啡馆里。他和其他的斗牛士和斗牛评论员们同坐一桌。他们在抽雪茄。我们进去的时候，他们抬头看我们。罗梅罗向我们微笑并欠身致意。我们在屋子中间的一张桌子旁坐下。

“请他过来喝一杯。”

“等一等。他会过来的。”

“我不能朝他看。”

“他模样看起来很帅，”我说。

“从来我就是想干什么就干什么。”

“我了解。”

“我真觉得自己是个坏女人。”

“得了，”我说。

“我的上帝！”勃莱特说。“女人吃的苦头好多啊。”

“是吗？”

“唉，我真觉得自己是个坏女人。”

我向那张桌子望去。佩德罗·罗梅罗微微一笑。他跟同桌的人说了句话就站起身来。他走到我们桌子边。我站起来同他握手。

“你来一杯好吗？”

“你们必须陪我喝一杯，”他说。他用眼神请求勃莱特允许，才坐下来。他礼貌很周到。但是他不停地抽那支雪茄。这和他的脸庞很相称。

“你喜欢抽雪茄？”我问。

“哦，是的。我老爱抽雪茄。”

抽烟给他增加了几分气派。这使他显得老成。我留心看他的皮肤，既干净又光滑，黝黑黝黑的。他颧骨上有一块三角形的伤疤。我发现他在注视勃莱特。他感觉到他们之间存在某种沟通。勃莱特同他握手的时候，他准该感觉到。他非常谨慎。我想他已经很有把握，但是他要做到毫无差错。

“你明天上场？”我问。

“是的，”他说。“阿尔加贝诺今天在马德里受了伤。你听说没有？”

“没听说，”我说。“伤势很严重？”

他摇摇头。

“不要紧。这儿，”他摊开手掌说。勃莱特伸手掰开他的手指头。

“啊！”他用英语说，“你常给人看手相？”

“有时候看。你不介意吗？”

“不。我很乐意。”他把一只手摊开平放在桌子上。“告诉我，我会长生不老，还能成为百万富翁。”

他仍然非常斯文，但是他更自信了。“瞧，”他说，“从我手上看我命里有牛吗？”

他大笑起来。他的手非常秀气，手腕很细。

“有成千上万头牛哩，”勃莱特说。现在她的情绪完全正常了。她看起来很可爱。

“好啊，”罗梅罗笑着说。“每头一千杜罗[1]，”他用西班牙语对我说。“你再多说点。”

“这只手好福相，”勃莱特说。“我看他会长命百岁的。”

“跟我说。不要跟你的朋友说。”

“我方才说你会长命百岁。”

“这我知道，”罗梅罗说。“我永远不会死的。”

我用指尖敲敲桌子。罗梅罗注意到了。他摇摇头。

“不。用不着这样做。牛是我最好的朋友。”

我把话给勃莱特翻译了一遍。

“那你杀害自己的朋友？”她问。

“经常的事儿，”他用英语说完就笑了。“这样它们就不能杀死我了。”他朝桌子对面的勃莱特看去。

“你英语说得不错。”

---

① 西班牙银币，等于五个比塞塔。

“是的，”他说。“有时候说得相当好。但是我不能让别人知道。一名斗牛士说英语是非常不得体的。”

“为什么？”勃莱特问。

“很不得体。老百姓会不满意的。现在还不行。”

“为什么不行？”

“他们会不满意的。那样就不像斗牛士了。”

“什么样才算像斗牛士？”

他笑着把帽子拉下扣在眼睛上，把叼着的雪茄变换了个角度，脸上也换了一副表情。

“像那边坐着的人，”他说。我向那边瞟了一眼。他把纳西翁那尔[1]的表情模仿得惟妙惟肖。他微笑了，脸上的表情重归自然。“不行。我必须把英语忘掉。”

“眼前可别忘掉啊，”勃莱特说。

“别忘掉？”

“对。”

“好吧。”

他又笑了起来。

“我喜欢一顶像那样的帽子，”勃莱特说。

“好。我给你弄一顶。”

“着。你留心着一定给办到。”

“一定。今儿晚上我就给你弄一顶。”

我站起来。罗梅罗也跟着起立。

“你坐着，”我说。“我得找我们的朋友去，把他们带到这

---

① 这是西班牙著名斗牛士里卡多·安略的外号，意为“国民”，是人们爱戴他而起的。

儿来。”

他看了我一眼。这最后的一眼是在探问我是否明白。我的确明白了。

“坐下，”勃莱特对他说。“你一定得教我西班牙语。”

他坐下来，隔着桌子瞅着她。我走出咖啡馆。斗牛士那桌上的人都以冷冷的目光目送我出门。这种滋味可不好受。二十分钟后，我回来顺便进咖啡馆瞧瞧，勃莱特和佩德罗·罗梅罗不见了。咖啡杯和我们的三个空酒杯还摆在桌上。一个侍者拿着一块抹布走过来，捡起杯子，擦净桌子。

# 第十七章

在米兰酒吧门外，我找到比尔、迈克和埃德娜。埃德娜是那位姑娘的名字。

“我们给撵出来了，”埃德娜说。

“让警察，”迈克说。“里面有些人看不上我。”

“有四次他们险些跟人打架，都是我给挡住了，”埃德娜说。“你该帮我一把。”

比尔的脸红了。

“回到里面去吧，埃德娜，”他说。“你到里面和迈克跳舞去。”

“别蠢了，”埃德娜说。“只会再闹出一场风波。”

“这帮短命的比亚里茨猪猡，”比尔说。

“进去吧，”迈克说。“这里毕竟是个酒馆。他们哪能独霸整个酒馆啊。”

“我的好迈克，”比尔说。“短命的英国猪猡跑到这儿来，侮辱了迈克，把欢庆活动给毁了。”

“他们太无赖了，”迈克说。“我恨英国人。”

“他们不该这样侮辱迈克，”比尔说。“迈克是个大大的好人。他们不该侮辱迈克。我看不下去了。谁在乎他是个倒霉的破产者啊？”他的嗓门哽住了。

“谁在乎呢？”迈克说。“我不在乎。杰克不在乎。你在乎吗？”

“不在乎，”埃德娜说。“你是个破产者吗？”

“我当然是个破产者。你可不在乎，是不，比尔？”

比尔用一只手臂搂着迈克的肩膀。

“但愿我自己也是个破产者。我好给这帮杂种一点颜色看看。”

“他们只不过是些英国人，”迈克说。“英国人说啥你就把它当耳边风好了。”

“卑鄙的畜牲，”比尔说。“我去把他们都赶出来。”

“比尔，”埃德娜说，眼睛望着我。“请你别再进去了，比尔。他们是些大蠢货。”

“就是嘛，”迈克说。“他们是些蠢货。我早就知道他们的真面目。”

“他们不该说那种话来中伤迈克，”比尔说。

“你认识他们？”我问迈克。

“不认识。从没见过他们。他们说认识我。”

“我忍不下去了，”比尔说。

“走吧。我们到‘苏伊佐’去，”我说。

“他们是一伙埃德娜的朋友，是从比亚里茨来的，”比尔说。

“他们简直就是一帮蠢货，”埃德娜说。

“其中有一个名叫查利·布莱克曼，是从芝加哥来的，”比尔说。

“我从来没在芝加哥待过，”迈克说。

埃德娜哈哈大笑起来，怎么也止不住。

“带我离开这儿吧，”她说，“你们这些破产者。”

“怎么吵起来的？”我问埃德娜。我们正在广场上往“苏伊佐”走去。比尔不见了。

“我不知道怎么吵起来的，只看见有个人找警察把迈克从里屋轰出来了。那边有些人在戛纳就认识迈克。迈克怎么啦？”

“大概他欠他们钱了，”我说。“这种事容易结仇。”

在广场上的售票亭前，排着两行人等买票。他们有的坐在椅子上，有的蜷缩在地上，身上裹着毯子和报纸。他们在等售票口早上开售，好买斗牛票。夜色晴朗起来，月亮出来了。有些排队的人在打瞌睡。

到了苏伊佐咖啡馆，我们刚坐下叫了芬达多酒，科恩就来了。

“勃莱特在哪儿？”他问。

“我不知道。”

“她方才跟你在一块儿。”

“她很可能去睡觉了。”

“她没有。”

“我不知道她在哪儿。”

灯光下，只见他的脸色蜡黄。他站起身来。

“告诉我她在哪儿。”

“你坐下，”我说。“我不知道她在哪儿。”

“你他妈的能不知道！”

“你给我住嘴。”

“告诉我勃莱特在哪儿。”

“我什么也不告诉你。”

“你知道她在哪儿。”

“即使我知道，我也不会告诉你。”

“哼，你滚开，科恩，”迈克在桌子那边喊道。“勃莱特跟斗牛的那个小子跑了。他们正在度蜜月哩。”

“你住嘴。”

“哼，你滚吧！”迈克无精打采地说。

“她真的跟那小子跑了？”科恩转身问我。

“你滚吧！”

“方才她同你在一起来着。她真的跟那小子跑了？”

“你滚！”

“我会叫你告诉我的，”——他向前迈了一步——“你这该死的皮条纤。”

我挥拳对准他打去，他躲开了。我看他的脸在灯光下往旁边一闪。他击中我一拳，我倒下去，坐在人行道上。我正要站起来，他一连击中我两拳。我仰天倒在一张桌子下面。我竭力想站起来，但发现两条腿不听使唤了。我明白我必须站起来设法还他一拳。迈克扶我起来。有人朝我脑袋上浇了一玻璃瓶水。迈克用一只胳膊搂着我，我发觉自己已经坐在椅子上了。迈克在扯我的两只耳朵。

“嗨，你刚才昏死过去了，”迈克说。

“你这该死的，刚才跑哪儿去啦？”

“哦，我就在这儿啊。”

“你不愿介入吗？”

“他把迈克也打倒在地，”埃德娜说。

“他没有把我打昏，”迈克说。“我只是躺着一时起不来。”

“在节期里是不是天天夜里都发生这种事？”埃德娜问。“那位是不是科恩先生？”

“我没事了，”我说。“我的头还有点发晕。”

周围站着几名侍者和一群人。

“Vaya! [①]”迈克说。“走开。走啊。”

侍者把人驱散了。

“这种场面值得一看，”埃德娜说。“他大概是个拳击手。”

---

① 西班牙语：滚开！

“正是。”

“比尔在这儿就好了，”埃德娜说。“我巴不得看到比尔也给打翻在地。我一直想看看比尔被打倒是什么样的。他的个头那么大。”

“我当时巴望他打倒一名侍者，”迈克说，“给逮起来。罗伯特·科恩先生给关进牢里我才高兴呢。”

“不能，”我说。

“啊，别这么说，”埃德娜说。“你是说着玩儿的。”

“我说的是真心话，”迈克说。“我不是那种甘心挨人家揍的人。我甚至从来不跟人玩游戏。”

迈克喝了一口酒。

“你知道，我从来不喜欢打猎。随时都有被马撞的危险啊。你感觉怎么样，杰克？”

“没问题。”

“你这人不错，”埃德娜对迈克说。“你真是个破产户？”

“我是个一败涂地的破产户，”迈克说。“我欠了不知多少人的债。你没有债吗？”

“多着哪。”

“我欠了许多人的债，”迈克说。“今儿晚上我还向蒙托亚借了一百比塞塔。”

“你真糟糕，”我说。

“我会还的，”迈克说。“我一向有债必还。”

“所以你才成为个破产户，对不？”埃德娜说。

我站起身来。我刚才听到他们的说话，好像是从远处传来的。完全像是一出演得很糟的话剧。

“我要回旅馆去了，”我说。然后我听见他们在谈论我。

“他不要紧吗？”埃德娜问。

“我们最好陪他一起走。”

“我没问题，”我说。“你们不用来。我们以后再见。”

我离开咖啡馆。他们还坐在桌子边。我回头望望他们和其余的空桌。有个侍者双手托着脑袋坐在一张桌子边。

我步行穿过广场到旅馆，一路上感到似乎一切都变得陌生了。好像过去我从没见过这些树。过去我从没见过这些旗杆，也没见过这座剧院的门面。一切都面目全非了。有一次我从城外踢完足球回家时有过这种感觉。我提着一只装着我的足球用品的皮箱，从该城的车站走上大街，我前半辈子都住在这城市里，但一切都不认识了。有人拿耙子在耙草坪，在路上烧枯叶，我停住脚步看了好大一阵子。一切都是生疏的。然后我继续往前走，我的两只脚好像离开我老远，一切似乎都是从远处向我逼近的，我听见从遥远的地方传来我的脚步声。我的头部在球赛一开始就被人踢中了。此刻我穿过广场时的感觉就跟那时一个样。我怀着那种感觉走上旅馆的楼梯。费了好长时间我才走到楼上，我感到好像手里提着皮箱。屋里的灯亮着。比尔走出来在走廊里迎着我。

“嗨，”他说，“上去看看科恩吧。他出了点事，他正找你来着。”

“让他见鬼去吧。”

“走吧。上去看看他。”

我不愿意再爬一层楼。

“你那么瞧着我干什么？”

“我没在瞧你。上去看看科恩吧。他的情绪很糟糕。”

“你方才喝醉了，”我说。

“现在我还醉着哩，”比尔说。“可是你上去看看科恩。他想见你。”

“好吧，”我说。只不过多爬几磴楼梯就是了。我提着幻觉中的皮箱继续上楼。我沿着走廊走到科恩的房间。门关着，我敲了下门。

“谁？”

“巴恩斯。”

“进来，杰克。”

我开门进屋，放下我的皮箱。屋里没开灯。科恩在黑地里趴着躺在床上。

“嗨，杰克。”

“别叫我杰克。”

我站在门边。那次我回家也正是这样的。现在我需要的是洗一次热水澡。满满一缸热水，仰脸躺在里面。

“浴室在哪儿？”我问。

科恩在哭。他就在那里，趴在床上哭。他穿着件白色马球衫，就是他在普林斯顿大学穿过的那种。

“对不起，杰克。请原谅我。”

“原谅你，真见鬼。”

“请原谅我，杰克。”

我什么话也不说。我在门边站着。

“我当时疯了。你应该清楚是怎么回事。”

“啊，没关系。”

“我一想起勃莱特就受不了。”

“你骂我皮条纤。”

我实在并不在乎。我需要洗个热水澡。我想在满满一缸水里洗个热水澡。

"我明白过来了。请你别记在心上。我疯了。"

"没关系。"

他在哭。他的哭声很滑稽。他在黑地里穿着白短衫躺在床上。他的马球衫。

"我打算明儿早晨走。"

他在不出声地哭泣。

"一想到勃莱特，我就受不了。我经受了百般煎熬，杰克。简直是活受罪。我在这儿跟勃莱特相会以来，她待我如同陌路人一般。我实在受不了啦。我们在圣塞瓦斯蒂安同居过。我想你知道这件事。我再也受不了啦。"

他躺在床上。

"得了，"我说，"我要去洗澡了。"

"你曾经是我唯一的朋友，我过去是那么爱着勃莱特。"

"得了，"我说，"再见吧。"

"我看一切都完了，"他说。"我看是彻底完蛋了。"

"什么？"

"一切。请你说一声你原谅我，杰克。"

"那当然，"我说。"没关系。"

"我心情恶劣透了。我经受了痛苦的折磨，杰克。如今一切已成过去。一切。"

"好了，"我说，"再见吧。我得走了。"

他翻过身来，坐在床沿上，然后站起来。

"再见，杰克，"他说。"你肯跟我握手，是吧？"

"当然啰。为什么不呢？"

我们握握手。在黑暗中我看不大清他的脸。

"好了，"我说，"明儿早上见。"

“我明儿早晨要走了。”

“哦，对，”我说。

我走出来。科恩在门洞子里站着。

“你没问题吗，杰克？”他问。

“是的，”我说。“我没问题。”

我找不到浴室。过了一会儿我才找到。浴室里有个很深的石浴缸。我拧开水龙头，没有水。我坐在浴缸边上。当我站起来要走的时候，我发觉我已经脱掉了鞋子。我寻找鞋子，找到了，就拎着鞋子下楼。我找到自己的房间，走进去，脱掉衣服上了床。

我醒过来的时候感到头痛，听见大街上过往的乐队的喧闹的乐声。我想起曾答应带比尔的朋友埃德娜去看牛群沿街跑向斗牛场。我穿上衣服，下楼走到外面清晨的冷空气中。人们正穿越广场，急忙向斗牛场走去。广场对面，售票亭前排着那两行人。他们还在等着买七点钟出售的票。我快步跨过马路到咖啡馆去。侍者告诉我，我的朋友们已经来过又走了。

“他们有几个人？”

“两位先生和一位小姐。”

这就行了。比尔和迈克跟埃德娜在一起。她昨天夜里怕他们会醉得醒不过来。所以一定要我带她去。我喝完咖啡，混在人群里急忙到斗牛场去。这时我的醉意已经消失。只是头痛得厉害。四周的一切看来鲜明而清晰，城里散发着清晨的气息。

从城边到斗牛场那一段路泥泞不堪。沿着通往斗牛场的栅栏站满了人，斗牛场的外看台和屋顶上也都是人。我听见发射信号弹的爆炸声，我知道我来不及进人斗牛场看牛群入场了，所以就从人群中挤到了栅栏边。我被挤得紧贴着栅栏上的板条。在两道栅栏之间的跑道上，警察在驱赶人群。他们慢步或小跑着进入斗牛场。然后出现了奔跑的人们。一个醉汉滑了一跤，摔倒在地。两名警察抓住他，把他拖到栅栏边。这时候人们飞跑着。人群中发出震耳的呼喊声，我把头从板缝中伸出去，看见牛群刚跑出街道进入这两道栅栏之间的长跑道。它们跑得很快，逐渐追上人群。就在这关头，另一名醉汉从栅栏边跑过去，双手抓着一件衬衫。他想拿它当斗篷来同牛斗一场。两名警察一个箭步上去，扭住他的衣领，其中一名给了他一棍，把他拖到栅栏边，让他紧贴在栅栏上站着，一直到最后一批人群和牛群过去。在牛群前面有那么多人在跑，因此在通过大门进入斗牛场的时候，人群密集起来了，并且放慢了脚步。当笨重的、腰际溅满泥浆的牛群摆动着犄角，一起奔驰过去的时候，有一头牛冲向前去，在奔跑着的人群中用犄角牴中一个人的脊背，把他挑起来。当牛角扎进人体中去的时候，这人的两臂耷拉在两侧，头向后仰着，牛把他举了起来，然后把他摔下。这头牛选中了在前面跑的另一个人，但这个人躲到人群中去了，人们在牛群之前通过大门，进入斗牛场。斗牛场的红色大门关上了，斗牛场外看台上的人们拚命挤进场去，发出一阵呼喊声，接着又是一阵。

被牛牴伤的那人脸朝下躺在被人踩烂了的泥浆里。人们翻过栅栏，我看不见这个人了，因为人群紧紧地围在他周围。斗牛场里传出一声声叫喊。每一声都说明有牛冲进人群。根据叫喊声的强弱，你可以知道刚发生的事情糟到什么程度。后来信号弹升起来了，它表明犍牛已经把公牛引出斗牛场，进入牛栏了。我离开栅栏，动身回城。

回到城里，我到咖啡馆去再喝杯咖啡，吃点涂黄油的烤面包。侍者正在扫地，抹桌子。一个侍者过来，听我吩咐他要什么点心。

“把牛赶进牛栏时可曾出什么事？”

“我没有从头看到底。有个人给牴伤，伤得很重。”

“伤在哪儿？”

“这儿。”我把一只手放在后腰上，另一只手放在胸前，表明那只牛角似乎是从这里穿出来的。侍者点点头，用抹布揩掉桌上的面包屑。

“伤得很重，”他说。“光是为了解闷儿。光是为了取乐。”

他走了，回来的时候拿着长把的咖啡壶和牛奶壶。他倒出牛奶和咖啡。牛奶和咖啡从两个长壶嘴里分两股倒入大杯里。侍者点点头。

“扎透脊背，伤得很重，”他说。他把两把壶放在桌上，在桌边的椅子上坐下来。“扎得很深。光是为了好玩。仅仅是为了好玩。你是怎么想的？”

“我说不上。”

“就是那么回事。光是为了好玩。好玩，你懂吧。”

“你不是个斗牛迷吧？”

“我吗？牛是啥？畜牲。残暴的畜牲。”他站起来，把一只手按在后腰上。“正好扎透脊背。扎透脊背的牴伤。为了好玩——你明白。”

他摇摇头，拿着咖啡壶走了。有两个人在街上走过。侍者大声喊他们。他们脸色阴沉。一个人摇摇头。“死了！”他叫道。

侍者点点头。两人继续赶路。他们有事在身。侍者走到我桌边来。

“你听见啦？死了！死了。他死了。让牛角扎穿了。全是为了开心一个早晨。真太荒唐了。”

“很糟糕。”

“我看不出来，”侍者说。“我看不出来有什么好玩的。”

当天晚些时候，我们得悉这被牴死的人名叫维森特·吉罗尼斯，是从塔法雅[1]附近来的。第二天在报上我们看到，他二十八岁，有一个农场，有老婆和两个孩子。他结婚后，每年都依旧前来参加节日活动。第二天他妻子从塔法雅赶来守灵，第三天在圣福明小教堂举行丧事礼拜，塔法雅跳舞饮酒会的会员们抬棺材到车站。由鼓手开路，笛子手吹奏哀乐，抬棺木人的后面跟着死者的妻子和两个孩子。……在他们后面列队前进的是潘普洛纳、埃斯特拉、塔法雅和桑盖萨[2]所有能够赶来过夜并参加葬礼的跳舞饮酒会的成员。棺材装上火车的行李车厢，寡妇和两个孩子三人一起乘坐在一节敞篷的三等车厢里。火车猛然一抖动就启动了，然后平稳地绕着高岗边缘下坡，行驶在一马平川的庄稼地里，一路向塔法雅驰去，地里的庄稼随风摆动着。

挑死维森特·吉罗尼斯的那头牛名叫“黑嘴”，是桑切斯·塔凡尔诺饲牛公司的第 118 号公牛，是当天下午被杀的第三头牛，是由佩德罗·罗梅罗杀死的。在群众的欢呼声中，牛耳朵被割下来，送给佩德罗·罗梅罗，罗梅罗又转送给勃莱特。她把牛耳朵用我的手帕包好，后来回到潘普洛纳的蒙托亚旅馆，就把这两样东西，牛耳朵和手帕，连同一些穆拉蒂牌香烟头，使劲塞在她床头柜抽屉的最里边。

我回到旅馆，守夜人坐在大门里面的板凳上。他整夜守候在那里，已经困倦不堪了。我一进门，他就站起来。三名女侍者和我同时进门。她们在斗牛场看了早场。她们嘻嘻哈哈地走上楼去。我跟

---

① 在潘普洛纳南。

② 埃斯特拉和桑盖萨分别位于潘普洛纳的西南及东南，和塔法雅一样，都在纳瓦拉省内。

在她们后面上楼，走进自己的房间。我脱掉皮鞋，上床躺下。朝阳台的窗子开着，阳光照得屋里亮堂堂的。我并不觉得困。我睡下时想必已是三点半，乐队在六点把我吵醒了。我下巴的两侧感到疼痛。我用手指摸摸疼痛的地方。该死的科恩。他第一次受到了欺侮就应该打人，然后走掉。他是那么深信勃莱特在爱他。他要待下去，以为忠实的爱情会征服一切。有人来敲门了。

"进来。"

是比尔和迈克。他们在床上坐下。

"把牛赶进牛栏，很精彩，"比尔说。"很精彩。"

"嗨，你难道没在那边？"迈克问。"按铃叫人送些啤酒来，比尔。"

"今儿早晨真带劲儿！"比尔说。他抹了下脸。"我的上帝！真带劲儿！可我们的好杰克躺在这儿。好杰克啊，活的练拳沙袋。"

"斗牛场里出了什么事？"

"上帝！"比尔说，"出了什么事，迈克？"

"那些牛冲进场子，"迈克说。"人们就在它们前面跑，有一个家伙绊倒了，接着倒了一大片。"

"可牛群都冲进去，踏过他们的身子，"比尔说。

"我听见他们叫喊。"

"那是埃德娜，"比尔说。

"有人不断地从人群里跑出来，挥舞他们的衬衫。"

"有头公牛沿着第一排座位前的栅栏跑，见人就挑。"

"大约有二十个家伙送医院去了，"迈克说。

"今儿早晨真带劲儿！"比尔说。"多管闲事的警察把那些想自己投身在牛角下自杀的人陆续地都逮起来了。"

"最后是犍牛把它们引进去的，"迈克说。

"延续了一个来钟头。"

"实际上只有一刻钟左右，"迈克反驳说。

"去你的吧，"比尔说。"你参加打架去了。我可认为有两个半钟头。"

"啤酒还没来吗？"迈克问。

"你们把可爱的埃德娜怎么啦？"

"我们刚送她回家。她上床了。"

"她喜欢看吗？"

"非常喜欢。我们告诉她天天早晨如此。"

"给了她很深刻的印象，"迈克说。

"她要我们也下斗牛场去，"比尔说。"她喜欢惊险场面。"

"我说，这样对我的债主们很不利，"迈克说。

"今儿早晨真带劲儿，"比尔说。"夜里也带劲儿！"

"你的下巴怎么样，杰克？"迈克问。

"痛着呢，"我说。

比尔笑了。

"你为什么不拿椅子揍他呢？"

"你说得倒好听，"迈克说。"你在的话也会把你打得晕过去。我没看见他怎么揍我的。我回想起来，只看见他站在我前面，突然间我就坐在马路上了，杰克躺在桌子底下。"

"后来他上哪儿去啦？"我问。

"她来了，"迈克说。"这位漂亮的小姐拿啤酒来了。"

侍女把放啤酒瓶和玻璃杯的托盘放在桌上。

"再去拿三瓶来，"迈克说。

"科恩揍了我以后到哪儿去了？"我问比尔。

"难道你不知道？"迈克动手开一瓶啤酒。他拿一个玻璃杯紧凑着瓶口，往里倒啤酒。

“真的不知道？”比尔问。

“啊，他来到这里，在斗牛小伙的房间里找到他和勃莱特在一起，然后他就宰了这可怜而该死的斗牛士。”

“不能！”

“真的。”

“这一夜太带劲儿了！”比尔说。

“他差一点宰了这可怜而该死的斗牛士。然后科恩要带勃莱特一起走。我看，他想跟她正式结婚吧。那情景太感人了。”

他喝了一大口啤酒。

“他是头蠢驴。”

“后来怎么样？”

“勃莱特把他数落了一通。她责备他。我认为她着实有一手。”

“那当然啦，”比尔说。

“接着科恩情不自禁地痛哭起来，要同斗牛士握手。他还想同勃莱特握手。”

“我知道。他还同我握手了呢。”

“是吗？可是他们才不愿同他握手哪。斗牛的小伙是个好样的。他没说什么，但是他每次都爬起身来，接着又给打倒在地。科恩没法把他打得晕过去。这光景一定非常有趣。”

“你这前后经过是从哪儿听来的？”

“勃莱特说的。今天早晨我看见她了。”

“最后怎么样？”

“据说那时斗牛士坐在床上。他已经被击倒约莫十五次，但还是不肯罢休。勃莱特按住了他，不让他站起来。他很虚弱，但是勃莱特按不住他，他站起来了。这时候科恩说，他不愿再揍他了。他说不能这么揍了。他说再揍就太恶毒了。于是斗牛的小伙好歹摇摇晃晃地向他走去。科恩退后靠在墙上。

"'这么说你不想揍我了?'

"'对,'科恩说。'我不好意思了。'

"于是斗牛士用足全身力气往科恩脸上狠揍一拳,然后坐倒在地上。勃莱特说他爬不起来了。科恩想扶他起来,搀他到床上。他说科恩如果要扶他,他就要打死他,还说什么如果科恩今天上午不离开这里,他无论如何要置他于死地。科恩哭了,勃莱特责备他,但他还要跟他们握手。这我已经说过了。"

"说完它,"比尔说。

"看来这斗牛的小伙当时坐在地板上。他在蓄积力气,等蓄足了再站起来揍科恩。勃莱特哪里肯同科恩握手,科恩就哭诉起来,说他多么爱她,她呢,对他说不要做头十足的蠢驴。跟着科恩弯下腰去和斗牛士握手。你知道,不要伤了和气嘛。完全是为了请求宽恕。可斗牛的小伙又一次朝他的脸上打去。"

"好小子!"比尔说。

"他把科恩彻底打垮了,"迈克说。"你知道,依我看科恩往后再也不想揍人了。"

"你什么时候看见勃莱特的?"

"今天上午。她进房来拿点儿东西。她正在护理罗梅罗这小子。"

他又倒了一杯啤酒。

"勃莱特很伤心。但是她喜欢护理别人。这正是我们当初搭伙在一起的原因。她护理过我。"

"我知道,"我说。

"我喝得相当醉了,"迈克说。"我想我将一直保持着这种状态。这件事真可笑，但是叫人不大愉快。我觉得不大愉快。”

他喝光了啤酒。

“你知道我把勃莱特数落了一通。我说她要是跟犹太人和斗牛士这号人一起招摇过市，她准会碰到麻烦。”他探身过来。“嗨，杰克，我把你那瓶喝了行不行？她会给你再拿一瓶来的。”

“请吧，”我说。“反正我也没打算喝。”

迈克动手开酒瓶。“你给我开好吗？”我拧开瓶盖上的铁丝夹子，给他倒酒。

“你知道，”迈克继续说，“勃莱特当初真不错。她一向总是那么好。为了跟犹太人、斗牛士以及诸如此类的人来往，我给了她一顿臭骂，可你知道她说什么来着：‘是啊。我同那位英国贵族过的一段生活可幸福得要命啊！’”

他喝了一口酒。

“说得真有道理。你知道，给勃莱特带来头衔的那个阿施利是个航海家。第九代从男爵[①]。他从海上回家，不肯睡在床上。总叫勃莱特睡在地板上。他最后变得实在叫人难以容忍了，老是对她说要杀死她。睡觉的时候总带着支实弹军用左轮手枪。等他睡着了，勃莱特常常把子弹取出。勃莱特一向过的可不是多么幸福的生活。太不应该啦。她是多么想享受人生乐趣的啊。”

他站起来。他的手在颤抖。

“我要回房间去了。想法子睡一会儿。”

他微微一笑。

“在这种节日里，我们往往太欠睡了。我要从现在起，好好地睡个够。不睡觉太难受了。使人神经怪紧张的。”

---

① 低于男爵之爵位，通常授予平民。这是英国世袭爵位的最低级。

"中午在伊鲁涅咖啡馆再见吧，"比尔说。

迈克走出房门。我们听见他在隔壁房间里走动的声音。

他按了铃，侍女前来敲他的房门。

"拿半打啤酒和一瓶芬达多酒来，"迈克对她说。

"Si，Senorito[①]."

"我要去睡了，"比尔说。"可怜的迈克。昨天夜里为了他，我跟人大闹了一场。"

"在哪儿？在米兰酒吧？"

"是的。那里有一个家伙，有次在戛纳替勃莱特和迈克还过债。他太恶劣了。"

"这段历史我知道。"

"我可不知道。谁也不该有权利诽谤迈克。"

"事情就恶劣在这种地方。"

"他们不该有这种权利。但愿千万不能让他们有这种权利。我要睡觉去了。"

"斗牛场上有人被牛牴死的吗？"

"好像没有。只有受重伤的。"

"在场外跑道上，有个人让牛挑死了。"

"有这么回事？"比尔说。

---

① 西班牙语：是，少爷。

# 第十八章

中午时分，我们会集在咖啡馆里。里头人头挤挤。我们吃小虾，喝啤酒。城里也满是人。条条街道都挤得满满的。从比亚里茨和圣塞瓦斯蒂安来的大汽车不断地开到，停在广场周围。汽车把人们送来观看斗牛。旅游车也到了。有一辆车里坐着二十五名英籍妇女。她们坐在这辆白色的大汽车里，用望远镜观赏这里的节日风光。跳舞的人都喝得醉醺醺的。这是节期的最后一天。

参加节日活动的人们挤得水泄不通，川流不息，但汽车和旅游车边却围着一圈圈观光者。等汽车上的人全下来了，他们便淹没在人群之中。你再也见不着他们，只有在咖啡馆的桌子边，在拥挤不堪的穿着黑色外衣的农民中间，能见到他们那与众不同的运动服。节日洪流甚至淹没了从比亚里茨来的英国人，以至你如果不紧靠一张桌子边走过，就看不到他们。街上乐声不绝。鼓声咚咚，笛声悠扬。在咖啡馆里，人们双手紧抓住桌子，或者互相搂着肩膀，直着嗓门唱歌。

“勃莱特来了，”比尔说。

我一看，只见她正穿过广场上的人群走来，高高地昂着头，似乎这次节日狂欢是为了对她表示敬意才举行的。她感到又自得，又好笑。

“喂，朋友们！”她说。“嗨，渴死我了。”

“再来一大杯啤酒，”比尔对侍者说。

“要小虾吗？”

“科恩走了？”勃莱特问。

“是的，”比尔说。“他雇了一辆汽车。”

啤酒送来了。勃莱特伸手去端玻璃杯，她的手颤抖着。她自己发觉了，微微一笑，便俯身喝了一大口。

“好酒。”

“非常好，”我说。我正为迈克惴惴不安。我想他根本没有睡觉。他大概一直在喝酒，但是看来他还能控制得住自己。

“我听说科恩把你打伤了，杰克，”勃莱特说。

“没有。把我打昏过去了。别的没啥。”

“我说，他把佩德罗·罗梅罗打伤了，”勃莱特说。“伤得好厉害。”

“他现在怎么样？”

“他就会好的。他不愿意离开房间。”

“他看来很糟糕？”

“非常糟糕。他真的伤得很重。我跟他说，我想溜出来看你们一下。”

“他还要上场吗？”

“当然。如果你愿意的话，我想同你一起去。”

“你男朋友怎么样啦？”迈克问。勃莱特刚才说的话他一点没听着。

“勃莱特搞上了一个斗牛士，”他说。“她还有个姓科恩的犹太人，可他结果表现得糟透了。”

勃莱特站起身来。

“我不想再听你讲这种混账话了，迈克尔。”

“你男朋友怎么样啦？”

“好得很哩，”勃莱特说。“下午好好看他斗牛吧。”

“勃莱特搞上了一个斗牛士，”迈克说。“一个标致的该死的斗牛士。”

“请你陪我走回去好吗？我有话对你说，杰克。”

“把你那斗牛士的事儿都对他说吧，”迈克说。“哼，让你那斗牛士见鬼去吧！”他把桌子一掀，于是桌上所有的啤酒杯和虾碟都泻在地上，哗啦啦地摔个粉碎。

“走吧，”勃莱特说。“我们离开这里。”

挤在人群中间穿过广场的时候，我说：“情况怎么样？”

“午饭后到他上场之前我不准备见他。他的随从们要来给他上装。他说，他们非常生我的气。”

勃莱特满面春风。她很高兴。太阳出来了，天色亮堂堂的。

“我觉得自己完全变了，”勃莱特说。“你想象不到，杰克。”

“你需要我干什么？”

“没什么，只想叫你陪我看斗牛去。”

“午饭时你来？”

“不。我跟他一块吃。”

我们在旅馆门口的拱廊下面站住了。他们正把桌子搬出来安置在拱廊下面。

“想不想到公园里去走走？”勃莱特问。“我还不想上楼。我看他在睡觉。”

我们打剧院门前走过，出了广场，一直穿过市集上临时搭的棚子，随着人流在两行售货亭中间走着。我们走上一条通向萨拉萨特步行街的横街。我们望得见人们在步行街上漫步，穿着入时的人们全在那里了。他们绕着公园那一头散步。

“我们别上那边去，”勃莱特说。“眼前我不愿意让人盯着看。”

我们在阳光下站着。海上刮来乌云，雨过天晴之后，天气热得很爽。

“我希望不要再刮风了，”勃莱特说。“刮风对他很不利。”

“我也希望这样。”

“他说牛都不错。”

“都很好。”

“那座是不是圣福明礼拜堂？”

勃莱特望着礼拜堂的黄墙。

“是的。星期天的游行就是从这里出发的。”

“我们进去看看。愿意吗？我很想为他做个祈祷什么的。”

我们走进一扇包着皮革的门，它虽然很厚实，但开起来却非常轻便。堂里很暗。许多人在做祷告。等眼睛适应了幽暗的光线，你就能够看清他们。我们跪在一条木制长凳前。过了一会儿，我发觉勃莱特在我旁边挺直了腰板，看见她的眼睛直勾勾地望着前面。

“走吧，”她用嘶哑的声音悄悄说。“我们离开这里吧。使我的神经好紧张。”

到了外面，在灼热阳光照耀下的大街上，勃莱特抬头凝视随风摇曳的树梢。祈祷没有起多大作用。

“不明白我在教堂里为什么总这么紧张，”勃莱特说。“祈祷对我从来没有用。”

我们一路往前走。

“我同宗教气氛是格格不入的，”勃莱特说。“我的脸型长得不对头。

“你知道，”勃莱特又说，“我根本不替他担心。我只是为他感到幸福。”

“这敢情好。”

“但是我盼望风小一点。”

“五点钟左右风势往往会减弱。”

“但愿如此。”

“你可以祈祷嘛，”我笑着说。

“对我从来没用。我从来也没得到过祈祷的好处。你得到过吗？”

“哦，有过。”

“胡说，”勃莱特说。“不过对某些人来说可能灵验。你看来也不怎么虔诚嘛，杰克。”

“我很虔诚。”

“胡说，”勃莱特说。“你今天别来劝诱人家信教这一套啦。今天这个日子看来会是够倒霉的。”

自从她和科恩出走之日起，我还是头一次看到她又像过去那么快快活活、无忧无虑。我们折回到旅馆门前。所有的桌子都摆好了，有几张桌子已经有人坐着在吃饭了。

“你看着点迈克，”勃莱特说。“别让他太放肆了。”

“你的朋友们已经上楼了，”德国籍的侍者总管用英语说。他一贯偷听别人说话。勃莱特朝他说：

“太谢谢了。你还有什么话要说的？”

“没有了，夫人。”

“好，”勃莱特说。

“给我们留一张三个人坐的桌子，”我对德国人说。他那张贼眉鼠眼、白里透红的脸绽出了笑容。

“夫人在这儿用餐？”

“不，”勃莱特说。

“那我看双人桌也就够了。”

“别跟他啰嗦，”勃莱特说。“迈克大概情绪很不好，”上楼的时候她说。在楼梯上，我们和蒙托亚打了个照面。他鞠躬致意，但脸上毫无笑意。

“咖啡馆里再见，”勃莱特说。“太感谢你了，杰克。”

我们走上我们住的那一层楼。她顺着走廊径直走进罗梅罗的房间。她没有敲门。她干脆推开房门，走进去，就随手带上了门。

我站在迈克的房门前，敲了敲门。没有回音。我拧拧门把手，门开了。房间里一团糟。所有的提包都开着，衣服扔得到处都是。床边有几个空酒瓶。迈克躺在床上，脸庞活像他死后翻制的石膏面型。他张开眼睛看着我。

“你好，杰克，”他慢条斯理地说。“我想打个——个——盹儿。好长时间了，我总想——想——睡一小——小——会儿觉。”

“我给你盖上被子吧。”

“不用。我不冷。

“你别走。我还没——没——睡——睡着过呢，”他又说。

“你会睡着的，迈克。别担心，老弟。”

“勃莱特搞上了一个斗牛士，”迈克说。“可是她那个犹太人倒是走了。”

他转过头来看着我。

“天大的好事，对吧？”

“是的。现在你快睡吧，迈克。你该睡点觉了。”

“我这——这——就睡。我要——要——睡一小——小——会儿觉。”

他闭上眼睛。我走出房间，轻轻地带上门。比尔在我房间里看报。

“看见迈克啦？”

“是的。”

“我们吃饭去吧。”

“这里有个德国侍者总管，我不愿意在楼下吃。我领迈克上楼的时候，他讨厌透了。”

“他对我们也是这样。”

“我们出去到大街上吃去。”

我们下楼。在楼梯上我们和一名上楼的侍女擦肩而过，她端了一个蒙着餐巾的托盘。

“那是给勃莱特吃的饭，”比尔说。

“还有那位小伙的，”我说。

门外拱廊下的露台上，德国侍者总管走过来。他那红扑扑的两颊亮光光的。他很客气。

“我给你们两位先生留了一张双人桌，”他说。

“你自己去坐吧，”比尔说。我们一直走出去，跨过马路。

我们在广场边一条小巷里一家餐厅吃饭。这餐厅里的吃客都是男的。屋里烟雾弥漫，人们都在喝酒唱歌。饭菜很好，酒也好。我们很少说话。后来我们到咖啡馆去观看狂欢活动达到沸腾的高潮。勃莱特吃完饭马上就来了。她说她曾到迈克的房间里看了一下，他睡着了。

当狂欢活动达到沸腾的高潮并转移到斗牛场的时候，我们随同人群到了那里。勃莱特坐在第一排我和比尔之间。看台和场子四周那道红色栅栏之间有一条狭窄的通道，就在我们的下面。我们背后的混凝土看台已经坐得满满的了。前边，红色栅栏外面是铺着黄澄澄的沙子、碾得平展展的场地。雨后的场地看来有点泞，但是经太阳一晒就干了，又坚实、又平整。随从和斗牛场的工役走下通道，肩上扛着装有斗牛用的斗篷和红巾的柳条篮。沾有血迹的斗篷和红巾叠得板板整整地安放在柳条篮里。随从们打开笨重的皮剑鞘，把剑鞘靠在栅栏上，露出一束裹着红布的剑柄。他们抖开一块块有紫黑血迹的红色法兰绒，套上短棍，把它张开，并且让斗牛士可以握住了挥舞。勃莱特仔细看着这一切。她被这一行玩艺的细枝末节吸引住了。

“他的每件斗篷和每块红巾上都印着他的名字，”她说。“为什么管这些红色法兰绒叫做 muleta[①] 呢？”

“我不知道。”

“不知道这些东西到底有没有洗过。”

“我看是从来不洗的。一洗可能要掉色。”

“血迹会使法兰绒发硬，”比尔说。

“真奇怪，”勃莱特说。“人们竟能对血迹一点不在意。”

在下面狭窄的通道上，随从们安排着上场前的一切准备工作。所有的座位都坐满了人。看台上方，所有的包厢也满了。除了主席[②]的包厢外，已经没有一个空座。等主席一入场，斗牛就要开始。在场子里平整的沙地对面，斗牛士们站在通牛栏的高大的门洞子里聊天，他们把胳臂裹在斗篷里，等待列队入场的信号。勃莱特拿着望远镜看他们。

“给，你想看看吗？”

我从望远镜里看出去，看到那三位斗牛士。罗梅罗居中，左边是贝尔蒙蒂[③]，右边是马西亚尔。他们背后是他们的助手，而在短

---

① 这个西班牙词原意为“拐杖”，在斗牛术语中指斗牛士最后用剑杀死公牛时用来逗引公牛的有柄红巾。

② 每场斗牛一般邀请某某达官贵人作为仪式主持人，坐在最主要的包厢内。

③ 胡安·贝尔蒙蒂(1892—1962)是和何塞·利托齐名的西班牙斗牛士。他革新斗牛风格，为现代斗牛流派的开创人。作者在这里基本上是根据1925 年 7 月在潘普洛纳的那场著名的斗牛赛来写的。罗梅罗的原型为卡耶塔诺·奥多涅斯，外号“帕尔马小子”，是当时的后起之秀。作者这里借用 18 世纪西班牙著名斗牛士佩德罗·罗梅罗(1754—1839)的姓名，他从 1771 年到 1799 年退隐为止，共杀死五千六百头公牛，平均每年达两百头之多。

枪手的后面，我看到在后边通道和牛栏里的空地上站着长矛手。罗梅罗穿一套黑色斗牛服。他的三角帽低扣在眼睛上。我看不清他帽子下面的脸，但是看来伤痕不少。他的两眼笔直地望着前方。马西亚尔把香烟藏在手心里，小心翼翼地抽着。贝尔蒙蒂朝前望着，面孔黄得毫无血色，长长的狼下巴向外撅着。他目光茫然，视而不见。无论是他还是罗梅罗，看来和别人都毫无共同之处。他们孑然伫立。主席入场了；我们上面的大看台上传来鼓掌声，我就把望远镜递给勃莱特。一阵鼓掌。开始奏乐。勃莱特拿着望远镜看。

"给，拿去，"她说。

在望远镜里，我看见贝尔蒙蒂在跟罗梅罗说话。马西亚尔直直身子，扔掉香烟，于是这三位斗牛士双目直视着前方，昂着头，摆着一只空手入场了。他们后面跟随着整个队列，进了场向两边展开，全体正步走，每个人都一只手拿着卷起的斗篷，摆动着另一只空手。接着出场的是举着长矛，像带枪骑兵般的长矛手。最后压阵的是两行骡子和斗牛场的工役。斗牛士们一手按住头上的帽子，在主席的包厢前弯腰鞠躬，然后向我们下面的栅栏走来。佩德罗·罗梅罗脱下他那件沉甸甸的金线织锦斗篷[①]，递给他在栅栏这一边的随从。他对随从说了几句话。这时罗梅罗就在我们下面不远的地方，我们看见他嘴唇肿起、两眼充血、脸庞青肿。随从接过斗篷，抬头看看勃莱特，便走到我们跟前，把斗篷递上来。

"把它摊开，放在你的前面，"我说。

勃莱特屈身向前。斗篷用金线绣制，沉重而挺括。随从回头看看，摇摇头，说了些什么。坐在我旁边的一个男人向勃莱特侧过

---

① 这是斗牛士在入场式中所披的斗篷，在彩色织锦底上绣有金色花样。入场后一般由随从送给看台上特定的来宾临时保管，如斗牛士本人爱慕的人或其他来宾。斗牛时另用一般的红斗篷。

身子。

“他不要你把斗篷摊开，”他说。“你把它折好，放在膝上。”

勃莱特折起沉重的斗篷。

罗梅罗没有抬头望我们。他正和贝尔蒙蒂说话。贝尔蒙蒂已经把他的礼服斗篷给他的朋友们送去了。他朝他们望去，笑笑，他笑起来也像狼，只是张张嘴，脸上没有笑意。罗梅罗趴在栅栏上要水罐。随从拿来水罐，罗梅罗往斗牛用的斗篷的细布里子上倒水，然后用穿平跟鞋的脚在沙地上蹭斗篷的下摆。

“那是干什么？”勃莱特问。

“加点儿分量，不让风吹得飘起来。”

“他脸色很不好，”比尔说。

“他自我感觉也非常不好，”勃莱特说。“他应该卧床休息。”

第一头牛由贝尔蒙蒂来对付。贝尔蒙蒂技艺高超。但是因为他一场有三万比塞塔收入，加上人们排了整整一夜队来买票看他表演，所以观众要求他该表现得特别突出。贝尔蒙蒂最吸引人的地方是和牛靠得很近。在斗牛中有所谓公牛地带和斗牛士地带之说。斗牛士只要处在自己的地带里，就比较安全。每当他进入公牛地带，他就处于极大的危险之中。在贝尔蒙蒂的黄金时期，他总是在公牛地带表演。这样，他就给人一种即将发生悲剧的感觉。人们去看斗牛是为了去看贝尔蒙蒂，为了去领受悲剧性的激情，或许是为了去看贝尔蒙蒂之死。十五年前人们说，如果你想看贝尔蒙蒂，那你得在他还活着的时候趁早去。打那时候起，他已经杀死了一千多头牛。他退隐[①]之后，传奇性的流言四起，说他的斗牛如何如何奇

① 贝尔蒙蒂曾于1922年一度退出斗牛界，1925年东山再起，技艺大不如前。下面有详细的描写。

妙，他后来重返斗牛场，公众大失所望，因为没有一个凡人能像据说贝尔蒙蒂曾经做到的那样靠近公牛，当然啦，即使贝尔蒙蒂本人也做不到。

此外，贝尔蒙蒂提出了种种条件，坚决要求牛的个头不能太大，牛角长得不要有太大的危险性，因而，引起即将发生悲剧的感觉所必需的因素消失了，而观众呢，却要求长了瘘管的贝尔蒙蒂做到他过去所能够做到的三倍，现在不免感到上了当，于是贝尔蒙蒂的下巴由于屈辱而撅得更出，脸色变得更黄，由于疼痛加剧，行动更是艰难，最后观众干脆以行动来反对他，他呢，完全采取鄙视和冷淡的态度。他原以为今天是他的好日子，迎来的却是一下午的嘲笑和高声的辱骂，最后，坐垫、面包片和瓜菜一齐飞向当年他曾在这里取得莫大胜利的场地，落在他的身上。他只是把下巴撅得更出一点。有时候，观众的叫骂特别不堪入耳，他会拉长下巴，龇牙咧嘴地一笑，而每个动作所给他的痛苦变得愈来愈剧烈，到最后，他那发黄的脸变成了羊皮纸的颜色。等他杀死了第二头牛，面包和坐垫也扔完了，他撅出狼下巴带着惯常的笑容和鄙视的目光向主席致礼，把他的剑递到栅栏后面，让人擦干净后放回剑鞘，他这才走进通道，倚在我们座位下面的栅栏上，把脑袋俯在胳臂上，什么也不看，什么也不听，只顾忍受痛苦的折磨。最后他抬头要了点水。他咽了几口，漱漱嘴，吐掉，拿起斗篷，回进斗牛场。

观众因反对贝尔蒙蒂，所以就向着罗梅罗。他一离开看台前的栅栏向牛走去，观众就向他鼓起掌来。贝尔蒙蒂也在看他，装作不看，其实一直在看。他没有把马西亚尔放在心上。马西亚尔的底细他了如指掌。他重返斗牛场的目的是和马西亚尔一比高低，以为这是一场胜利早已在握的比赛。他期望同马西亚尔以及其他衰落时期[1]的斗牛明星比一比，他知道只要他在斗牛场上一亮相，衰落时期的斗牛士那套虚张声势的技艺就会在他扎实的斗牛功底面前黯然失色。他这次退隐后重返斗牛场被罗梅罗破坏了。罗梅罗总是那么自如、稳健、优美。他，贝尔蒙蒂，如今只偶尔才能使自己做到这一点。观众感觉到了，甚至从比亚里茨来的人也感觉到了，最后连美国大使都看出来了。这场竞赛贝尔蒙蒂真不愿参加，因为只能落得让牛牴成重伤或者死去的下场。贝尔蒙蒂体力不支了。他在斗牛场显赫一时的高潮已经过去。他觉得这种高潮大概不会再有了。事过境迁，现在生命只能闪现出星星点点的火花了。他还有几分旧时斗牛的风采，但是已经毫无价值，因为当他走下汽车，倚在他一位养牛朋友的牧场的围栏上审视牛群，挑选几头温顺的公牛时，事先就已经使他的风采打了个折扣。他挑的两头牛个头小，角也不大，容易驯服，但当他感到风采重现的时候——在经常缠身的病痛中闪现出一丁点儿，而就这么一丁点儿也是事先打了折扣而提供的——，他并不感到痛快。这的确是当年的那种风采，但是再也不能使他在斗牛中得到乐趣了。

佩德罗·罗梅罗具有这种了不起的风采。他热爱斗牛，依我看他热爱牛，依我看他也热爱勃莱特。那天整个下午，他把他表演斗牛的一招一式的地点控制在勃莱特座位的前面。他一次也没有抬头看她。这样他表演得就更出色了，不仅是为了她表演，也是为了他自己。因为他没有抬头用目光探询对方是否满意，所以一门心思地为自己而表演，这给了他力量，然而他这样做也是为了她。但是并没有为了她而有损于自己。那天整个下午他因此而占了上风。

他第一次出场把公牛引开的表演就在我们座位的下面。公牛每

---

① 指 1920 年何塞利托不幸去世后的时期。

向骑马长矛手发动一次冲击后，三位斗牛士就轮番上去对付公牛。贝尔蒙蒂排在第一位。马西亚尔第二位。最后轮到罗梅罗。他们三人都站在马的左侧。长矛手把帽子压在眼眉上，调转长矛直指着公牛，用靴刺夹住了马腹，左手握着缰绳，驱马向公牛赶去。公牛盯着看。表面上它在看那匹白马，但实际上它看的是长矛的三角形钢尖。罗梅罗注视着，发现公牛要掉头了。它看来并不想冲击。罗梅罗就轻轻抖抖斗篷，斗篷的红色吸引了牛的视线。公牛出于条件反射，就冲过来，结果发现它面前并不是红色的斗篷在闪耀，而不过是一匹白马，还有一个人从马背上深深地向前哈腰，把山胡桃木长矛的钢尖扎进公牛肩部的肉峰，然后以长矛为枢轴，把马朝一旁赶，割开一处伤口，把钢尖深深扎入牛的肩部，使它流血，为贝尔蒙蒂再上场做准备。

受伤的公牛没有坚持。它并不真心想攻击那匹马儿。它转过身去，和骑马的长矛手分开了，罗梅罗就用斗篷把它引开。他轻柔而稳健地把牛引开，然后站住了，和牛面对面站着，向牛伸出斗篷。公牛竖起尾巴冲过来，罗梅罗在牛面前摆动双臂，站稳了脚跟旋转着。湿润的、蘸着泥沙而加重了分量的斗篷呼的张开，犹如鼓着风的满帆，罗梅罗就当着牛的面张着斗篷就地转动身子。一个回合的末了，他们又面面相觑。罗梅罗面带笑容。公牛又要来较量一番，于是罗梅罗的斗篷重又迎风张开，这一次是朝另一个方向的。每次他让牛极近地擦过身边，以至于人、牛和在牛面前鼓着风旋转着的斗篷成为一组轮廓鲜明的群像。动作是那么缓慢，那么有节制，好像他在把牛轻轻摇动，哄它入睡似的。他把这套动作①做了四遍，

---

① 原文为 veronica，为斗牛的一套动作：斗牛士双腿和双脚保持静止，同时将所持的斗篷缓慢地把冲过来的牛从身前引开。

最后加上一遍，只做了一半，背朝着牛向鼓掌的方向走去，一只手按在臀部，胳臂上挎着斗篷，公牛瞅着他渐去的背影。

他和自己的那两头牛交锋时、表演得十全十美。他的第一头牛视力不佳。用斗篷把它耍了两个回合之后，罗梅罗确切知道它的视力受损到什么程度。他就根据这一点行动起来。这场斗牛并不特别精彩。只不过是完美的表演罢了。观众要求换一头牛。他们大闹起来。和一头看不清作诱导的斗篷的牛是斗不出什么名堂来的，但是主席不让换。

“为什么不换呢？”勃莱特问。

“他们为它已经掏了腰包。他们不愿意白丢钱。”

“这样对罗梅罗未免不公平吧。”

“你且仔细看他怎样对付一头看不清颜色的牛。”

“这样的事儿我不爱看。”

如果为斗牛的人儿多少操心的话，看斗牛就没有什么乐趣可言了。碰上这头既看不清斗篷的颜色，也看不清猩红法兰绒巾的公牛，罗梅罗只好以自己的身体同它保持协调。他不得不靠得那么近，使牛看清他的身躯，向他扑来，他然后把牛的攻击目标引向那块法兰绒巾，以传统的方式结束这一回合。从比亚里茨来的观众不喜欢这种方式。他们以为罗梅罗害怕了，所以每当他把牛的攻击从他的身躯引向法兰绒巾的时候，他朝旁边跨一小步。他们情愿看贝尔蒙蒂模仿他自己从前的架势，以及马西亚尔模仿贝尔蒙蒂的架势。在我们后面就坐着这么三个来自比亚里茨的人。

“他干吗怕这头牛呢？这头牛笨得只能跟在红巾后面亦步亦趋地走着。”

“他只不过是个黄口小儿。本事还没有学到家呢。”

“过去他耍斗篷倒是很绝的。”

“或许他现在感到紧张了。”

在斗牛场正中，只有罗梅罗一个人，他还在表演着那套动作，他靠得那么近，让牛可以看得很清楚，他把身子凑上去，再凑近一点儿，牛还是呆呆地望着，等到近得使牛认为可以够得着他了，再把身子迎上去，最后逗引牛扑过来，接着，等牛角快触及他的时候，他轻轻地、几乎不被人察觉地一抖红巾，牛就随着过去了，这动作激起了比亚里茨斗牛行家们的一阵尖刻的非难。

“他就要下手了，”我对勃莱特说。“牛还有劲儿着哩。它不想把劲儿都使光。”

在斗牛场中央，罗梅罗半面朝着我们，面对着公牛，从红巾褶缝里抽出短剑，踮起脚，目光顺着剑刃朝下瞄准。随着罗梅罗朝前刺的动作，牛也同时扑了过来。罗梅罗左手的红巾落在公牛脸上，蒙住它的眼睛，他的左肩随着短剑刺进牛身而插进两只牛角之间，刹那间，人和牛的形象浑然一体了，罗梅罗耸立在公牛的上方，右臂高高伸起，伸到插在牛两肩之间的剑的柄上。接着人和牛分开了。身子微微一晃，罗梅罗闪了开去，随即面对着牛站定，一手举起，他的衬衣袖子从腋下撕裂了，白布片随风呼扇，公牛呢，红色剑柄死死地插在它的双肩之间，脑袋往下沉，四腿瘫软。

“它就要倒下了，”比尔说。

罗梅罗离牛很近，所以牛看得见他。他仍然高举着一只手，对牛说着话儿。牛挣扎了一下，然后头朝前一冲，身子慢慢地倒下去，突然四脚朝天，滚翻在地。

有人把那把剑递给罗梅罗，他把剑刃朝下拿着，另一只手拿着法兰绒红巾，走到主席包厢的前面，鞠了一躬，直起身子，走到栅栏边，把剑和红巾递给别人。

“这头牛真不中用，”随从说。

“它弄得我出了一身汗，”罗梅罗说。他擦掉脸上的汗水。随从递给他一个水罐。罗梅罗抹了下嘴唇。用水罐喝水使他感到嘴唇疼痛。他并不抬头看我们。

马西亚尔这天很成功。一直到罗梅罗的最后一头牛上场，观众还在对他鼓掌。就是这头牛，在早晨跑牛的时候冲出来牴死了一个人。

罗梅罗同第一头牛较量的时候，他那受伤的脸庞非常显眼。他每个动作都显露出脸上的伤痕。同这头视力不佳的公牛棘手地细心周旋时，精神的高度集中使他的伤痕暴露无遗。和科恩这一仗并没有挫伤他的锐气，但是毁了他的面容，伤了他的身体。现在他正在把这一切影响消除干净。和这第二头牛交锋的每一个动作消除一分这种影响。这是一头好牛，一头身躯庞大的牛，犄角锐利，不论转身还是袭击都很灵活、很准确。它正是罗梅罗向往的那种牛。

当他结束耍红巾的动作，正准备杀牛的时候，观众要他继续表演一番。他们不愿意这头牛就被杀死，他们不愿意这场斗牛就此结束。罗梅罗接着表演。好像是一场斗牛的示范教程。他把全部动作贯串在一起，做得完整、缓慢、精炼、一气呵成。不要花招，不故弄玄虚。没有草率的动作。每到一个回合的高潮，你的心会突然紧缩起来。观众心想最好这场斗牛永远不要结束。

公牛叉开四条腿等待被杀，罗梅罗就在我们座位的下面场内把牛杀死。他用自己喜欢的方式刺死这头牛，不像杀死上一头时那样出自无可奈何。他侧着脸，站在公牛正对面，从红巾的褶缝里抽出宝剑，目光顺着剑锋瞄准。公牛紧盯着他。罗梅罗对牛说着话，把一只脚在地上轻轻一叩。牛扑上来了，罗梅罗等它扑来，放低红巾，目光顺着剑锋瞄准，双脚稳住不动。接着没有往前挪动一步，他就和牛成为一个整体了，宝剑刺进牛耸起的两肩之间，公牛刚才跟踪着在下面舞动的法兰绒红巾，随着罗梅罗朝左边一让，收起红巾，这就结束了。公牛还想往前迈步，但它的腿儿开始不稳，身子左右摇晃，愣了一下，然后双膝跪倒在地上，于是罗梅罗的哥哥从牛身后俯身向前，朝牛角根的脖颈处插入一把短刀。[①]第一次他失手了。他再次把刀插进去，牛随即倒下，一抽搐就僵住不动了。罗梅罗的哥哥一只手握住牛角，另一只手拿着刀，抬头望着主席的包厢。全场挥动手帕。主席从包厢往下看着，也挥舞他的手帕。那哥哥从死牛身上割下带豁口的黑色耳朵，提着它快步走到罗梅罗身边。笨重的黑公牛吐出舌头躺在沙地上。孩子们从场子的四面八方向牛跑去，在牛的身边围成一个小圈子。他们开始围着公牛跳起舞来。

罗梅罗从他哥哥手里接过牛耳朵，朝主席高高举起。主席弯腰致意，罗梅罗赶在人群的前头向我们跑来。他靠在围栏上，探身向上把牛耳朵递给勃莱特。他点头微笑。大伙儿把他团团围住。勃莱特把斗篷往下递。

“你喜欢吗？”罗梅罗喊道。

勃莱特没有答言。他们相视而笑。勃莱特手里拿着牛耳朵。

“别沾上血迹，”罗梅罗咧嘴笑着说。观众需要他。有几个孩子向勃莱特欢呼。人群中有孩子、在跳舞的人以及醉汉。罗梅罗转身使劲挤过人群。他们把他团团围住，想把他举起来，扛在他们的肩上。他抵挡着挣出身来，穿过人群撒腿向出口处跑去。他不愿意让人扛在肩上。但是他们抓住了他，把他举起来。真不得劲儿，他两腿叉开，身上钻心地痛。他们扛着他，大家都向大门跑去。他一

---

① 根据规定，斗牛士把剑直刺进了牛的心脏，就算漂亮地完成了任务，但如果牛倒下后没有死绝，得由助手补上一刀。

只手搭在一个人的肩上。他回头向我们表示歉意地瞅了一眼。人群跑着扛他走出大门。

我们三人一起走回旅馆。勃莱特上楼去了。比尔和我坐在楼下餐厅里，吃了几个煮鸡蛋，喝了几瓶啤酒。贝尔蒙蒂已经换上日常穿的衣服，同他的经理和两个男人从楼上下来。他们在邻桌坐下吃饭。贝尔蒙蒂吃得很少。他们要乘七点钟的火车到巴塞罗那[①]去。贝尔蒙蒂身穿蓝条衬衫和深色套装，吃的是溏心鸡蛋。其他人吃了好几道菜。贝尔蒙蒂不说话。他只回答别人的问话。

比尔看完斗牛累了。我也是。我们俩看斗牛都非常认真。我们坐着吃鸡蛋，我注视着贝尔蒙蒂和跟他同桌的人。那几个人容貌粗野、一本正经。

“到咖啡馆去吧，”比尔说。“我想喝杯苦艾酒。”

这是节期的最后一天。外面又开始阴下来了。广场上尽是人，焰火技师正在安装夜里用的焰火装置，并用山毛榉树枝把它们全部盖上。孩子们在看热闹。我们经过带有长竹竿的焰火的发射架。咖啡馆外面聚着一大群人。乐队在吹打，人们仍在跳舞。巨人模型和侏儒经过门前。

“埃德娜哪儿去啦？”我问比尔。

“我不知道。”

我们注视着节日狂欢揭开最后一晚的夜幕。苦艾酒促使一切都显得更加美好。我用滴杯[②]不加糖就喝了，味道苦得很可口。

“我为科恩感到难受，”比尔说。“他过的日子真够他受的。”

---

① 西班牙东北部一大城市，滨地中海。

② 苦艾酒性烈，浓度达七八十度，对人的神经有害。当时很多西方国家已先后禁止出售，西班牙例外，但一般饮用时应从滴杯中把苦艾酒滴入大杯，加糖，用水稀释。

“哼，让科恩见鬼去吧，”我说。

“你看他到哪儿去了？”

“往北去了巴黎。”

“你看他干什么去了？”

“哼，让他见鬼去吧。”

“你看他干什么去了？”

“可能和他过去的情人去重温旧梦吧。”

“他过去的情人是谁？”

“一个名叫弗朗西丝的。”

我们又要了一杯苦艾酒。

“你什么时候回去？”我问。

“明天。”

过了一会儿，比尔说：“呃，这次节日真精彩。”

“是啊，”我说。“一刻也没闲着。”

“你不会相信。真像做了一场妙不可言的恶梦。”

“真的，”我说。“我什么都信。连恶梦我都相信。”

“怎么啦？闹情绪了？”

“我情绪糟透了。”

“再来一杯苦艾酒吧。过来，侍者！给这位先生再来一杯苦艾酒。”

“我难受极了，”我说。

“把酒喝了，”比尔说。“慢慢喝。”

天色开始黑了。节日活动在继续。我感到有点醉意，但是我的情绪没有任何好转。

“你觉得怎么样？”

“很不好。”

“再来一杯？”

“一点用也没有。”

“试试看。你说不准的；也许这一杯就奏效呢。嗨，侍者！给这位先生再来一杯！”

我并不把酒滴进水里，而是直接把水倒在酒里搅拌起来。比尔放进一块冰。我用一把匙在这浅褐色的混浊的混合物里搅动冰块。

“味道怎么样？”

“很好。”

“别喝得那么快。你要恶心的。”

我放下杯子。我本来就没打算快喝。

“我醉了。”

“那还有不醉的。”

“你就是想叫我醉吧，是不是？”

“当然。喝他个醉。打消这要命的闷气儿。”

“得了，我醉了。你不就是想这样吗？”

“坐下。”

“我不想坐了，”我说。“我要到旅馆去了。”

我醉得很厉害。我醉得比以往哪次都厉害。我回到旅馆走上楼去。勃莱特的房门开着。我伸进脑袋看看。迈克坐在床上。他晃晃一个酒瓶子。

“杰克，”他说。“进来，杰克。”

我进屋坐下。我要是不盯住看一个固定的地方，就感到房间在东倒西歪。

“勃莱特，你知道。她同那个斗牛的小子走了。”

“不能吧。”

“走了。她找你告别来着。他们乘七点钟的火车走的。”

“他们真走了？”

“这么做很不好，”迈克说。“她不该这么做。”

“是啊。”

“喝一杯？等我揿铃找人拿些啤酒来。”

“我醉了，”我说。“我要进屋去躺下了。”

“你醉得不行了？我也不行了。”

“是的，”我说，“我醉得不行了。”

“那么回见吧，”迈克说。“去睡一会儿，好杰克。”

我出门走进自己的房间，躺在床上。床在飘向前去，我在床上坐起来，盯住墙壁，好使这种感觉中止。外面广场上狂欢活动还在进行。我觉得没有什么意思了。后来比尔和迈克进来叫我下楼，同他们一起吃饭。我假装睡着了。

“他睡着了。还是让他睡吧。”

“他烂醉如泥了，”迈克说。他们走了出去。

我起床，走到阳台上，眺望在广场上跳舞的人们。我已经没有天旋地转的感觉。一切都非常清晰、明亮，只是边缘有点模糊不清。我洗了脸，梳了头发。在镜子里我看自己都不认识了，然后下楼到餐厅去。

“他来了！”比尔说。“杰克，好小子！我知道你还不至于醉得起不来。”

“嗨，你这个老酒鬼，”迈克说。

“我饿得醒过来了。”

“喝点汤吧，”比尔说。

我们三个人坐在桌子边，好像少了五六个人似的。

# 第三部

# 第十九章

早晨，一切都过去了。节日活动已经结束。九点左右我醒过来，洗了澡，穿上衣服，走下楼去。广场空荡荡的，街头没有一个行人。有几个孩子在广场上捡焰火杆。咖啡馆刚开门，侍者正在把舒适的白柳条椅搬到拱廊下阴凉的地方，在大理石面的桌子周围摆好。各条街道都在清扫，用水龙带喷洒。

我坐在一张柳条椅里，舒舒服服地背向后靠着。侍者不忙着走过来。把牛群放出笼的白地告示和大张的加班火车时刻表依然贴在拱廊的柱子上。一名扎蓝色围裙的侍者拎着一桶水，拿着一块抹布走出来，动手撕告示，把纸一条条地扯下来，擦洗掉粘在石柱上的残纸。节期结束了。

我喝了一杯咖啡，一会儿比尔来了。我看他穿过广场走过来。他在桌子边坐下，叫了一杯咖啡。

"好了，"他说，"都结束了。"

"是啊，"我说。"你什么时候走？"

"不知道。我想，我们最好弄一辆汽车。你不打算回巴黎？"

"是的，我还可以待一星期再回去。我想到圣塞瓦斯蒂安去。"

"我想回去。"

"迈克打算干什么？"

"他要去圣让德吕兹[1]。"

"我们雇辆车一起开到巴荣纳再分手吧。今儿晚上你可以从那儿上火车。”

“好。吃完饭就走。”

“行。我去雇车。”

我们吃完饭，结了账。蒙托亚没有到我们这边来。账单是一名侍女送来的。汽车候在外面。司机把旅行包堆在车顶上，用皮带束好，把其余的放在车子前座他自己的身边，然后我们上车。车子开出广场，穿过小巷，钻出树林，下了山坡，离开了潘普洛纳。路程似乎不很长。迈克带了一瓶芬达多酒。我只喝了两三口。我们翻过几道山梁，出了西班牙国境，驶在白色的大道上，穿过浓阴如盖、湿润、葱郁的巴斯克地区，终于开进了巴荣纳。我们把比尔的行李寄放在车站，他买好去巴黎的车票。他乘的这次列车当晚七点十分开。我们走出车站。车子停在车站正门外。

“我们拿这车子怎么办？”比尔问。

“哦，这车子真是个累赘，”迈克说。“那我们就坐它走吧。”

“行，”比尔说。“我们上哪儿？”

“到比亚里茨去喝一杯吧。”

“挥金如土的好迈克，”比尔说。

我们开进比亚里茨，在一家非常豪华的饭店门口下车。我们走进酒吧间，坐在高凳上喝威士忌苏打。

“这次我做东，”迈克说。

“还是掷骰子来决定吧。”

于是我们用一个很高的皮制骰子筒来掷扑克骰子。第一轮比尔赢了。迈克输给了我，就递给酒吧侍者一张一百法郎的钞票。威士忌每杯十二法郎。我们又各要了一杯酒，迈克又输了。每次他都给

---

① 法国西南端滨海城市，就在比利牛斯山北，比亚里茨和昂代之间。

侍者优厚的小费。酒吧间隔壁的一个房间里有一支很好的爵士乐队在演奏。这是个叫人愉快的酒吧间。我们又各要了一杯酒。第一局我以四个老K取胜。比尔和迈克对掷。迈克以四个J赢得第一局。比尔赢了第二局。最后决定胜负的一局里，迈克掷出三个老K就算数了。他把骰子筒递给比尔。比尔喀嚓喀嚓摇着，掷出三个老K，一个A和一个Q。

“你付账，迈克，”比尔说。“迈克，你这个赌棍。”

“真抱歉，”迈克说。“我不行了。”

“怎么回事？”

“我没钱了，”迈克说。“我身无分文了。我只有二十法郎。给你，把这二十法郎拿去。”

比尔的脸色有点变了。

“我的钱刚好只够付给了蒙托亚。还算运气好，当时身上有这笔钱。”

“写张支票，我兑给你现钱，”比尔说。

“非常感谢，可你知道，我不能开支票了。”

“那你上哪儿去弄钱啊？”

“呃，有一小笔款就要到了。我有两星期的生活费该汇来。到圣让德吕兹去住的那家旅店，我可以赊账。”

“你说，这车子怎么办呢？”比尔问我。“还继续使吗？”

“怎么都可以。看来似乎有点傻了。”

“来吧，我们再喝它一杯，”迈克说。

“好。这次算我的，”比尔说。“勃莱特身边有钱吗？”他对迈克说。

“我想她不一定有。我付给蒙托亚的钱几乎都是她拿出来的。”

“她手头竟一个子儿也没有？”我问。

“我想是这样吧。她一向没有钱。她每年能拿到五百镑，给犹太人的利息就得付三百五。”

“我看他们是直接扣除的吧，”比尔说。

“不错。实际上他们不是犹太人。我们只是这么称呼他们。我知道他们是苏格兰人。”

“她手头果真是一点钱也没有？”我问。

“我想可以说没有。她走的时候统统都给我了。”

“得了，”比尔说，“我们不如再喝一杯吧。”

“这个主意太好了，”迈克说。“空谈钱财解决不了任何问题。”

“说得对，”比尔说。我们接着要了两次酒，比尔和我掷骰子看该谁付。比尔输了，付了钱。我们出来向车子走去。

“你想上哪儿，迈克？”比尔问。

“我们去兜一下。兴许能提高我的信誉。在这一带兜一下吧。”

“很好。我想到海边[①]去看看。我们一直朝昂代开去吧。”

“在海岸一带我没什么赊账的信誉可言。”

“你不一定说得准的，”比尔说。

我们顺着滨海公路开去。绿茸茸的地头空地，白墙红瓦的别墅，丛丛密林，落潮的海水蔚蓝蔚蓝的，海水依偎在远处海滩边上。我们驶过圣让德吕兹，一直朝南穿过一座座海边的村庄。我们路过起伏不平的地区，望见它后面就是从潘普洛纳来时越过的群山。大道继续向前伸延。比尔看看表。我们该往回走了。他敲了下车窗，吩咐司机向后转。司机把车退到路边的草地上，调过车头。我们后面是树林，下面是一片草地，再过去就是大海了。

在圣让德吕兹，我们把车停在迈克准备下榻的旅店门前，他下

---

① 指法国西南部滨大西洋比斯开湾的那一带海岸。

了车。司机把他的手提包送进去。迈克站在车子边。

“再见啦，朋友们，”迈克说。“这次节日过得太好了。”

“再见，迈克，”比尔说。

“我们很快就能见面的，”我说。

“别惦着钱，”迈克说。“你把车钱付了，杰克，我那份我会给你寄去的。”

“再见，迈克。”

“再见，朋友们。你们真够朋友。”

我们一一同他握手。我们在车子里向迈克挥手。他站在大道上注视我们上路。我们赶到巴荣纳，火车就要开了。一名脚夫从寄存处拿来比尔的旅行包。我一直送他到通铁轨的矮门前。

“再见啦，伙伴，”比尔说。

“再见，老弟！”

“真痛快。我玩得真痛快。”

“你要在巴黎待着？”

“不。十七号我就得上船。再见，伙伴！”

“再见，老弟！”

他进门朝火车走去。脚夫拿着旅行包在前面走。我看着火车开出站去。比尔在一个车窗口。窗子闪过去了，整列火车开走了，铁轨上空了。我出来向汽车走去。

“我们该付给你多少钱？”我问司机。从西班牙到巴荣纳的车钱当初说好是一百五十比塞塔。

“两百比塞塔。”

“你回去的路上捎我到圣塞瓦斯蒂安要加多少钱？”

“五十比塞塔。”

“别敲我竹杠。”

"三十五比塞塔。"

"太贵了，"我说。"送我到帕尼厄·弗洛里旅馆吧。"

到了旅馆，我付给司机车钱和一笔小费。车身上布满了尘土。我擦掉钓竿袋上的尘土。这尘土看来是连结我和西班牙及其节日活动的最后一样东西了。司机启动车子沿大街开去。我看车子拐弯，驶上通向西班牙的大道。我走进旅馆，开了一个房间。我和比尔、科恩在巴荣纳的时候，我就是睡在这个房间里的。这似乎是很久以前的事了。我梳洗一番，换了一件衬衣，就出去逛大街了。

我在书报亭买了一份纽约的《先驱报》，坐在一家咖啡馆里看起来。重返法国使人感到很生疏。这里有一种处身在郊区的安全感。但愿我和比尔一起回巴黎去就好啦，可惜巴黎意味着更多的寻欢作乐。暂时我对取乐已经厌倦。圣塞瓦斯蒂安很清静。旅游季节要到八月份才开始。我可以在旅馆租一个好房间，看看书、游游泳。那边有一处海滩胜地。沿着海滩上面的海滨大道长有许多出色的树木，在旅游季节开始之前，有许多孩子随同保姆来过夏。晚上，马里纳斯咖啡馆对面的树林里经常有乐队举行音乐会。我可以坐在咖啡馆里听音乐。

"里面饭菜怎么样？"我问侍者。在咖啡馆后面是一个餐厅。

"很好。非常好。饭菜非常好。"

"好吧。"

我进去用餐。就法国来说，这顿饭菜是很丰盛的，但是吃过西班牙的以后，就显得菜肴的搭配非常精致。我喝了一瓶葡萄酒解闷儿。那是瓶马尔戈庄园牌①的好酒。悠悠独酌，细细品味，其乐无

---

① 法国西南部波尔多城所在的纪龙德省为著名的葡萄酒产区，其产品统称波尔多葡萄酒，具体名称则往往以酿酒商的大葡萄种植园命名。

穷。可算是瓶酒赛好友。喝完酒我要了咖啡。侍者给我推荐一种巴斯克利久酒，名叫伊扎拉。他拿来一瓶，斟了满满一杯。他说伊扎拉酒是由比利牛斯山上的鲜花酿成。是真正的比利牛斯山上的鲜花。这种酒看来像生发油，闻起来像意大利的斯特雷加甜酒。我吩咐他把比利牛斯山的鲜花拿走，给我来杯 vieux marc[①]。这酒很好。喝完咖啡我又喝了一杯。

比利牛斯山的鲜花这回事看来是有点把这侍者得罪了，所以我多赏了他一点小费。这使他很高兴。处在一个用这么简单的办法就能取悦于人的国度里，倒是怪惬意的。在西班牙，你事先无法猜测一个侍者是否会感谢你。在法国，一切都建筑在这种赤裸裸的金钱基础上。在这样的国家里生活是最简单不过的了。谁也不会为了某种暧昧的原因而跟你交朋友，从而使关系弄得很复杂。你要讨人喜欢，只要略微破费点就行。我花了一点点钱，这侍者就喜欢我了。他赏识我这种可贵的品德。他会欢迎我再来。有朝一日我要再到那里用餐，他会欢迎我，要我坐到归他侍候的桌子边去。这种喜欢是真诚的，因为有坚实的基础。我确实回到法国了。

第二天早晨，为了交更多的朋友，我给旅馆每个侍者都多给了一点小费，然后搭上午的火车上圣塞瓦斯蒂安。在车站，我给脚夫的小费没有超过该给的数目，因为我不指望以后还会再见到他。我只希望在巴荣纳有几个法国好朋友，等我再去的时候能受到欢迎就够了。我知道，只要他们记得我，他们的友谊会是忠诚的。

我得在伊伦[②]换车，并出示护照。我不愿意离开法国。在法国生活是多么简单。我觉得再到西班牙去太蠢。在西班牙什么事情都

---

① 法语：陈年白兰地。

② 西班牙边境城市，为从法国入境的第一站。

捉摸不透。我觉得傻瓜才再到西班牙去，但是我还是拿着我的护照排队，为海关人员打开我的手提包，买了一张票，通过一道门，爬上火车，过了四十分钟和穿过八条隧道之后，我来到圣塞瓦斯蒂安。

即使在大热天，圣塞瓦斯蒂安也有某种清晨的特点。树上的绿叶似乎永远露水未干。街道如同刚洒过水一样。在最热的日子里，有几条街道也总是很阴凉。我找到城里过去住过的一家旅馆，他们给了我一间带阳台的房间，阳台高过城里的屋顶。远处是绿色的山坡。

我打开手提包，把我的书堆在靠床头的桌子上，拿出我的剃须用具，把几件衣服挂在大衣柜里，收拾出一包待洗的衣服。然后在浴室里洗了淋浴，下楼用餐。西班牙还没有改用夏令时间①，因此我来早了。我把表拨回了一小时。来到圣塞瓦斯蒂安，我找回了一个钟头。

我走进餐厅的时候，看门人拿来一张警察局发的表格要我填。我签上名，问他要了两张电报纸，写了一份打给蒙托亚旅馆的电文，嘱咐他们把我的所有邮件和电报转到现在的住处。我算好将在圣塞瓦斯蒂安待多少天，然后给编辑部发了份电报，叫他们给我保存好邮件，但是六天之内的电报都要给我转到圣塞瓦斯蒂安来。然后我走进餐厅用餐。

饭后，我上楼到自己的房间里，看了一会书就睡觉了。等我醒来，已经四点半了。我找出我的游泳衣，连一把梳子一起裹在一条毛巾里，下楼上街走到康查湾。潮水差不多退掉了一半。海滩平坦

---

① 西方有些国家每年夏天实行所谓“日光节约时间”，即大家把钟拨快一小时，这样作息时间实际上都提早一小时。

而坚实，沙粒黄澄澄的。我走进浴场更衣室，脱去衣服，穿上游泳衣，走过平坦的沙滩到了海边。光脚踩在沙滩上，感到热乎乎的。海水里和海滩上的人不少。康查湾两边的海岬几乎相连，形成一个港湾，海岬外是一排白花花的浪头和开阔的海面。虽然正是退潮时刻，但还是出现一些姗姗而来的巨浪。它们来时好像海面上的滚滚细浪，然后势头越来越大，掀起浪头，最后平稳地冲刷在温暖的沙滩上。我涉水出海。海水很凉。当一个浪头打过来的时候，我潜入水中，从水底泅出，浮在海面，这时寒气全消了。我向木排游去，撑起身子爬上去，躺在滚烫的木板上。另一头有一对男女青年。姑娘解开了游泳衣的背带晒她的脊背。小伙子脸朝下躺在木排上和她说话。她听着，格格地笑了，冲着太阳转过她那晒黑了的脊背。我在阳光下躺在木排上，一直到全身都干了。然后我跳了几次水。有一次我深深地潜入水中，向海底游去。我张着眼睛游，周围是绿莹莹、黑黝黝的一片。木排投下一个黑影。我在木排旁边钻出水面，上了木排，憋足气，又跳入水中，潜泳了一程，然后向岸边游去。我躺在海滩上，直到全身干了，才起来走进浴场更衣室，脱下游泳衣，用淡水冲身，擦干。

我在树荫里顺着港湾走到俱乐部，然后拐上一条阴凉的街道向马里纳斯咖啡馆走去。咖啡馆内有一支乐队在演奏，天很热，我坐在外面露台上乘凉，喝了一杯加刨冰的柠檬汁和一大杯威士忌苏打。我在“马里纳斯”门前久久地坐着，看看报，看看行人，并听音乐。

后来天开始暗下来了，我在港湾边漫步，顺着海滨大道，最后走回旅馆吃晚饭。“环绕巴斯克地区”自行车比赛正在进行，参加赛车的人在圣塞瓦斯蒂安过夜。他们在餐厅的一边同教练和经纪人等一起坐在长桌边吃饭。他们都是法国人和比利时人，正全神贯注地在吃饭，但是他们情绪很好，过得很愉快。长桌上端坐着两位美貌的法国少女，富有巴黎蒙马特郊区街特有的风韵。我弄不清她们是谁带来的。他们那桌人都用俚语交谈，许多笑话只有他们自己听得懂，在长桌另一头坐着的人说了些笑话，等两位姑娘问他们说什么，他们却不吱声了。车赛将于第二天清晨五点钟继续举行，从圣塞瓦斯蒂安到毕尔巴鄂[1]跑最后一段路程。这些骑自行车的人喝了大量的葡萄酒，皮肤让太阳晒得黑黝黝的。他们只有在彼此之间才认真对待这比赛。他们之间经常举行比赛，所以对谁取得优胜也不怎么在意了。特别是在外国。钱可以商量着分。

领先两分钟的那个人长了热疖，痛得厉害。他踮着屁股坐在椅子上。他的脖子通红，金黄色的头发晒枯了。其他骑车人拿他长的热疖开玩笑。他用叉子笃笃地敲敲桌子。

"听着，"他说，"明天我把鼻子紧贴在车把上，这样只有宜人的微风才能碰到我的热疖。"

一位姑娘从桌子那一头看看他，他咧嘴笑笑，脸都涨红了。他们说，西班牙人不懂得怎样蹬车。

我在外面露台上同一家大自行车工厂的赛车经纪人喝咖啡。他说这次比赛进行得很惬意，要不是博泰奇阿到了潘普洛纳就弃权的话，该是值得一看的。灰尘太碍事，但是西班牙的公路比法国的好。他说世上只有长途自行车比赛才算得上是体育运动。我曾经跟随着看过"周游法国"自行车比赛吗？只在报纸上读到过。"周游法国"是世界上最大的一项体育比赛。跟随并组织长途车赛使他了解法国。很少有人了解法国。他同长途赛车的骑手们在途中度过了

① 西班牙北部一滨海城市。在圣塞瓦斯蒂安之西，为巴斯克地区西疆的大城市。

春、夏、秋整整三个季节。你瞧瞧现在有多少小汽车在长途比赛中在车队后面一个城市一个城市地跟随着。法国是个有钱的国家，体育运动一年比一年兴旺。它会成为世界上体育最发达的强国。靠的就是长途自行车赛。自行车赛和足球。他很了解法国。La France Sportive①。他对长途车赛很内行。我们喝了一杯白兰地。不过，话得说回来，回巴黎终究不坏。只有一个巴拿姆②。这是说，全世界只此一个。巴黎是全世界体育运动最兴旺的城市。我知道黑人酒家在哪儿吗？我哪会不知道。有朝一日我会在那里同他相逢。我当然会的。我们会再次共饮白兰地。我们当然会的。他们在清早六点差一刻动身。我要不要早起送行？我一定尽可能做到。要他来叫醒我吗？怪有趣儿的。我会吩咐茶房来叫我的。他不计较，情愿来叫我。我哪能麻烦他自己来叫呢。我会吩咐茶房来叫我的。我们说了声明天早晨见。

第二天早晨我醒过来的时候，自行车队和尾随的那些汽车已经上路有三个小时了。我在床上喝了咖啡，看了几张报，然后穿好衣服，拿着游泳衣到海滨去。一大早，一切都很清新、凉爽、湿润。保姆们穿着统一式样的服装或者按农家打扮，带着孩子们在树下散步。西班牙的孩子们长得很漂亮。有几个擦皮鞋的一起坐在树下同一名士兵交谈。士兵只有一条胳臂。涨潮了，凉风习习，海滩上出现一道道浪花。

我在一座海滨更衣室里脱下衣服，跨过狭长的海滩，蹚入水中。我游了出去，设法穿过浪头，但是有几次不得不潜进水里。后来在平静的海水里，我翻过身来，浮在水面上。在漂浮的时候，我

---

① 法语：体育之国法兰西。
② 巴黎的别名。

看到的只有天空，感到滔滔波浪的起伏。我转身游向浪头，脸朝下，让一个巨浪把我带向岸边，然后又转身向外游，尽量保持在两浪之间的波谷中，不使浪头打在我的身上。在波谷中我游累了，转身向木排游去。海水浮力很大，很冷。你有一种永远也不会下沉的感觉。我慢慢地游着，好像伴随着涨潮作了一次长游，然后撑起身子爬上木排，水淋淋地坐在正被阳光烤热的木板上。我环顾海湾、古城、俱乐部、海滨大道边的树行以及那些有白色门廊和金字招牌的大旅馆。右边远方有一座上有古堡的青山，几乎封住了港口。木排随着海水的起伏摇晃。在外通大海的狭窄港口的另一边是另一个高岬。我想过要横渡海湾，但是担心腿儿抽筋。

我坐在太阳底下，注视着海滩上洗海水浴的人们。他们显得很小。过了一会儿，我站起来，用脚趾夹住木排的边缘，乘木排由于我的重量而向一边倾斜的时候，利落地跳进海水深处，然后在愈来愈亮的海水中向上浮，钻出海面，抖掉头上咸味的海水，然后缓慢、沉着地向岸边游去。

我穿好衣服，付了更衣室的保管费，就走回旅馆。赛车运动员们扔下了几期《汽车》杂志，我在阅览室里把它们归拢在一起，拿出来坐在阳光下的安乐椅里阅读起来，想赶忙掌握些有关法国体育生活的情况。我正在那里坐着，看门人手里拿着一个蓝色信封走出来。

"一封你的电报，先生。"

我把手指插进信封上粘住一点儿的封口，拆开看电文。这是从巴黎转来的。

能否来马德里蒙大拿旅馆我处境不佳勃莱特

我给了看门人一点小费，又读了一遍电文。有个邮差顺着人行道走过来。他拐进旅馆。他留着大胡子，看来很有军人气派。他走出旅馆。看门人紧跟着他出来了。

“这里又是一封你的电报，先生。”

“谢谢你，”我说。

我拆开电报。这是从潘普洛纳转来的。

能否来马德里蒙大拿旅馆我处境不佳勃莱特

看门人站在一旁不走，或许在等第二笔小费吧。

“到马德里去的火车什么时候开？”

“今儿早上九点钟开出了。十一点有班慢车，今晚十点有班‘南方快车’。”

“给我买一张‘南方快车’的卧铺票。要现在就给你钱吗？”

“随你的便，”他说。“我记在账上吧。”

“就那么办。”

哦，看来圣塞瓦斯蒂安是待不下去啦。我看，我是依稀预料到会发生这种事的。我看见看门人在门口站着。

“请给我拿张电报纸来。”

他拿来了，我拿出钢笔，用印刷体写着：

马德里蒙大拿旅馆阿施利夫人

乘南方快车明抵爱你的杰克

这样处理看来可以解决问题了。就是这样。送一个女人跟一个男人出走。把她介绍给另一个男人，让她陪他出走。现在又要去把她接回来。而且在电报上写上“爱你的”。事情就是这样。我进屋去吃中饭。

那天晚上在“南方快车”上我没睡多少觉。第二天早晨，我在餐车里吃早饭，观看阿维拉和埃斯科里亚尔之间[1]那一带多山和松林的地带。我看见窗外阳光照耀下的埃斯科里亚尔古建筑群[2]，灰暗、狭长、萧瑟，但并不怎么太注意它。我看见马德里城在大平原上方迎面而来，只见隔着被烈日烤得干旱的原野，在远方一个不高的峭壁的上方，地平线上有一道白色密集的房屋。

马德里的北站是这铁路线的终点。各列火车都在这里停驶。它们不再继续开往他乡。站外停着出租的马车、汽车，还站着一排旅馆接待人。真像一座乡村小城。我雇了一辆出租汽车一路上坡，驶过几座花园，经过冷落的王宫和位于峭壁边缘尚未竣工的教堂，往上一直开到耸立在高岗上的、炎热的现代化城区。汽车顺着一条平坦的街道向下滑行，直开到太阳门广场，然后穿过行人车辆开上圣耶罗尼莫大街。家家商店都拉下了布篷来抵挡暑热。街道上向阳的窗户都关着百叶窗。汽车靠人行道边停下。我看见“蒙大拿旅馆”的招牌在二楼挂着。汽车司机把旅行包搬进去，放在电梯前。我摆弄了一会儿电梯开关，还是开不动，就走上楼去。二楼挂着一块雕花铜招牌：“蒙大拿旅馆”。我揿揿门铃，没有人来开门。我又揿了一下，一名侍女紧绷着脸把门开了。

“阿施利夫人在吗？”我问。

她呆呆地望着我。

---

① “南方快车”从圣塞瓦斯蒂安一直朝西南开，中途转向东南，穿过横贯阿维拉和埃斯科里亚尔之间的瓜达拉马山脉，从西北方进入马德里。

② 埃斯科里亚尔在马德里西北约四十五公里的地方，有圣洛伦佐修道院、旧王宫、教堂、西班牙王陵等组成的古建筑群，占地面积长约七百八十英尺，宽约六百二十英尺。

“这里是不是住着一位英国妇女？”

她转身叫里面的人。一个非常胖的女人走到门口来。她头发花白，抹着发蜡，梳成一个个小波浪，垂挂在脸庞两旁。她的个子不高，但是很有威势。

“您好，”我说。“这里有位英国妇女吗？我想看看这位英国夫人。”

“您好。是的，有一个英国女人。如果她愿意见您的话，您当然可以去看她。”

“她愿意见我。”

“我叫这丫头去问问她。”

“天气真热。”

“马德里的夏天是非常热的。”

“可在冬天却那么冷。”

“是的，冬天非常冷。”

我自己是否也想在蒙大拿旅馆住下呢？

这事儿我还没拿定主意，但是我倒乐意有人把我的旅行包从底层拎到楼上来，以免被人偷走。蒙大拿旅馆还从没发生过偷盗事件。在其他客栈里，有这等事，这里没有。没有。这家旅馆的从业人员都经过严格挑选。我听了很满意。不过，我还是欢迎去把我的旅行包拿上来。

侍女进来说，英国女人想见见英国男人，马上就见。

“好，”我说。“您瞧。我说对了吧。”

“这很清楚。”

我跟在侍女后面顺着幽暗的长廊走去。走到尽头，她在一扇门上敲敲。

“嗨，”勃莱特说。“是你吗，杰克？”

“是我。”

“进来。进来。”

我打开门。侍女在我身后把门关上。勃莱特在床上躺着。她方才正梳理她的头发，手里还拿着一把梳子呢。房间里乱七八糟，只有那些平时有仆人侍候惯的人才会弄成这样。

“亲爱的！”勃莱特说。

我走到床边，用双臂搂住她。她吻我，在她吻我的同时，我能感觉到她在想别的事情。她在我的怀里颤抖着。我觉得她瘦多了。

“亲爱的！我过的日子真够呛。”

“告诉我是怎么回事。”

“没什么可说的。他昨天才走。我要他走的。”

“你为什么不留住他？”

“我不知道。一个人不应该干这种事。我想我总算还没有对不起他。”

“你大概对他来说是再好不过的了。”

“他不能同任何一个人在一块过。我一下子意识到了这一点。”

“不。”

“唉，真见鬼！”她说，“别谈这个了。我们再也别提它了。”

“好吧。”

“他竟为我感到丢面子，使我感到震惊。你知道，他有一阵子曾因我感到丢面子。”

“不可能。”

“哦，正是这样。我猜想有人在咖啡馆里拿我来取笑他了。他要我把头发留起来。我，留个长发。那会是个什么怪模样啊。”

“真滑稽。”

“他说，那样会使我更像女人些。那样我可真要像个怪物了。”

“后来呢？”

“哦，他想通了。他不再因我感到丢面子了。”

“那你所说的‘处境不佳’是指什么呢？”

“我当时没有把握，能不能把他打发走，可我一个子儿也没有，没法撇下他自己走。你知道，他要给我一大笔钱。我跟他说我有的是钱。他知道我是在撒谎。我不能拿他的钱，你知道。”

“对。”

“哦，别谈这些了。还有些逗乐的事儿呢。给我一支烟。”

我给她点上了。

“他在直布罗陀当侍者的时候学的英语。”

“是啊。”

“最后，他竟想同我结婚。”

“真的？”

“当然啦。可我甚至都不想嫁给迈克。”

“他可能想这一来，他就成了阿施利爵爷了。”

“不。不是那么回事。他是真心想同我结婚。他说，这一来我就不能抛弃他了。他要确保我永远不能抛弃他。当然，首先我得变得更女性化一些。”

“那你现在该感到安心了。”

“是的。我重新振作起来了。他把那个讨厌的科恩赶走了。”

“好嘛。”

“你知道，我本来会同他生活下去的，可是我发现这样对他不利。我们相处得好着哩。”

“除了你自身的打扮。”

“哦，他对这点会习惯的。”

她把烟掐熄。

“你知道，我三十四了。我不愿当一个糟蹋年轻人的坏女人。”

“对。”

“我不能那样做。你知道，我现在感到很好。我感到很坦然。”

“这就好。”

她转过脸去。我以为她想再找一支烟呢。接着我发现她在哭。我能够感觉到她在哭泣。混身打颤，抽抽搭搭。她不肯抬起头来。我用双手搂着她。

“我们别再提这件事了。求求你，我们永远不要提它。”

“亲爱的勃莱特。”

“我要回到迈克那里去。”我紧紧抱着她，能感觉到她在哭。“他是那么可亲，又那么可畏。他正是我要求的那种人。”

她不肯抬头。我抚摸着她的头发。我能感到她在颤抖。

“我不愿做一个坏女人，”她说。“但是，哦，杰克，我们永远不要提它算了。”

我们离开蒙大拿旅馆。旅馆女老板不要我付账。账已经付清了。①

“那好。就算了吧，”勃莱特说。“现在无所谓了。”

我们驱车前往王宫旅馆，放下行李，预订了“南方快车”夜班的卧铺票，走进旅馆的酒吧间去喝鸡尾酒。我们坐在酒吧柜前的高脚凳上，看酒吧侍者用一个镀镍大调酒器调制马丁尼鸡尾酒②。

“真奇怪，你一到大旅馆的酒吧间里，就有种了不起的高雅的

① 看来是罗梅罗临走时付的，因为他知道勃莱特手头没有钱。

② 马丁尼鸡尾酒是以金酒、苦艾酒及其他香料等，加上冰块，放在金属或玻璃制的调酒器中摇晃搅和而成。

感觉，”我说。

“当今，只有酒吧侍者和赛马骑师还是彬彬有礼的。”

“不管怎么粗俗的旅馆，酒吧间总是很高雅的。”

“很怪。”

“酒吧侍者总是很有风度。”

“你知道，”勃莱特说，“这是真的。他只有十九岁。想不到吧？”

我们碰了碰并排摆在酒吧柜上的两个酒杯。酒杯冰凉，外面结着水珠。挂着窗帘的窗户外面却是马德里的酷暑。

“我喜欢在马丁尼酒里加只橄榄，”我对酒吧侍者说。

“您说得对，先生。来了。”

“谢谢。”

“您知道，我应该事先问您的。”

侍者走到酒吧柜的另一头，这样就听不到我们的谈话了。马丁尼酒杯搁在木制柜台上，勃莱特凑上去喝了一口。她然后端起酒杯。喝了一口以后，她的手不哆嗦了，能稳当地端起酒杯。

“好酒。这酒吧间不错吧？”

“凡是酒吧间都不错。”

“你知道，起初我都不信。他生在一九〇五年。那时候，我已经在巴黎上学了。你想想看。”

“你凭什么要我想这事呢？”

“别装傻啦。请位夫人吃杯酒好吗？”

“给我们再来两杯马丁尼。”

“还是刚才的那种，先生？”

“那两杯酒非常可口。”勃莱特对他微微一笑。

“谢谢您，夫人。”

“好，祝你健康，”勃莱特说。

“祝你健康！”

“你知道，”勃莱特说，“在我之前，他只和两个女人来往过。过去除了斗牛，他对别的从不感兴趣。”

“他来日方长。”

“我不明白。他眼里只有我。什么节日活动，都不在意。”

“哦，只有你。”

“是的。只有我。”

“我还以为你不再提这件事了呢。”

“有什么法子？”

“别说了，把它锁在你的心坎里吧！”

“我只不过转弯抹角地提一下罢了。你知道，我心里感到怪舒坦的，杰克。”

“本该如此。”

“你知道，决心不做坏女人使我感到很舒坦。”

“是的。”

“这种做人的准则多少可以取代上帝。”

“有些人信上帝，”我说。“为数不少哩。”

“上帝和我从来没有什么缘分。”

“我们要不要再来两杯马丁尼酒？”

侍者又调制了两杯马丁尼酒，倒进两个干净杯子。

“我们到哪儿吃饭去？”我问勃莱特。酒吧间里很凉快。从窗子里可以感到外面很热。

“就在这儿？”勃莱特问。

“在旅馆里太没意思。你知道一家叫博廷的饭店吗？”我问侍者。

“知道，先生。要不要我给您抄张地址？”

“谢谢你了。”

我们在博廷饭店楼上用餐。这是世界上最佳餐厅之一。我们吃烤乳猪，喝里奥哈酒。勃莱特没有吃多少。她向来吃不了许多。我饱餐了一顿，喝了三瓶里奥哈酒。

“你觉得怎么样，杰克？”勃莱特问。“我的上帝！你这顿饭吃了多少啊！”

“我感觉很好。你要来道甜点心吗？”

“哟，不要。”

勃莱特抽着烟。

“你喜欢吃，是不是？”她说。

“是的，”我说。“我喜欢做很多事情。”

“你喜欢做什么？”

“哦，”我说，“我喜欢做很多事情。你要来道甜点心吗？”

“你问过我一次了，”勃莱特说。

“对，”我说。“我问过了。我们再来一瓶里奥哈酒吧！”

“这酒很好。”

“你没有喝多少，”我说。

“我喝了不少。你没留神就是。”

“我们再要两瓶吧，”我说。酒送来了。我在自己的杯子里倒了一点儿，然后给勃莱特倒了一杯，最后把我自己的杯子倒满。我们碰杯。

“祝你健康！”勃莱特说。我干了一杯，又倒了一杯。勃莱特伸手按在我胳臂上。

“别喝醉了，杰克，”她说。“你用不着喝醉啊。”

“你怎么知道？”

“别这样，”她说。“你的一切都会顺利的。”

“我不想喝醉，”我说。“我只不过在喝一点儿葡萄酒。我喜欢喝。”

“别喝醉了，”她说。“杰克，别喝醉酒。”

“想坐车去兜风吗？”我说。“想不想在城里兜一圈？”

“好，”勃莱特说。“我还没有观光过马德里。我应该看看去。”

“我把这喝了，”我说。

我们下楼，穿过楼下餐厅来到街上。一位侍者去雇车了。天气炎热、晴朗。大街的一头有一小片有树木草地的广场，出租汽车就停在那里。一辆汽车沿街开来，侍者的上半身探出在一边的车窗外。我给了他小费，吩咐司机朝什么地方开，然后上车在勃莱特身边坐下。汽车沿街开去。我靠后坐稳。勃莱特挪身紧靠着我。我们紧紧偎依着坐在一起。我用一条胳臂搂住她，她舒适地靠在我身上。天气酷热，阳光普照，房屋白得刺眼。我们拐上大马路。

“唉，杰克，”勃莱特说，“我们要能在一起该多好。”

前面，有个穿着卡其制服的骑警在指挥交通。他举起警棍。车子突然慢下来，使勃莱特紧偎在我身上。

“是啊，”我说。“这么想想不也很好吗？”

The sky is very high there and branches come between, ~~the steel dusk~~ beyond a tent, from under which you step out to see too many stars. The moon gone down, the breeze not risen you urinate uplooking at the uncross-like blu[r] of Southern Cross and thus each morning in the profundity of ^initial^ urination reflect upon the publicity of constellations ~~the~~ [illegible], and not ~~awake~~ listen to the night move highly past you. Then walk to where Pap sits before the fire, pipe comforted, his vestures perched, loving the time before daylight and the windless burning of dead branches he says, "How are you, governor?"

"No worse than you."

The sky is very high there and branches come between, ~~the steel dusk~~ beyond a tent, from under which you step out to see too many stars. The moon gone down, the breeze not risen you urinate uplooking at the uncross-like [blur] of Southern Cross and thus [each morning in the] profundity of ^initial^ [urination]